# 해양영화의 이해

김 남 석

지식과교양

# 서문

'해양영화'라는 용어는 일반적이지 않다. 그래서 언뜻 이 용어를 들으면 대략 그 의미를 파악할 수 있을 것 같지만, 막상 그 특성을 해명하려 하면 무척 난감해지는 자신을 발견하게 된다. 이러한 측면에서 '해양영화'는 아직까지 장르영화의 하위 장르로 정당하게 인정받지 못하고 있다고도 할 수 있다.

그럼에도 우리는 이러한 영화 용어의 필요성을 피부로 실감하고 있다. 바다를 다룬 영화를 재난영화나 괴수영화로 분류하는 데에는 일정한 한계가 따르기 마련이고, 그렇다고 해서 무작정 공상과학영화나 액션영화로 포함하기에도 마땅하지 않은 영화들이 실제로 존재하기 때문이다. 어쩌면 그래서 이 책이 개발되어야 하지 않았나 싶다. 이 무모한 발상이 그나마 요긴한 시도로서 작은 의미나마 지닐 수 있다고 한다면, 이러한 '틈새의 필요'를 외면하지 않고 존중했기 때문일 것이다.

본래 이 책은 부경대학교 코어 관련 사업단의 지원을 받기로 되어 있었지만, 보이지 않는 무지와 편견에 의해 오히려 버려질 위기에 처하고 말았다. 세상의 많은 것들이 그러하지만, 자기만의 시야 속에 들어오지 못하는 것을 배척하는 편견 때문이었다. 그렇다면 버려질 뻔했던 해양영화가 이 세상에 필요했던 궁극적인 목적이, 이러한 무지와 편견을 고발하고 속단과 편협을 경계시키기 위함은 아니었을까. 영화라는 거대한 장르의 흐름 속에서, 그것도 각광받는 하위 장르에 밀려, 이름조차 제대로 부여받지 못한 채 변방을 떠돌아야 했을 그 어떤 것에게, 최소한 그것을 불러 줄 명칭이나마 붙여주기 위함은 아니었을까.

그렇든 그렇지 않든 간에, 이 책은 작은 이름을 얻어 우리 곁에 남게 되었다. 비록 힘은 없지만 우리 곁에 있는 모든 것들이 기본적으로 이 세계에 존재할, 아니 존재해야 할 기본적이고도 동일한 권리를 갖기 때문이다. 그래서 이 책은 버려진 자들을 위한 인문학의 한 귀퉁이에 어울릴지도 모른다.

우여곡절 많았던 시도가 변두리의 작고 낡고 버려진 것들을 돌아보는 계기가 되었으면 한다. 그리고 더욱 나은 장르영화로 나아가는 데에 작은 도움이라도 되었으면 하는 마음 간절하다. 아울러 교정을 보아준 제자 박소영에게 깊은 감사를 전하고 싶다.

2017. 7

저자

4

## 차례

# 해양영화의 이해

# 제1장
## 해양영화의 문법과 규칙
### : 영화미학을 통해 본 해양영화

### 1. 해양영화는 '바다'를 중심 소재이자 모티프(motif)로 삼는다.

기본적으로 해양영화는 바다를 소재로 하는 영화를 가리킨다. 비록 이러한 개념이 학문적으로 확고하게 정립되거나 일반적으로 인정되는 장르 개념으로 폭넓게 사용되고 있지는 못하지만, 이러한 해양영화의 존립 가능성은 항시 타진되곤 했다. 그것은 '바다'라는 소재가 지닌 매력에서 기인할 것이다.

이러한 장르 영화에서 바다는 어떠한 형식으로든 서사에 깊숙이 개입되지 않을 수 없다. 또한 결과론적인 발언이지만 '바다'라는 요소가 서사의 주요한 동력으로 작용하지 않는다면, 우리는 그나마 그 영화를 해양영화로 꼽는 것에 주저할 수밖에 없기 때문이다. 그러한 측면에서 해양영화는 가변적인 개념일 수도 있고, 경계가 모호한 양식에 불과할 수도 있다.

그럼에도 '해양'을 핵심 소재이자 서사의 모티프로 삼는 영화는 꾸준히 산출되어 왔다. 그것은 지구상에서 바다가 차지하는 면적과, 인간의 삶에서 바다가 던져주는 위상을 감안할 때, 인간이 바다를 삶의 중요한 공간으로 인정하지 않을 도리가 없기 때문일 것이다.

영화가 바다를 수용하는 방식에는 차이가 있을 수밖에 없다. 가장 대표적인 경우가 바다를 위험한 장소로 묘사하거나 적대적 대상으로 상정하는 유형의 영화이다. 이러한 영화에서 바다는 괴물이 사는 곳이거나 외계인이 은거한 곳이다. 또한 바다의 파괴력이 인간의 삶을 위협하는 수준에 도달할 수 있음을 활용하여 관객들에게 공포감을 심어주기도 한다.

〈타이타닉(Titanic, 1997)〉이나 〈해운대(2009)〉 등은 대표적인 재난영화에 속할 것이다. 사실 이 영화를 해양영화가 아니라 재난영화로 분류한다고 해도 크게 잘못된 정리는 아닐 정도로, 이들 영화에서 바다는 위기로 상정되어 있다. 해양영화의 개념에서 이러한 위기로서의 바다를 반드시 배척할 필요는 없을 것이다. 더구나 〈타이타닉〉이나 〈해운대〉류의 본격적인 재난영화가 아니더라도, 바다는 기본적으로 인간의 생명과 문명을 위협하는 요소를 지닌 공간이자 대상으로 인식되곤 한다. 이것은 해양영화가 지닌 거의 공통적 요소이다. 가령 〈갯마을(1965)〉에서 바다는 남편을 빼앗아가는 적지이기도 하고, 〈라이프 오브 파이(Life of Pi, 2012)〉는 바다의 유혹으로 인해 인간의 삶이 위협 받는 지경이라고 경고하기도 한다.

반면, 바다를 장소애(Topophilia)의 대상으로 삼는 영화도 있다. 〈그랑블루(Le Grand Blue, 1988)〉에서 주인공들은(자크와 엔조) 바다를 편안한 삶의 휴식처로 삼는다. 그들이 물속에서 술을 마시며 오랫동안 수면 위로 올라오지 않는 장면은 보는 이로 하여금 숨을 멎게 만들 정도로 호흡의 가치를 상기시키는 동시에 물이 지니는 따뜻한 질감을 전해주기도 한다.

〈지중해(Medierraneo, 1991)〉에서 이태리 해군이 점령했던 그리스 작은 섬은 최초에는 점령지이자 군사 주둔지였지만, 곧 편안한 휴식처이자 삶의 은거지로 변한다. 이 작품에서 바다는 처음에 위협적인 존재였지만, 곧 인간의 복락을 제공하는 고향으로 변모한다. 바다는 이 섬을 외부와 단절시켜 그곳에서의 생활을 보호하는 역할을 한다.

해양영화에서 바다를 수용하는 방식은 차이가 있을 수밖에 없다. 바다의 비중을 측정하거나 도입하는 방식에서도 차이를 보인다. 가령 〈갯마을〉에서의 바다는 육지에서의 삶에 비해 그 포착 빈도가 낮고 또 부수적이라는 인상을 준다. 반면 〈라이프 오브 파이〉는 바다를 떠다니는 보트 위에서의 한 평 삶을 그리고 있어, 바다의 비중이 매우 높고 절대적인 대상으로 포착된다는 차이를 보인다.

이러한 차이는 결코 인위적으로 조절될 수 없는 것이지만, 그로 인해 해양영화는 다양한 빛깔과 개성을 간직할 수 있게 된다. 공포의 의미가 강한 바다가 있을 수 있고, 편안함의 대명사 격인 바다가 있을 수 있으며, 삶의 적대적인 대상으로 멀리 포착되는 바다가 있을 수 있고, 신분 상승과 기회의 확대를 가져오는 바다가 있을 수도 있다. 이러한 바다의 비중과 위상 그리고 역할이 다르기 때문에, 우리는 결코 물리지 않는 해양영화를 접할 수 있을 지도 모른다.

## 2. 바다는 '위기'를 야기하는 원천으로 작용한다.

전술한 대로, 해양영화에서 바다는 '위기'의 근원이자 시작이다. 영화 〈해운대〉는 영화 시작부터 가중되는 '쓰나미'의 위력을 보여주기 위해서 일정한 간격으로 바다의 심상치 않은 동태를 삽입 화면으로 보여준다. 기포가 올라오는 해저 지각, 점점 파괴력이 증대되는 지진, 게와 새들의 이주 등은 이러한 위기를 표면화하기 위한 설정들이다.

이에 비해 〈포세이돈(Poseidon, 2006)〉은 과감한 영화이다. 이 영화는 바다의 위기를 점차적으로 다가오는 바다의 폭발적인 힘으로 묘사하지 않았다. 영화가 시작되면, 산더미 같은 파도가 호화 유람선을 덮치고 사람들은 뒤집힌 배 아래에서 수면 위로 탈출할 수 있는 방안을 찾아야 한다. 사실 바다의 힘과 실체는 이 오프닝 시퀀스로 거의 종결되고 이후에는 호화 유람선을 타고 오르는 재난 구조의 공식을 따르게 된다.

그럼에도 〈포세이돈〉은 바다라는 요소를 깊숙하게 연관시키지 않고는 이해할 수 없는 영화이다. 더 정확하게 말하면 바다의 힘과 미지성이 있었기 때문에, 이 영화는 복잡할 수도 있는 상황을 간단하게 압축시키고 자신만의 서사적 개성을 선보일 수 있었다.

그러한 측면에서 〈포세이돈〉은 〈타이타닉〉과는 상반되는 영화일 수 있다. 두 작품 모두 호화 유람선이 난파 좌초하여 가라앉는 설정을 활용하였지만, 두 개의 플롯은 서로 다른 방식으로 바다의 힘을 내보였다. 〈포세이돈〉이 인간이 개입할 수 있는 여지를 주지 않았다고 한다면, 〈타이타닉〉은 인간의 무지와 욕심이 바다의 위협을 가중(촉발)시키는 요인처럼 인식하고 있다. 어느 경우이든 바다는 인간과 함께,

적어도 무지한 인간과 함께라면, 언제든지 위협적인 존재로 부상할 수 있다는 사실만은 분명하게 지적하고 있다. 마치 그것이 해양영화의 중요한 작가적 전언이라도 된다는 듯이 말이다.

바다에서의 위기는 보다 직접적인 것일 수도 있지만, 우회적인 것일 수도 있다. 가령 어처구니없는 괴수 영화 〈메가 샤크 Vs. 옥토퍼스 (Mega Shark Vs. Giant Octopus, 2009)〉를 보자. 이 영화의 요지는 간단하다. 거대한 상어가 있고, 그만큼 거대한 문어가 있다. 두 괴수는 바다에서 충돌하고 그 충돌의 와중에서 인간들이 피해를 입고 두려움에 떤다.

이러한 설정은 영화 〈죠스(Jaws, 1975)〉 시리즈 이후에 해양영화의 한 지파로 인정될 수 있는 괴수영화가 극단적으로 발현된 사례이다. 영화는 하나로도 감당이 되지 않는 두 괴수를 해양에 풀어놓음으로써 해양을 위기의 공간으로 만들고자 했다.

하지만 두 괴수는 잠시간의 눈요깃거리는 될 수 있을지 모르겠지만, 결과적으로는 두려움의 대상이 될 수 없다. 이 세상에 그러한 괴수가 존재할 수 없기 때문에, 두렵지 않은 것은 아니다. 어쩌면 이러한 괴수가 해양의 밑바닥에 살 수도 있고, 거대 오징어류의 사체는 이미 발견되고 있는지라 반드시 없다고도 할 수 없는 상황이다. 그럼에도 두 괴수는 두려움보다는 유희의 대상이 되고 만다. 아마도 그 이유는 인간의 두려움이 미지의 것에 대한 거부감 혹은 이방인에 대한 거리두기에서 생성되기 때문이다.

두려움은 인간 내면의 무의식의 산물이다. 그런데 메가 샤크나 자이언트 옥토퍼스를 '있는 그대로' 인정하고 만다면, 그러한 행위는 거대 수족관에서 고래나 상어를 구경하는 행위와 다를 바가 없어진다.

오키나와 거대 수족관에서 네 마리의 고래와 그 이상의 상어가 6층 건물보다는 더 커 보이는 수족관에서 헤엄치는 광경에서 두려움을 쉽게 느끼기는 어렵다. 그것은 이러한 광경이 인간의 무의식적 측면을 촉발시킨 근원적인 이유를 가지고 있지 않기 때문이다.

한국의 고전 영화 〈갯마을〉도 엄격한 의미에서 말한다면, 해양영화라는 장르 개념에 논란을 일으킬 수 있는 요소를 지닌 영화이다. 사실 〈갯마을〉은 바다와 그 힘이 작품의 중요 요소로 삽입되어 있는 것이 사실이지만, 〈모비딕〉 같은 영화처럼 바다에서 고래나 고기를 잡는 이들의 삶을 집중적으로 조명한 영화는 아니다.

주인공들은 하루 벌어 하루 먹기 위해서 바다로 나아간다. 해순의 남편 성구(조용수 분)는 그날도 고기잡이를 위해 사랑하는 아내 해순을 남겨두고 출어하지만, 일기를 보고 심상치 않음을 느낀 상수(신영균 분)는 출어를 포기한다. 아니나 다를까 바다가 거칠어지고 폭풍우가 몰아닥치는 날이 시작되었고, 성구는 돌아오지 못하는 불귀의 객이 되었다.

〈갯마을〉은 이 과정에서 바다에서 풍랑을 만난 성구를 뒤쫓지 않고, 태풍이 부는 마을 풍경과 그 사이에서 기도하는 아내 해순을 포착하고 있다. 이러한 측면에서 〈갯마을〉은 해양의 중요성을 화면에 담으려는 노력이 부족했다고도 할 수 있다.

문제는 이러한 바다에서의 조난과 위험이 해순과 상수의 인연을 이어주고 결국에는 상수가 해순을 데리고 산으로 도망치는 이유가 된다. 〈갯마을〉은 삶의 터전으로서 어촌을 배경으로 하면서, 그 너머에 있는 바다는 막연하게 그렸고, 심지어는 영화의 절반 이후에는 아예 산으로 떠나는 주인공 부부를 그려내어 해양영화의 이미지를 벗어버리는 듯 했다.

하지만 해순의 운명은 고되고, 상수마저 비명횡사하면서, 그녀는 자신의 시댁이자 자신이 살아온 어촌으로 돌아온다. 영화의 결말은 돌아온 형수를 바라보는 시동생(이낙훈 분)이 출어하는 장면으로 마무리된다.

〈갯마을〉은 바다를 떠날 수 없는 사람들의 끈끈한 삶을 보여주고 있다. 성구나 성칠은 모두 바다에서 잔뼈가 굵었고, 그 위험으로 인해 언제든 생사의 기로에 설 수 있다는 사실을 알고 있으면서도 바다와 어촌을 떠나지 못한다. 두 명의 남편을 잃은 해순 역시 결과적으로 돌아오는 곳은 어촌이자 바다였다.

〈갯마을〉은 이러한 어촌 사람들의 숙명과 선택을 보여주는 영화이다. 이 영화에서 바다는 분명 위기의 공간이기에 그들은 바다를 함부로 버릴 수 없다. 숙명을 이해하지 못하는 이들에게 〈갯마을〉은 알 수 없는 영화일 수 있지만, 바다의 삶을 이해하는 이들에게는 더할 나위 없이 육중한 영화가 아닐 수 없다. 사실 자신의 삶을 옭아매고 있는 '바다'라는 키워드만 각자 자신의 키워드로 바꾼다면, 이러한 숙명과 선택의 문제는 어느 정도 해결될 수 있을 것이다. 다만 〈갯마을〉은 그 근원적 위기도, 그 해결책도, 견뎌내야 할 삶도, 은근히 바다라고 말하고 있는 점에서 다를 뿐이다.

영화 〈해운대〉는 자연의 거대한 힘(메가 쓰나미)를 보여주는 데에 주력한 경우임에는 틀림없지만, 이와 함께 인간사의 복잡한 은원도 함께 보여주고자 하였다. 아버지를 잃고 홀로 살아야 했던 여성의 원망, 개발업자 삼촌에 대한 혐오감, 오랫동안 서로를 미워하면서 떨어져 있었던 부부, 이제 막 사랑을 시작했지만 곧 헤어져야 하는 젊은 남녀, 아들을 걱정하는 어머니, 부모를 잃은 자식 등이 그들이다.

이러한 인간세상의 복잡다단한 감정들은 '쓰나미'와 함께 몰아치며 고조되기 시작한다. 〈해운대〉에서 거대한 쓰나미가 도착하고 있는 시점은, 곧 인간 사이의 크고 작은 감정들이 원한과 대립의 형태로 가장 고조된 시점과 원칙적으로 일치한다. 거대한 쓰나미는 세상(해운대)을 휩쓸고 인간의 도시를 초토화한다. 하지만 인간들 사이의 휘몰아치는 감정의 격류는 이러한 쓰나미의 내습 앞에서 점차 사그라진다.

아버지의 원한을 잊고 필사적으로 사랑하는 남자를 구하려는 여인, 조카에 대한 진정과 이웃에 대한 사과를 보여준 개발업자, 아이를 위해 자신들을 희생하고 부부로 죽어가는 어떤 중년 부부, 아들을 위해 끝까지 노력하다가 생을 마감하는 어머니, 연인의 목숨을 살리고 자신의 의무를 다한 한 청년과 그 청년으로 인해 살아남은 연인. 그들은 모두 대재앙의 자리에서 생명의 위기만 경험한 것은 아니었다. 인간으로서의 양심과 도덕을 경험했고, 그 중 일부는 이를 실천하여 타인을 위해 희생할 수 있었다.

자연의 위기로 대표되는 쓰나미는 인간 세상을 휩쓸었지만, 도시 물질문명의 파괴 이면에 인간 정신문화의 회복이라는 상반된 결과를 남겨 놓기도 했다. 자연의 위기는 인간의 위기였고, 결국에는 위기의 극복이었던 셈이다.

해양영화는 어떠한 방식으로든 바다를 위기의 근원으로 삼고자 한다. 물이라는 본연적 공포이든, 그 안에서 살아가는 거대 괴수이든, 항해의 어려움이든 간에 이러한 위기는 바다로부터 잉태되고 또 가중되는 양상을 보인다. 잘 만들어진 해양영화는 해양에 대한 이해뿐만 아니라 이러한 위기의 본질을 이해시키는 중요한 밑거름이 된다.

하지만 바다에서의 위기 이면에는 인간사와 생활에서의 위기도 함께 농축되어야 한다. 거대 괴수의 존재가 필요하지 않다는 것이 아니라, 이러한 괴수의 존재가 과연 인간의 어떠한 측면과 맞물려야 하는가에 대한 고민이 없을 때, 위기는 별다른 위기로 작용하지 못할 것이다.

위기는 인간과 주변의 본질을 이해하도록 만드는 힘이다. 영화 속 인물들이 겪는 위기는 그 자체로는 '나'와 관련이 없지만, 보편적 삶의 속성과 기율의 측면에서는 본연적으로 상통하는 맥락을 지니고 있다. 그래서 일견 위기는 타인의 위기이고 나 바깥의 위기임에 틀림없지만, 근원적으로 이러한 위기가 나 자신과 내면의 위기로 수용될 수 있을 때 진정한 위기로 기능할 수 있다.

해양영화의 예로 이 말을 바꾼다면, 바다는 인간의 내면에 들어올 수 있을 때 비로소 영화의 주요 모티프가 될 수 있고, 궁극적인 삶의 위기로 인정받을 수 있을 것이다.

## 3. 바다에 대한 인간의 무지는 해양영화가 주목하는 관심사이다.

그대가 오랫동안 심연(abyss)을 들여다 볼 때,

when you look long into an abyss,

심연 역시 그대를 들여다본다.

the abyss also looks into you.

―프레드릭 니체(Friedrich Nietzsche)

이 글에서 본격적으로 다루고 있지는 않지만, 〈어비스(The Abyss. 1989)〉 같은 영화를 위기의 예로 들 수 있다. 〈어비스〉는 심연에 대한 인간의 두려움을 극대화하는 영화이다. 사실 깊은 바다 속은 그 자체로 두려움의 대상이 된다. 물이 모여 코발트색을 형성하고, 그 코발트색이 모여 깊이를 알 수 없는 침묵의 검은색을 형성하면, 그 깊이를 들여다보는 것은 그 자체로 인간의 무지를 납득시키는 수단이 된다.

안타까운 것은 영화 〈어비스〉가 깊은 물이 간직하고 있는 해양의 이미지를 활용하고 있되, 그 마지막은 외계인이라는 다소 불편한 설명으로 마무리 지었다는 점이다. 미국의 핵잠수함이 바다 깊숙이 침몰하고 이를 수색하는 사람들의 이야기를 도입하는 설정은 빛났지만, 이러한 설정이 해저의 괴생물체 혹은 미지의 외계인으로 끝나는 것은 다소 미진할 수밖에 없다. 외계인이 등장해서는 안 된다는 뜻이 아니라, 깊이에 대한 인간 본연의 두려움과 갈망을 빗겨가는 설정으로 작용했기 때문이다. 하지만 이 영화는 인간이 바다를 두려워하는 이유를 비록 부수적일지라도 암시했다는 점에서 주목된다.

이러한 아쉬움을 달랠 수 있는 영화로 〈생텀(Sanctum, 2010)〉을 들 수 있다. 가장 깊고 심대한 해저동굴로 알려진 '에사 알라'를 탐험하는 사람들과, 그들 앞에 놓인 자연의 이상 기변, 그리고 위기를 탈출하고자 하는 본능적 욕구들이 얽히고설킨 영화이기 때문이다.

이 영화에서 동굴은 미지의 존재로 인해 두려움 혹은 탐험의 대상만 되는 것이 아니다. 이 해저 동굴은 동굴이라는 물상이 그 자체로 지닐 수 있는 미적 질서의 체현물로 대상화되어 묘사된다. 그리고 동시에 이러한 미적 대상은 인간에게 극복의 대상으로 가능한다. 그 안에 거대한 상어가 있는 것도 아니고, 불 끓는 용암이 터져 나오는 것도 아니지만, 그곳은 그곳을 방문하는 사람들에게 탈출해야 한다는 압박을 주는 공간이 된다.

기상 이변(태풍)으로 인간들이 아는 출구가 막혔고, 그로 인해 그 안에서 새로운 출구를 찾아야 하는 모험이 펼쳐졌기 때문이다. 인간들은 살기 위해 불안감을 극복해야 했고, 경우에 따라서는 자신들의 이기심을 숨기지 못하는 처지가 된다.

앞에서 말한 대로, 바다에서 가중된 위기는 인간에의 위기로 이어진다. 〈생텀〉에서도 이러한 양상을 반복되고 있다. 문제는 〈생텀〉은 인위적인 조작이 아니라, 미지의 것에 대한 본연적 두려움을 정면으로 다루고자 했다는 점이다. 바다는 인간에게 두려움의 대상이었지만, 그래서 탐험의 대상이고, 언젠가는 지적 정복의 대상이 되어야 한다고 믿어진다. 하지만 막상 바다 내부에는 인간이 알지 못하는 미지의 영역이 널려 있고, 이로 인해 인간들은 스스로를 돌아보거나 자신의 행동을 반성할 계기를 얻게 된다.

이러한 취지에서 〈하트 오브 더 씨(In the Heart of the Sea, 2015)〉는 바다에 대한 인간의 무지와 탐욕을 다루고자 한 동종의 영화로 볼 수 있다. 하지만 기본적으로 이 영화는 '바다에 대한 인간의 무지'와 '괴수'로서의 고래를 혼동하고 말았다. 이 영화가 실패하는 가장 기본적인 이유가 이것이다.

〈하트 오브 더 씨〉는 영화 고전 중 하나인 〈백경(Moby Dick, 1958)〉처럼 고래 전설을 배경으로 한 영화이다. 현대적으로 변형된 〈모비딕〉이라고 해도 틀린 말은 아닐 것이다. 문제는 〈백경〉 류에서 나타난 고래가 인간의 도전의지와 정복의지를 북돋우는 대상으로서의 고래이고, 그래서 인간의 집념과 모험을 상징하는 존재라면, 〈하트 오브 더 시〉에서의 고래는 인간이 도전할 수 없는 거대한 신적 존재로서의 대상일 뿐만 아니라 인간의 자연에 대한 정복의지 자체를 비난하는 거대 기율에 가까운 존재라는 점이다.

이러한 차이는 〈하트 오브 더 씨〉에서 인간이라는 존재를 비참하게 그려내고, 고래가 유도하고 일러주는 자연의 섭리를 겸허하게 수용해야 하는 대상으로 전락시킨다. 이 영화는 일종의 생태적 가르침마저 내장하고 있어, 애초부터 인간과 고래의 대결을 불가능하다고 할 수 있다. 그럼에도 〈하트 오브 더 씨〉는 인간의 무지에 대한 전언을 알려주는 바다를 담아낼 수 없었다. 이 경우 '바다=고래'이기도 하지만, 이 고래라는 존재가 인간의 얄팍한 선험지식을 바탕으로 한 가짜 지식에 가깝기 때문이다. 도저히 상상할 수도 없는 크기와 힘을 가진 존재로 그려냈기 때문만은 아니다. 이 고래는 그 자체로 자연의 섭리를 대표하는 표상이기 때문에, 인간의 도전욕구나 탐색의지 자체를 무화시킨다. 즉 어차피 인간은 이 고래 앞에서는 죄를 짓고 용서를 구하는 미물로 전락하고 만다.

해양영화에서 동일한 결론에 이른다고 하더라도, 인간 자체의 도전과 정복 그리고 탐색의 꿈이 가열 차게 그려진 이후에 동일한 결론에 도달할 경우, 이를 바라보는 관객들도 바다의 '심연'을 보았다는 인상을 받을 수 있다. 바꾸어 말하면 '바다의 심장'에 해당하는 굵직한 비밀이 지나치게 평범하고 당연하기 때문에, 어쩌면 이 작품에 대해 뻔한 거짓말을 늘어놓았다는 비난을 퍼부을 수도 있을 것이다. 무지는 경외 대상에 대해 품는 감정이 아니라, 인간이 도전하고 탐색하는 과정에서 자신의 왜소함을 스스로 인정하는 곳에서 피어나는 반응이어야 한다.

## 4. 바다의 대한 두려움이 사라지는 자리에 삶의 다른 차원이 열린다.

〈타이타닉〉은 일반적으로 흥행 영화로 치부되어 그 작품성과 완성도에 대해서는 크게 주목을 받지 못한 영화이다. 일반 관객들은 이 영화를 무차별적으로 선택하여, 이 영화가 가진 흥행 기록은 당시에는 가공할 수준이었다. 그 만큼 이 영화는 대중들의 정서와 시각에 큰 호소력을 지닌 영화였다.

영화의 시작은 대중들의 관심을 끌어 모으는 장치들로 짜여 져 있다. 서민 '잭 도슨'은 타이타닉 3등실 승객으로 오르기 위해서 가진 모든 것을 판돈으로 걸고 놀음을 해야 했다. 이러한 오프닝 시퀀스의 상황은 잭 도슨이 자신이 가진 것을 걸고 배에 올라타야 하는 이유를 설명하지는 못한다고 해도, 왜 자신이 가진 것을 모두 걸고 한 여인을 살리고 도우려 했는지는 알려준다. 잭에게는 열정이 있었고, 그 열정은 대양을 가로지르는 항해만큼이나 짜릿한 일이었기 때문이다.

반면 '로즈'는 망해가는 집안을 건사하기 위해서 철강 부호와 결혼을 해야 했고, 그로 인해 타이타닉호를 타고 남편의 고향으로 끌려가는 처지였다. 우아하게 걷는 그녀들의 포즈 뒤에는 남자들에게 얽매여 전전긍긍하는 수난의 여인상이 웅크리고 있다. 로즈는 자살을 결심하고 그 자살을 잭이 가로막으면서 두 사람의 우정이 시작되었다. 단순히 누군가의 자살을 막았다는 이유만으로 사랑이 생겨날 수 없으니 처음 만남은 우정에 가까운 것이라고 해야 한다. 하지만 그들은 이 사건을 기화로 자신들의 가치관을 서로 좁혀가게 된다.

〈타이타닉〉이 해양영화가 될 수 있다면, 그것은 대서양이라는 거대한 바다에서 유람선이 침몰했기 때문이기도 하지만, 그러한 거대한 바다를 건너는 과정에서 바다의 넉넉함과 무자비함을 골고루 느낄 수 있었기 때문이다. 〈타이타닉〉의 유명한 장면 중 하나인 선두에서 자유로운 해풍을 맞으며 자신이 세상의 왕이라고 말하는 장면은 바다가 아니었으면 설득력을 얻기 어려웠을 것이다.

미지의 땅으로서 바다는 존재했고, 그 바다 위를 가로지르는 여행객(순례객)으로서의 인생은 곧 '블루오션'에 대한 의미심장한 비유가 될 수 있다. 우리는 이 장면을 통해 답답한 배 안이 아닌, 넓은 바다의 한 복판에 있는 듯한 인상을 받게 된다. 그리고 이러한 바다를 영화로 보아야 하는 적당한 이유도 얻을 수 있다. 바다는 막막한 것이지만, 그 푸른빛은 인생의 가능성으로 인간을 부르는 것이기 때문이다. 실패에 대한 두려움이 있을 수밖에 없지만, 어차피 가야 할 길이라면 자유롭게 앞장서서 갈 수도 있지 않을까. 바다는 그러한 생각을 저절로 튀어나오도록 만들었다.

로즈의 입장에서 보자. 그녀는 한때 흥분해서 배의 바깥으로 몸을 던지려 했으나, 잭에게 구원을 받게 된 이후에는 자신을 찾아야 한다는 중요한 진리도 함께 찾게 된다. 로즈 자신으로 사는 것, 그것도 아무도 독점할 수 없는 인생의 바다에서 자신의 인생을 구축하는 것은 삶의 이유가 될 수 있다. 〈타이타닉〉은 그러한 점에서 가르치지 않고도 필요한 말을 전달할 수 있는 영화였다.

## 5. 푸른빛으로 빛나는 바다는 희망의 상징이다.

〈태양은 가득히〉는 지중해의 따가운 햇살과 함께 기억되는 영화
이다. 청년 톰 리플리(Tom Ripley, 알랭 드롱 분)는 부자 친구인 필립
(Philippe Greenleaf, 모리스 로넷 분)을 집으로 데려가기 위해서 그와
동행한다. 필립을 집으로 데려오면 필립의 아버지가 주겠다는 수수료
를 받기 위해서이다. 하지만 리플리에게는 그 이상의 욕망이 생겨난다.

지중해의 따가운 햇살을 유유자적하면서 살아가는 필립에게서 새
로운 자신의 인생을 탈취하고자 하는 가능성을 찾았기 때문이다. 필
립 역시 리플리가 자신을 해칠 수도 있다는 위험을 인지한다. 결국 욕
망에 눈에 먼 리플리는 친구를 죽이고, 그의 요트를 빼앗고, 그의 신
분과 서명을 위조하여, 세상에 없는 누군가를 만들고, 자신은 그 누군
가가 되기로 결심한다.

그 과정에서 필립의 여자 친구 애인 마르쥬(Marge Duval, 마리 라
포넷 분)는 거부할 수 없는 욕망의 대상이다. 어떤 측면에서 보면 리
플리는 그 어떤 재화보다도 마르쥬를 갖기 위해서 열심이었다고도 할
수 있다. 돈과 욕망, 여자와 출세, 그리고 지중해의 따뜻한 햇살을 마
음껏 만끽할 수 있는 여유를 얻기 위해서 리플리는 친구를 배반한 인
물이 된다.

〈태양은 가득히〉는 바다 위에 떠 있는 필립의 요트(나중에는 리플
리가 갈취)를 의미심장하게 바라본다. 망망대해처럼 펼쳐진 바다는
필립에게는 기회와 여유의 땅이었지만, 리플리에게는 압박과 가난과
소수자의 부러움에 불과했다. 영화는 이러한 리플리의 심정에 한 발
가까이 갈 수 있도록, 해양의 막막함과 햇살의 뜨거움 그리고 상전 필

립의 횡포를 겹쳐 놓는다. 마치 리플리의 입장을 대변이라도 하려는
듯 말이다.

과거의 〈태양은 가득히〉에서는 리플리의 선택-다른 사람으로의 변
신-이 성공하는 듯하다가 종국에는 실패하고 만다. 사실 이때 리플리
에 대해 동정을 갖는 사람도 상당하며, 발각된 음모에 대해 안타까워
하는 이들도 존재한다. 배를 끌어올린 자리에서 모터에 감겨 있는 것
은 집을 나가 세상을 떠돌고 있다는 필립의 시체였다. 뜨거운 햇살 아
래에서 오수의 편안함을 즐기던 리플리는 느닷없이 걸려온 전화에 유
인되고, 아마 필립의 살인범으로 붙잡혔을 것이다. 영화는 느긋하게
자신에게 걸려온 전화를 받으러 가는 리플리의 모습으로 영화를 마무
리 짓는다.

현대판 〈리플리(The Talented Mr. Ripley, 1999)〉는 이러한 결말을
바꾸어 놓는다. 모르긴 몰라도 필립이 되고 싶어 했던 리플리의 욕망
은 성공한 듯하다. 내면의 성공까지야 장담하기 어렵지만 적어도 필
립의 삶을 훔쳐내는 데에는 어느 정도 성공한다. 다른 점이 있다면 더
욱 철두철미해진 리플리는 의심을 드리우는 사람들 사이에서도 의심
의 실체를 감추어 버린 것이다.

어쩌면 〈태양은 가득히〉나 〈리플리〉는 일반적인 관객이 꿈꾸는 해
양영화는 아닐 수 있다. 거대한 파도, 미지의 생명체, 바다에서의 모
험, 생과 사의 결투 등이 명확하게 그려지지 않기 때문이다. 〈리플리〉
의 경우에는 원작 〈태양은 가득히〉가 지니고 있었던 바다의 이미지와
분위기를 상당 부분 지워버린 흔적도 나타난다.

그럼에도 이러한 영화를 통해 바다의 의미와 가치를 찾아야 하는
것일까. 리플리의 행보는 사실 바다를 교통로로 삼고 있는 것에 불과

할지 모른다. 또 리플리가 꿈꾸는 삶도 궁극적으로 바다 위에서의 삶이 아니라 보다 안전한 지상에서의 집일 것이다. 리메이크 판 〈리플리〉는 이를 인정했다. 이 영화에서 바다는 더욱 낮은 비율로 채택되고 있다.

하지만 한 가지 확실한 것이 있다. 대양에서의 고립감, 막막함, 황폐한 세상에 대한 주시가 곁들여지지 않는다면, 〈태양은 가득히〉는 지금의 영화로 존재할 수 없었으며, 〈리플리〉 역시 탄생할 수 없었다는 점이다. 두 영화는 바다의 이미지와 분위기로 용납될 수 있는 작품이었다.

〈태양은 가득히〉에서 햇살에 찡그린 얼굴로 구리빛 상체를 드러내며 지중해를 항해하는 리프리의 모습은 그 자체로 하나의 상징이다. 젊은 날의 방황과 고난, 내적 욕망으로서의 질투와 살의, 그리고 더 나은 삶에 대한 막연한 동경이 응축되어 있다. 아무리 이러한 이미지를 다른 곳으로 옮기려고 해도 지중해의 푸른빛이 아니면 제대로 설명되지 않을 것 같은 이유도, 이러한 아우라가 놀랍도록 인상적이기 때문이다.

〈그랑블루〉 역시 한 때 전 세계 젊은이들의 마음을 사로잡는 영화였다. 사실 이 영화는 내적 논리가 공고한 영화가 아니다. 잠수부라는 삶을 지망하는 두 명의 남자가 인생의 목표가 되거나 혹은 의미 있는 목표를 세웠다는 확신도 얻기 어렵다.

하지만 〈그랑블루〉는 묘하게 사람의 마음을 잡아당긴다. 돌고래와 함께 바다를 유영하는 장면, 바다 속 깊이 들어가 납득하기 어려운 내기를 하는 장면, 혹은 두 사람의 우정과 경쟁을 묘하게 절취하는 시선

등. 이러한 장면과 시선을 푸른색을 동반하고 있다. 깨끗한 바다 밑에서 햇살 가득한 수면을 바라볼 때 햇살에 얼룩지며 빛나는 푸른색. 아니면 멀리 펼쳐진 바다가 발하는 코발트 색 인상.

푸른색은 바다의 대표 색상이지만 동시에 창의적인 색상이기도 하다. 푸른색은 시간과 장소 혹은 보는 이의 시선에 따라 다르고, 또 달라야 한다고 말하고 있다. 하지만 대양을 소재로 하는 영화는 이러한 다름을 좀처럼 구현하기 어렵다. 〈그랑블루〉는 기존의 해양영화와 달리, 바다 자체의 위험이나 미지의 요소가 축소되어 있다. 영화 내내 쫓아가서 확인해야 할 비밀이나 마지막 전언 같은 것은 없다. 공포나 모험을 극대화하기 전략도 아니다.

그냥 바다를 배경으로 살아가는 두 사람의 이야기를 했고, 그 사람들은 바다를 사랑했다는 평범한 내용을 확인할 수 있을 뿐이다. 남는 것은 푸른색 바다, 햇살 번지는 수면 아래 정도였다고 해야 한다.

해양영화가 무목적적일 수 있다면, 이 영화는 무목적적일 수 있는 조건을 갖추고 있다. 그러니까 이 영화에서 푸른색은 바다라는 환경만이 낼 수 있는 푸른색이어야 했고, 영화를 보는 이들은 궁극적으로 이 푸른색을 보는 것에 영화 관람의 이유를 맞추어야 했을 것이다.

해양영화는 관객들 사이에서는 장르적 범위와 경계가 분명하지 않은 장르이다. 해양영화를 설명하면 어떤 영화들이 속하는지 대답할 수는 있지만, 그렇다고 일상의 삶에서 해양영화를 중요한 관람 포인트로 제시하여 관객들에게 고지하려고 하지 않는다. 그 만큼 바다를 다룬다는 것은 그 허용 범위가 넓기 때문이다.

바다의 푸른빛을 담은 또 하나의 영화를 살펴보는 일도 의미 있을 것이다. 그러한 영화로 〈타이타닉〉을 빼놓을 수 없다. 이 작품은 재난영화로도 분류할 수 있고, 로맨스영화로도 분류할 수 있다. 그만큼 장르상의 특성과 유동성이 넓게 반영된 경우이다. 하지만 해양영화로서 정의될 때, 〈타이타닉〉이 지닌 빛나는 측면이 조명될 수 있다고 할 수 있다.

〈타이타닉〉의 시작은 사람들이 붐비는 항구의 풍경이다. 주인공 잭은 노름을 통해 승선 티켓을 확보하고 부랴부랴 올라탔다. 따라서 초반부의 시선은 잭이라는 하층 계급의 남성 관점을 따르고 있다. 웅장한 배, 다양한 승객, 여러 계층으로 분류된 인간 문화. 잭은 로즈를 구하고 1등 선실로 초대를 받고, 그 안에서 소위 말하는 상류층 인사들을 만난다. 잭이 상류층 인사들과 만나는 장면은 흥미롭다.

식사 장면을 보자. 잭은 많은 신사 숙녀 틈에서 자신이 3등 선실 승객이고, 그것마저 재치와 운으로 따냈다는 사실을 숨기지 않는다. 당당히 담배를 빌리고(얻어 피우고), 성냥을 던져서 받는다. 누구의 비난에도 크게 굴하지 않고, 자신이 살아온 인생 전체를 가감없이 내보인다. 원탁 테이블로 식사 장소를 정하고, 카메라고 그 주위를 회전할 수 있도록 한 이유는 여기에 있다. 평등한 입장과 다양한 시선들.

1등실 승객들은 점차 잭의 논리와 당당함에 취해 간다. 그들의 인생 자체가 3등실 승객을 용인하지야 않겠지만, 적어도 잭과 만나는 자리에서만큼은 그들도 인간 본연의 자세와 입장을 유지할 수 있게 된다. 더욱 놀라운 것은 그들 사이에 내재한 적대자의 눈빛이다. 로즈를 구한 대가로 온정을 베풀고 있기는 하지만, 로즈의 약혼자는 기본적으로 잭을 못마땅해 하고 있다. 그 약혼자의 부하는 더욱 심하다.

　결국 잭은 로즈를 3등실로 초청해간다. 말이 초청이지, 1등실 승객 중에서는 이러한 행동을 납치나 유혹으로 보는 시선도 있다. 어쨌든 로즈는 거꾸로 3등실의 흥겨운 파티에 동참한다. 가식이 없고 위장이 덜한 그들만의 리그에 동참한 것이다. 치마를 걷고 품위를 버리고 춤추고 뛰고 노는 것은 로즈의 잃어버린 야성과 본능을 불러일으킨다.

　두 개의 서로 다른 파티는 〈타이타닉〉이 지닌 극단적인 세계관의 양 측을 조명한다. 신흥하는 국가를 중심으로 한 부의 재편성은 〈타이타닉〉이라는 희대의 기물을 만들어내었지만, 결국 그 꿈의 밑바닥에는 부와 운과 기회를 찾아 미국으로 몰려드는 일군의 민중을 그리고 있다. 민중이 건너는 바다는 희망과 미래의 바다이다. 그래서 타이타닉호의 갑판에서 바라본 최초의 바다는 푸른 희망으로 가득 차 있을 수 있었다.

　하지만 그 바다는 잔혹한 바다가 된다. 위험이 닥치고 재난이 예고되자, 이른바 부유한 사람들은 바다의 위협에서 벗어나기 위해서 자신들만의 안위와 생존을 우선시 한다. 실제 〈타이타닉〉에서 그러한 차별과 우선권이 부자들에게 주어졌는지는 확인하지 못했으나, 결국 세상의 가장 기본적인 논리인 부의 재편성에 의한 인간 기회의 차별화는 같은 배의 승객이라고도 해도 서로 다른 결과를 가져오도록 만든다.

　잭은 로즈에게 일러준다. 죽음에서 벗어나야 하며, 새로운 기회의 땅에서 새로운 인생을 시작해야 한다. 지금은 죽음의 바다로 변했지만, 이 바다는 다시 대양과 기쁨을 전하는 희망의 바다가 될 것이며, 생존 이후의 삶은 이러한 희망과 미래를 마음껏 소진하는 삶이 되어야 한다.

마치 이 말을 전하기 위해서였기라도 하듯, 잭은 로즈에게 이 말을 남기고 심해로 가라앉아 버린다. 로즈는 어떠한 길을 걸어가는가. 〈타이타닉〉에서는 할머니 로즈를 소개하는 대목에서, 죽음에서 살아난 로즈가 어떠한 인생을 살았는지를 알려준다. 남자를 만났고, 자유로움을 추구했고, 인생을 즐겼고, 다양한 직업을 가졌었다. 아이를 낳았고 손녀도 보았다. 하지만 그 모든 것은 할머니 로즈가 아닌 살아난 잭 도슨의 여자 친구가 누릴 수 있는 영광이었다. 그 안에는 상처도 있었을 것이다. '대양의 심장'을 손아귀에 쥐고 평생을 사람들 사이에서 건강하게 살아 온 한 여인의 일대기는 죽음의 바다를 건너 살아온 자 특유의 강인함을 보이고 있다.

〈타이타닉〉에서 잭과 로즈는 건강한 민중의 삶과 끈기를 보여주는 인물이며, 희망의 바다에서 죽음의 바다로 접어들었다가 결국에는 생존한 인물(잭은 죽었지만 그 정신은 살아남아)의 건강하고 강인한 민초로서의 생명력을 보여준다. 〈타이타닉〉이 건넜던 대서양의 깊은 심연은 바로 이 생명력을 전해주고 다른 한편으로 확인시킨 위기이자 기회였던 셈이다.

이러한 측면에서 〈타이타닉〉은 바다라는 생명력을 이어받지 않고는 이해될 수 없는 영화이다. 이러한 생명력은 곳곳에서 다른 형태로 영화 내부에 포착되고 있다. 가령 끝까지 승객들 곁에서 음악을 연주하는 악사들. 이른바 이 4인방은 세상이 멸망해가는 와중에도 '사과나무를 심겠다'고 말한 누군가의 전언을 상기시킨다. 죽는 날까지 자신들이 해야 할 일과, 가장 잘 할 수 있는 하겠다는 의지는 무모하지만 숭고한 힘을 전한다. 바다라는 거대한 자연에 무모하게 대항했다가 그 숭고한 힘을 확인하는 영화적 전언에는 어울리는 인물이 아닐 수 없다.

배의 운명과 자신의 운명을 함께 하는 이들은 이 영화에 여러 차례 변주된다. 배를 설계하고 직접 탑승한 인물은 가라앉는 배와 자신의 운명을 일치시킨다. 또 인생의 마지막을 함께 할 수 있는 순간으로 침몰의 침대 위에서 두 손을 꼭 잡은 노부부 역시 마찬가지이다. 그들은 살려고 발버둥치는 사람들 사이에서 자신들의 운명이 끝났음을 직감하는 이들이다. 바다는 그들에게 두려운 존재만은 아닐 것이다.

물로 빠져들고 심연으로 가라앉는 느낌은 인간으로서 결코 환영할 수 있는 느낌은 아닐 것이다. 그럼에도 〈타이타닉〉은 두려움 없이 이 길을 택하는 이들을 보여준다(물론 반대의 경우도 있지만). 그것은 바다가 지닌 두려움에 대한 일차적인 이해라고 해도 좋다. 나아가서는 이러한 두려움을 극복하는 또 다른 삶의 목표를 제시하는 행위라고 해도 좋다. 바다는 이 사람들에게만은 두려움이기도 하지만 희망이기도 하기 때문이다. 삶에 대한 희망은 아닐지라도, 자신들이 살아온 과거와 자신들이 택할 운명이 잘못된 것이 아니라는 내적 확신으로서의 희망 말이다.

〈타이타닉〉은 침몰과 몰살 그리고 수장이라는 비참한 키워드를 가지고 세상의 풍경을 살펴 본 영화이다. 타이타닉호가 가라앉기 시작하고 그 안에서 벌어지는 인간사의 다양한 풍경이 포착되면서, 배 안은 어쩌면 단순한 유람선의 좁은 공간이 아니라 가치를 잃고 헤매는 세상의 온건한 비유(처)가 되고 있다. 세기말적 혼란으로 인해 더욱 소란했던 1990년대 말의 지엽적 분위기부터, 문명사의 오랜 역사에서 인간이 부려왔던 탐욕을 보여주는 혼란의 지표까지 이 배안에 함께 내장되는 것이다. 그리고 그 주된 동력은 바로 바다라는 위험과 가능성의 이중성이었다.

## 6. 바다는 그 무엇의 대체물도 아닌, 그 자체로 삶의 목적이 될 수 있어야 한다.

> "잠수할 때 어떤 느낌이야?"
> "추락하는데, 미끄러지는 느낌…
> 가장 어려운 것은 바다 밑바닥에 내려갔을 때야"
> "왜?"
> "매번 올라와야 할 이유를 찾아야 하거든."

〈그랑블루〉의 자크는 신비한 능력을 가진 인물이다. 그는 돌고래처럼 바다 속으로 들어가면 혈류 속도가 저절로 줄어들면서 온 몸의 피가 뇌로 집중되고, 평상시와는 달리 불필요한 근육으로 피를 보내는 일이 자제되는 신체 리듬을 가졌기 때문이다. 그로 인해 보통 인간들이 할 수 없는 잠수능력을 지니고 있다. 그를 어릴 적부터 평생의 라이벌로 생각하는 친구 엔죠도 이러한 자크의 신비한 능력을 어렴풋이 알고 있다.

자크를 세계잠수대회에 초청하는 것은 엔죠이다. 엔죠는 17번이나 세계챔피언에 오른 경력이 있어, 자타가 공인하는 최고 잠수부로서의 성가를 드높이고 있다. 이러한 그가 자크를 찾아와서 자신과 함께 세계잠수대회에 나가자고 제안한다. 그리고 보란 듯이 자신을 능가하는 자크를 보게 된다.

자신을 능가할 수 있는 친구를 찾아 그에게 참가를 권유하는 엔죠의 심정은 어떠할까. 엔죠의 심리를 궁금해 하고, 그들의 경쟁(누가 더 오래 그리고 더 깊이 잠수하는가)에 주목한다면 〈그랑블루〉는 라이벌 구도를 부각한 영화가 된다. 그렇게 된다면, 이 영화에서 바다의 의미는 인간의 한계에 도전하는 자연의 벽으로서 기능할 것이다.

하지만 자크와 엔죠의 대결은 치열하게 전개되지만, 그 경쟁에 영화의 주안점이 놓인 것은 아니다. 오히려 자크와 엔죠의 현실부적응이 문제가 된다. 일단 엔죠는 거대한 명성에도 불구하고, 현실에서의 만족을 찾지 못하고 있다. 거만하고 제멋대로인 성격도 문제이지만, 어머니 앞에서 작아지는 처지도 문제이다. 그는 결혼조차 마음대로 하지 못하고 있으며, 잠수부로서 기록을 세우는 일 외에는 현실적으로 쓸모 있는 일을 거의 하지 못한다. 회사에서 잘리기 일쑤이고, 타인을 배려하지 못해 질시를 받는 것은 다반사이다. 그럼에도 그는 잠수와 바다라는 떼려야 뗄 수 없는 삶의 조건을 버리지 못한다.

자크 역시 넓은 의미에서는 마찬가지이다. 그는 가족도 없고, 변변한 직업도 없다. 심지어는 타인과의 관계도 어설프고 사랑하는 여인을 대하는 방식에도 진정성이 느껴지지 않는다. 여자 친구를 방에 남겨두고 돌고래와 한 밤 내내 바다를 헤엄치기도 하고, 임신했다는 소식을 듣고도 자신의 일을 포기하지 않기도 한다.

이러한 자크의 신비하기까지 한 몰입감은 처음에는 조안나(여자 친구)에게 신선한 자극이었다. 그를 사랑하게 되는 이유였고, 현실의 인간에게 지친 그녀를 쉬도록 만드는 조건이었다. 하지만 그녀 역시 점차 지쳐간다. 자크를 떠나보았지만 그를 보낼 수는 없었다. 하지만 다시 돌아온 후에도 자크는 변하지 않았다. 자크에게는 남이 모르는, 심지어는 사랑하는 자신조차 도달할 수 없는 또 다른 영역이 있었다. 그것은 물이었고, 바다였고, 깊이에의 탐닉이었다.

처음에는 자크와 엔죠가 서로에게 지기 싫기 때문에, 서로 더 깊이 그러면서 서로 더 많이 바다에 들어가려고 한다고 생각했다. 조안나만이 아니라, 주변 사람들도, 관중들도, 관객들도 동일하게 생각할 가능성이 높았다. 그들은 99미터, 110미터, 116미터, 122미터 식으로 서로 상대의 기록을 경신하면서, 더 이상 인간이 내려갈 수 없는 어떤 깊이를 탐닉했다.

하지만 그 과정에서 엔죠가 죽었고, 엔죠의 죽음은 자크에게 어릴 적 아버지의 죽음을 상기시켰다. 하지만 엔죠는 자신의 죽음을 슬퍼하지 않았다(과연 이러한 상태가 가능할까 하는 생각이 들긴 하지만). 엔죠는 자크에게 자신을 바다 깊숙이 밀어 넣어달라고 부탁했다. 자크의 말처럼 그 역시 세상 위로 올라와야 하는 이유를 정확하게 찾지 못하고 있었고, 죽어서라도 바다 아래에 가라앉고 싶었던 것 같다.

엔죠의 바람은 현실적으로 허황되게 보이는 것이 사실이다. 시체를 그 누구도 없는 바다의 끝, 심연의 저 어두운 밑바닥에 놓아 달라는 부탁은 정상으로 보이지 않기 때문이다. 하지만 자크는 그 말을 이해하고 있었다. 그리고 결국에는 자신도 그 밑바닥에 자신을 풀어놓는다.

자크가 정신이 반쯤 나간 상태로, 엔죠가 죽었던 그곳에서 잠수를 하려고 할 때, 그를 잡는 이는 조안나였다. 조안나는 자신이 자크를 필요로 하며, 자신이 임신한 상태라고 밝히기까지 했다. 자크 역시 다른 질문과 대답에는 둔감해도, 임신했다는 말에는 귀를 기울인다. 그 역시 조안나의 임신이 뜻하는 바를 알고 있다는 것처럼 보인다. 그리고 자신이 확인할 것이 있다고 말하고, 바다 밑으로 내려 보내 줄 것을 부탁한다.

무엇을 확인한다는 것일까. 엔죠가 그토록 원했던 바다 밑 세상을 느껴보고 싶었을 수도 있다. 언젠가 조안나에게 말한 대로 인어를 만나기 위해서, 인어를 진심으로 믿을 때 그녀들이 나타난다는 오래된 이야기를 확인하기 위해서라고도 할 수 있다. 어쩌면 인간이 얼마나 더 깊이 내려갈 수 있는가를 확인하기 위해서일 수도 있다. 돌아오지 않겠다고 마음먹는다면, 인간은 122미터 이상을 내려갈 수 있다는 과학적 결과를 실험하고 싶었는지도 모른다.

하지만 그 어떤 것도 만족스러운 대답은 아니다. 왜냐하면 이러한 대답들은 바다가 지닌 맹목적인 의미를 도외시하고, 바다에서 인간이 추구할 수 있는 바를 상정해서 얻은 대답이기 때문이다. 다시 말해서 바다 밑으로 내려가는 행위 그 자체를 존중하려는 대답은 없고, 그러한 행위를 통해 인간이 얻으려고 하는 그 이상의 대답을 염두에 두고 있기 때문이다. 이러한 대답은 나름대로 의의를 지니지만 궁극적이라고는 할 수 없다.

사실 엔죠가 바라는 경지는 하나의 분야에 끝까지 매달린 사람들이면 누구나 염원하는 절대적 초월의 경지이다. 엔죠는 자신이 죽어서라도 자신이 평생을 매달렸던 곳에서 벗어나고 싶어 하지 않는다. 학자가 죽는 날까지 지식을 탐구하고, 고고학자가 고고학의 발굴지를 떠도는 것은 어쩌면 당연한 일이다. 바다에서의 잠수와 기록 수립을 최우선의 가치로 삼은 엔죠가 갈 곳은 사실 바다밖에는 없다.

자크의 삶도 다르지 않다. 그는 평상시에도 바다가 부르는 미묘한 소리에 귀 기울이고, 현실에서의 삶에 크게 연연하지 않는 모습을 보였다. 그의 집은 소유주가 불분명하고, 그의 직업은 그 경계가 명확하지 않다. 돌고래를 돌보지만, 그것으로 현실의 영달을 꾀하는 것도 아니고, 잠수를 통해 새로운 깊이를 탐하지만, 그것 자체로 끝이었다. 애인도, 아이도, 가족도 없는 것이나 마찬가지였다. 그가 유일하게 자신의 가족이라고 말하는 돌고래도 현실에서는 특정 돌고래라고 말하기 힘들다. 그는 바다에서 자신처럼 살 수 있는 불특정 대상을 가족이라고 칭한 셈이다.

그런 그에게 바다는 직장이고, 친구이고, 집이고, 애인이고, 자식이다. 심지어는 자신이거나 자신의 영혼일 수 있으며, 자신이 세상에서 살아가는 가장 순수한 형태의 목적이다. 이 목적이 그를 불렀고, 그는 어두운 바다로 내려가(어두운 바다로 내려갔지만 그곳에는 푸른빛이 있었다), 세상으로 올라가는 길을 스스로 닫아버렸다. 그곳에 자신을 유폐시켰고(세상 사람들의 관점에서는), 자신은 자신만의 세상에 자신을 풀어놓았다고 생각하게 된다.

이러한 상태는 해양영화에서 바다가 무엇인가에 대한 비슷하지만 다른 대답을 준다. 바다는 삶을 지탱하는 힘이었고, 영혼의 안식처였으며, 생을 살아가야 하는 목적이었다. 그래서 지상에서의 삶을 위기로 몰아넣는 근원적 이유가 되기도 했지만, 새로운 삶을 영위할 수 있는 기회이기도 했다. 자크가 어두운 바다 밑에서 만난 푸른빛은 세상과의 단절이자 죽음을 뜻하겠지만, 그의 내면에서는 어릴 적부터 그토록 갈구했던 인어이자 안식일 수도 있다.

〈그랑블루〉는 그러한 측면에서 기존의 해양영화의 문법을 포괄하면서도 궁극적으로 그러한 문법들을 벗어나는 양면성을 지니고 있다. 그에게 바다는 위기이지만 더 넓은 세상이지만, 그 안에 잠재되어 있

는 푸른빛은 희망과 안식을 뜻하지만 결국에는 그 모든 것과의 절연
을 뜻하기도 한다. 〈그랑블루〉는 무엇보다 바다 그 자체를 영화 자체
와 떼어놓을 수 없는 중심소재로 삼고 있지만, 그렇게 체현된 바다는
다른 영화와는 달리 무목적적이고 순수한 욕망의 대상이라는 점에서
는 현격한 차이를 보였다. 그래서 해양영화는 늘 다를 수 있는 바다를
보유하고 있다고 말하고 있는 지도 모른다.

# 제2장
# 바다를 건너서, 아들을 찾아서

## 1. 바다 속 여행을 시작하며

〈니모를 찾아서(Finding Nemo, 2003)〉는 대양을 횡단하는 흰동가리(Clownfish, 일명 광대물고기)의 모험을 다룬 영화이다. 〈니모를 찾아서〉에서 흰동가리 말린(marlin)은 호주 일대에 서식하는 물고기로 상정된다. 실제로도 흰동가리는 주로 말미잘에 숨어 살며, 눈에 띄는 채색(주황색의 몸체에 흰 줄무늬 셋)으로 다른 동물을 유인하여 말미잘에게 먹이를 공급하고, 그 잔해를 먹는 공존 관계를 형성하고 있다. 작은 몸집과 약한 공격 능력으로 다른 물고기를 직접 사냥하기 어려우며, 이로 인해 말미잘의 독에 의존해서 자신의 몸을 지키는 습성을 지니고 있다. 흰동가리의 몸에는 말미잘의 독에 견딜 수 있는 점액이 흐리고 있어, 상대적으로 큰 물고기도 마취되곤 하는 말미잘 독침을 견딜 수 있다.

태생적으로 흰동가리는 산호초와 말미잘 군생을 벗어나기 힘든 어류이다. 따라서 흰동가리가 먼 대양으로 나아가 해양을 여행하기 위해서는 그에 해당하는 막강한 동기가 마련되어야 한다. 〈니모를 찾아서〉에서는 이러한 동기를 잃어버린 자식을 찾는 심정(부성애)으로 설명하고 있다. 그러니 자식을 잃고 실의에 빠지는 전사(前史)가 마련될 필요가 있었다.

호주 그레이트 배리어 리프에 사는 말린은 포식자의 습격으로 헌신적인 아내와 부화 직전의 자식(알)을 한꺼번에 잃게 된다. 포식자의 거친 공격에 무력하게 물러나야 했으나, 다행히 정신을 잃고 말미잘에 떨어지는 바람에 자신의 목숨은 건질 수 있었다. 하지만 깨어난 말린의 눈에 들어온 풍경은 사라진 아내와 사라진 알이었다. 가족을 잃은 말린은 깊은 상심에 잠겼으나, 곧 알 중에 한 알이 살아남았음을 알게 된다. 말린은 그 알에게 자신이 충실한 부모가 될 것을 결심하며, 아무 일도 일어나지 않게 해주겠다고 다짐한다.

문제는 이후 말린이 보여준 과도한 집착에서 파생한다. 심지어 말린은 취학 연령이 된 니모(아들)를 학교에 보내지 않으려고 할 정도로 아들을 과보호하고 있다. 잃어버린 아내와 자식들에게 향하는 사랑과 미안함을 아들 니모에게 퍼붓고 있는 셈이다. 이로 인해 아들 니모는 친구들에게 놀림감이 되고 이에 반발한 니모가 인간의 배에 접근했다가 그만 잡혀가게 된다.

니모를 잃은 말린은 정신없이 배를 뒤쫓으며 평소에는 그토록 경계했던 깊은 바다의 위험 따위는 안중에도 두지 않는다. 그러니까 말미잘 군생 사이에서 안전하게 살아야 했을 물고기가 산호초를 넘어 호주 시드니항까지 가는 1,700킬로미터의 여정을 시작하는 동기가 마련된 것이다. 부성애는 이 영화를 보는 이들에게 말린의 모험이 절박한 것이며, 상식을 뛰어넘는 것이라는 신빙성을 심어준다.

요약하면, 흰동가리 말린은 잃어버린 아들 '니모'를 찾겠다는 일념으로 정상적인 물고기가 수행할 수 없는 바다 속 여행을 시작한다. 부성애는 이 여행의 직접적인 동기가 되며, 그 동기 중 하나는 희생된 아내와 다른 자식들에 대한 미안함이다. 이러한 동기는 인간들에게 충분히 공유될 수 있는 동기이다. 〈니모를 찾아서〉에서 말린의 행동은 분명 과잉보호에 해당하지만, 인간들이라면 이렇게 행동하는 아버지의 심정을 일방적으로 나무라거나 함부로 비판할 수 없다. 왜냐하면 자신이 니모같은 아들을 가진 부모라면, 그 부모의 심정에 충분히 공감할 수 있기 때문이다. 그리고 여기서 또 다른 니모의 특성이 이러한 공감(력)을 확대하고 있다.


## 2. 바다 속 생물들의 캐릭터와 인간 세상의 비유

말린이 드러내는 신체적 특성은 실제 흰동가리와 대체로 일치한다. 이 작품을 만든 이는 오랫동안 바다 생물의 생태와 수족관(어항) 속 상황을 연구하여 그에 걸맞은 캐릭터를 창출했다고 알려져 있다 (제작 기간이 무려 11년이나 걸렸다고 하며, 〈니모를 찾아서〉의 후편 〈도리를 찾아서〉는 13년 만에 후편이 제작되었다).

가령 흰동가리 광대물고기는 그 생김새가 주황색 바탕에 흰색 줄무늬가 있어 마치 광대(clown)와 흡사한 모습을 보인다고 하여 붙여진 이름이다. 이러한 '광대'라는 애칭으로 인해, 〈니모를 찾아서〉에서는 말린에게 농담을 요구하는 물고기들을 간헐적으로 만날 수 있다. 일반적인 사회에서 광대(배우 혹은 개그맨)가 수행하는 유머와 웃음의 기능을 해양 생물들도 요구하고 있는 셈이다. 그러한 측면에서 말린은 의인화된 캐릭터이고, 말린의 주변 해양 생물들도 이러한 캐릭터의 연장선상에 있다.

▲ 광대물고기의 전형적인 형태로 창조된 말린과 니모

▲ 아버지의 손에 이끌려 학교에 등교한 니모

그렇다면 앞에서 언급한 대로, 니모의 모습은 어떠한가. 니모는 어린 물고기이기는 하지만, 지느러미의 좌우 대칭이 어긋나 있다(우편 사진). 왼쪽 지느러미는 정상적인 크기인데 비해, 오른쪽 지느러미가 작아서 수영에 문제가 있고 이로 인해 과잉보호의 대상이 될 수밖에 없었다.

아버지 말린은 니모의 자율성과 능력을 믿지 못하고, 이에 대해 규제와 금지를 가할 수밖에 없었다. 그러니까 인간 세상의 시선으로 보면 니모는 장애인에 비유될 수 있고, 말린은 과보호형 부모에 해당된다.

〈니모를 찾아서〉에서는 이러한 과보호를 말미잘 구역을 떠나지 않고 극도의 조심성을 내비치는 광대물고기의 습성에서 연원한다고 그리고 있다. 위 우측 장면은 말미잘 속에서 숨어 살며, 좀처럼 밖으로 나오지 않는 광대물고기 부자를 그리고 있다. 하지만 어쩔 수 없이 외출을 해야 하자(니모의 취학으로 인해), 두 부자는 외출을 극도로 조심하면서 바깥으로 한 발 내미는 모습을 보인다. 광대물고기가 말미잘 군집 지역에서 들락날락거리며, 적과 포식자의 눈길을 피하고 자신의 몸을 보호하는 습성을 반영한 장면이라고 하겠다. 그만큼 광대물고기에게 세상은 위험한 곳이고, 그로 인해 자신과 자식에게 외출과 모험은 상당한 위험이며, 결과적으로 해양 모험을 떠나는 플롯 자체가 파격이라는 인식을 심어준다.

더 심각한 문제는 니모의 모습에서 찾을 수 있다. 니모는 지느러미의 좌우 균형이 잡혀 있지 않은데, 이것은 인간에 비유한다면 두 발의 길이와 크기가 다른 경우라고 하겠다. 그러니 정상적인 유영이 불가능하다고 인식되기 마련이며, 니모의 지느러미를 잡고 있는 말린처럼 과보호 대상으로 삼기 십상이다.

〈니모를 찾아서〉에는 모든 사회가 그러하지만, 적대자와 조력자가 등장하고 있다. 조력자 중에서 가장 주목되는 인물은 도리(Doly)이다. 도리는 블루탱으로 역시 얕은 바다에서 사는 열대어이다. 〈니모를 찾아서〉에서 도리는 같은 호주 해안에 사는 물고기로 설정되어 있고, 아들 니모의 자취를 찾아 바다를 헤매는 말린 앞에 나타나 니모의 행적으로 알려주는 조력자이다. 하지만 도리는 심각한 건망증을 앓고 있고, 이로 인해 자신이 길 안내를 하겠다는 기억을 잃고 오히려 말린에게 따라오지 말라고 말한다.

좌측 사진은 도리의 심각한 기억력에 황당해 하는 말린의 모습을 포착하고 있다. 도리의 기억 장애는 심각한 수준으로, 경우에 따라서는 도리 역시 장애인의 비유로 볼 수 있다. 하지만 도리가 이 세상에 불필요한 존재는 아니다. 도리는 끝까지 말린을 돕겠다고 나서고 그

로 인해 말린이 고초를 감당해야 하기도 했지만, 도리는 성심성의껏
니모를 찾는 여행에 동참하며 최선을 다해 자신의 몫을 해나간다. 그
리고 말린과 도리는 깊은 우정을 쌓게 되는데, 이로 인해 도리의 기억
력도 점차 회복되어 간다.

▲ 도리를 만난 말린, 말린을 돕겠다는
도리

▲ 바다거북 크레쉬를 만나 아들(육아)
에 대해 반성하는 말린

도리는 황망한 말린 앞에 나타난 구세주이기도 하지만 장애물이기
도 했다. 그녀의 정신적 장애는 모험의 위기를 초래하는 주요 원인으
로 강력하게 작용하고 있다. 하지만 동시에 그녀로 인해 말린은 모험
을 지속할 수 있었고, 끝내 아들을 구출할 수 있었다.

사실 말린과 도리가 대양을 헤엄치면서 만난 조력자는 대단히 많
다. 심지어는 적대자로 돌아서는 상어들도 처음에는 조력자의 형상을
하고 있었다. 그리고 말린과 도리를 몸속으로 들여서 시드니에서 물
밖으로 뿜어주는 고래도 조력자에 해당한다. 아들의 소식을 전달하
고, 그 아들의 거처를 알려주는 펠리컨도 중요한 조력자이다.

그중 바다거북 클레쉬(Crush)는 몇 가지 측면에서 중요한 조력자
로 꼽을 수 있다. 첫째는 호주 시드니로 가는 해류(동오스트레일리아
해류, 東一海流, East Australia Current)를 탈 수 있도록 안내하는 역
할을 한다는 것이다. 둘째는 아들이 궁금해 하는 바다거북의 수명(니

모는 100살이라고 알고 있다)을 확인할 수 있게 해준다는 것이다. 하지만 가장 중요한 조력은 클레쉬가 그의 아들(스쿱)을 키우는 방식에서 찾을 수 있다.

클레쉬는 아들 스쿱이 조류 바깥으로 밀려나도, 스스로 조류 안으로 헤엄쳐 들어오기를 기다린다. 아이가 버려졌다고 생각하고 구하려 하는 말린을 만류하는 위 우측 장면은 상징적이라고 해야 한다. 특히 말린은 이러한 클레쉬에게서, 자신–말린이 가지고 있지 않은 덕목인 '아들에 대한 믿음'을 보게 된다. 자신이 아들을 과잉보호한 것은 실제로는 아들의 능력을 믿지 못해서 일 수 있다는 자기반성을 하게 되는 셈이다.

바다거북은 150년을 사는 생물답게 현명한 지혜를 지니고 있었는데, 그 지혜는 생명체의 자율성과 잠재력을 믿는 일에서 시작되었다. 즉 바다거북은 자신의 아들이 해낼 것이라는 믿음을 통해 아들의 성장을 지켜볼 수 있는 인내력을 일구어내고 있는 셈이다. 이러한 인내력은 말린에게 절대적으로 필요한 덕목이었다. 클레쉬는 비단 니모를 찾는 것을 도왔을 뿐만 아니라, 아버지가 되는 마음 자세를 말린에게 알려준 셈이다.

이러한 조력자의 형상은 치과의사의 어항에 갇힌 니모에게도 나타난다. 니모는 어항속의 동료들과 교분을 나누면서, 자신이 할 수 없다는 기존의 부정적 인식을 버리게 된다. 특히 바다로 돌아가기를 갈구하는 물고기들의 염원을 읽으면서, 자신도 아버지가 있는 바다로 가야 하는 이유를 찾아내었다. 주목되는 것은 타인의 부탁에 의해 실패했던 일을 자발적인 의지로 성공한다는 것이다. 그만큼 내적 동기가 강해졌고, 자신이 살던 세계에 대한 인식과 집착이 강해졌다는 뜻이다.

니모가 어항 속 세상에서 만나게 되는 가장 인상적인 물고기는 '무어리쉬아이돌(Moorish idol)'이다.

▲ 어항 속 물고기들의 리더 길

▲ 길의 명령에 물러나는 어항 속 물고기들(후에 니모의 동료가 된다)

무어리쉬아이돌은 학명이 'Zanclus cornutus'이고 척삭동물문 경골어류강 농어목 깃대돔과에 속하는 물고기로, 태평양과 인도양에 주로 서식한다. 〈니모를 찾아서〉에서 등장하는 무어리쉬아이돌의 이름은 길(Gill)로 강력한 카리스마를 지닌 지도자이다. 길은 바다에서 잡혀 왔으며(다른 물고기들은 인공적으로 양식), 몇 번에 걸쳐 탈출을 시도한 강단 있는 물고기로, 그의 신념에는 자유를 향한 의지가 깊게 배어 있다.

길의 등장은 무시무시한 해골의 이미지와 겹쳐 있고, 등장부터 카리스마 넘치는 외모(전신 흉터와 험상궂은 얼굴)와 행동(니모 스스로 탈출하도록 종용)으로 주목받는다. 이로 인해 그는 말을 아끼고 행동을 보여주는 유형의 인물로 각인되는데, 이때 이러한 이미지의 형성에는 훼손된 등지느러미도 한 몫 한다. 흔히 무어리쉬아이돌이 포획되어 이동될 때 등지느러미가 잘라지곤 하는데, 이러한 특징을 영화 〈니모를 찾아서〉에서 살려낸 것이다.

훼손된 등지느러미에도 불구하고 그는 행동의 제약을 받지 않고 늘 당당하다. 이 점은 지느러미의 문제로 위축되어 있곤 했던 니모를 각성시킨다. 니모를 각성시키는 점이 또 하나 있다. 그것은 바다, 즉 고향으로의 회귀 욕구이다. 집과 자유를 찾아 어항을 탈출해야 한다는 길의 신념(바다로 돌아가야 한다는 의지)은 니모에게 강력한 영향을 끼치며, 다른 물고기들에게도 자유를 향한 동기를 불어넣고 있다. 처음 니모는 길의 신념에 반해 그의 일을 무작정 돕지만, 점차 자신이 해야 할 일이 자유를 향한 탈출임을 분명하게 인지하게 된다.

특히 처음 대면한 장소에서 길은, 다른 물고기들이 수중환기구에 낀 니모를 구하려는 행동을 제지하고 나선다. 길은 니모에게 스스로 빠져나올 것을 종용하고, 니모는 처음에 자신이 그러한 능력이 없다고 변명한다. 하지만 길은 무자비할 정도로 냉정하게 스스로 해야 한다는 사실을 주지시켰고, 니모는 생애 처음으로 자신의 힘으로 자신의 탈출을 성사시킨다. 니모도 무언가를 할 수 있다는 자신감을 얻은 사건이었다.

그러한 니모가 어항 속에서 치루는 입사의식은 이러한 정신적 성장을 보여주는 상징적 의식이다.

▲ 어항 속 새로운 세계로의 진입을 위해 입사의식을 치르는 니모

▲ 도리와 물고기들을 구하기 위해서 그물의 공포를 이겨내는 니모

붉은 빛이 일렁이는 어항 속은 긴장감이 넘치고 있다(좌측 화면). 니모는 동료들이 보고 있는 앞에서 화염이 흐르는 화산 위 공기의 기둥을 통과해야 한다. 많은 동료들이 니모가 이 기둥을 통과하기에 무리라고 여기면서도, 니모가 이 시험을 통과하기를 기원한다. 그리고 니모가 이 시험(의식)을 통과하자, 그에게 새로운 이름 '상어 밥'을 제수한다.

기존 질서로 운영되는 물고기 집단 내에서 새로운 구성원을 인증하고 수용하는 절차는 인간 세상의 성인식에 비견될 수 있으며, 관습적으로 적용하는 입사의식으로 확대할 수 있다. 이 절차를 통과하는 이들은 기존의 구성원과 동등한 자격을 지니며, 기존 구성원들은 신입 구성원에게 그에 걸맞은 대우를 해나가기 시작한다. 니모의 새로운 이름은 변화된 지위와 이에 걸맞은 대우를 의미한다고 하겠다.

입사의식은 주체에게 용기와 자신감 그리고 공동체 일원이라는 소속감을 지닐 수 있도록 유도한다. 니모가 공동체의 목적을 위해서 위험을 무릅쓰는 것(필터를 통과하여 어항의 정수 장치를 고장 내는 일)도 공동체 의식이 바탕이 되었기 때문에 가능했다. 연대의식은 개인이 집단이 되는 필수적인 정신 무장에 해당하기 때문이다.

니모의 성장은 어항을 넘어서 바다에서도 실현된다. 정수 장치를 고장 내어서 어항 속 물고기들의 탈출에 결정적으로 기여했던 용기는, 바다 속 그물에 걸려 도리와 다른 물고기들이 위험에 처했을 때 빛을 발한다. 니모는 작은 몸집을 활용하여 그물 속으로 스스로 들어가고, 자신을 만류하는 아버지 말린에게 "자신이 할 수 있다"는 신념을 전달한다. 그리고 기지를 발휘하여 물고기들의 탈출을 이끈다.

니모는 남의 조력을 받는 입장에서 벗어나, 타인을 돕고 구성원을 위해 일하는 성인으로 변모하고 있다. 조력자에서 성인으로 변하는 과정은 니모의 성장을 뜻하며, 이를 통해 〈니모를 찾아서〉는 성장영화의 틀을 갖추게 된다. 말린의 입장에서는 여행의 서사를 보이지만, 니모의 입장에서는 성장의 서사를 띠게 된다.

성장의 서사 혹은 성장영화란, "어린 주인공이 성장통을 겪으면서 인식적 깨달음을 얻고 이에 따라 어른들의 세계로 나아가거나 어른이 되는 과정을 그린 영화"이다. 작품마다 개별적인 편차는 분명 존재하지만, 성장영화의 범주에 속하는 작품은 성장통을 주요 모티프나 사건의 계기로 삼는다는 점에서 공통점을 지니고 있다. 이러한 공통점으로, 성에 대한 탐닉 내지는 관심, 아버지의 부재나 아버지와 다툼, 세상에 만연한 악과의 만남, 죽음에 대한 이해, 그리고 새로운 삶에 대한 도정 등을 들 수 있다. [1]

니모의 모험과 성장은 이러한 도식 중에서 아버지의 부재와 다툼에서 시작하여, 만연한 악과의 만남(틸라), 그리고 죽음(틸라와의 대면)에 대한 이해로 이어지며, 결국에는 어항 속 세상을 넘어 바다로의 회귀라는 새로운 도정으로 마무리 된다고 하겠다.

---

1) 성장영화의 정의와 모티프는 다음의 책을 참조했다(김남석, 『영화와 사회』, 연극과 인간, 2013).

## 3. 바다 여정은 자신을 찾는 과정

말린이 오스트레일리아 대륙(호주)에서 그레이트 배리어 리프 (Great Barrier Reef)를 떠나 빅 블루(Big Blue)를 관통하여 시드니 앞 바다까지 떠나는 모험은 두려움의 연속이었다. 말미잘 집을 떠나야 했고, 깊은 바다로 나가야 했고, 상어나 심해어에 쫓기거나, 길을 잃 고 헤매야 했으며, 해파리를 이겨내야 했고, 고래 뱃속에 들어갔다 나 와야 했으며, 갈매기와 인간의 공격으로부터 벗어나야 했다. 이러한 과정을 가만히 되짚어 보면, 말린 역시 입사의식을 치렀다고 할 수 있 다. 그는 현실의 어려움을 이겨내기 위해서 각종 고난을 넘겨야 했으 며, 그로 인해 그 마지막 성취 단계에서 중요한 깨달음을 얻을 수 있 었다.

그 깨달음은 '나란 누구인가'이다. 더 좁혀서 말하면, '내가 어떻게 해야 아빠가 될 수 있는가'에 대한 해답이었다. 말린은 니모를 보호하 고 그를 안전한 곳에 두는 것만이 최선이라고 생각했다. 하지만 도리 의 말대로 아무 일도 일어나지 않는 인생을 사는 것은 정말 힘든 일일 것이다. 그리고 니모가 아무 일도 하지 못할 것이라고 믿는 것도 슬픈 일이 아닐 수 없다.

하지만 말린은 그렇게 했고, 그렇게 하는 것이 자신-아빠의 의무라 고 생각했다. 본래 흰동가리는 암수 구별이 없고 육아 기간에는 수컷 이 암컷이 될 수도 있는데, 이러한 변화를 〈니모를 찾아서〉는 극성스 러운 아빠로 표현했다. 그러한 집착은 니모에게도 불행한 일이었지 만, 일차적으로는 말린 자신에게 불행한 일이었다.

따라서 니모를 찾아 떠나는 여행은 궁극적으로 니모를 구출한다는 의미를 지니게 되고, 여기서의 구출은 인간의 손에 잡혀간 니모뿐만 아니라 잘못된 육아의 방식으로 옥죄는 삶을 사는 니모를 구하는 일도 함께 포괄하고 있다. 이를 위해서는 먼저 말린이 자신이 누구여야 하는가를 파악해야 했다.

말린은 도리, 클레쉬, 조용한 고래, 심지어는 펠리컨 등을 만나면서 자신이 먼저 변해야 아들이 변할 수 있으며, 그러기 위해서는 자신이 누구여야 하는지를 알아야 한다는 깨달음을 얻기 시작했다. 그는 거대한 물고기와 대결하는 용기를 보이기도 했고, 해파리를 뚫고 친구를 구하는 신념을 표출하기도 했다. 말린 안에는 말린도 미처 알지 못했던 다른 자아의 모습(두려움을 이겨내고 타인을 돕는)이 존재하고 있었고, 그 모습은 주변의 생명체를 감명시켰다. 단순히 부성애만으로 설명할 수 없는 용기와 정당함이 도사리고 있었고, 숨겨져 있던 자아를 불러내는 역할을 했다.

그러면서 그는 도리를 믿고, 도리가 믿는 이웃을 믿는 결단을 내리기 시작한다. 의심 많고 머뭇거리고 조심성으로 일관하던 그의 성격은 조금씩 변화했고, 상대방을 믿고 과감하게 결정하고 신념을 위해 목숨까지 거는 담대함을 내보이기 시작했다. 특히 아들에 대한 신뢰를 되찾으면서 그는 자신의 존재 이유를 새롭게 정립하기 시작했다. 그는 크레쉬의 말대로, 아들은 지배하려고 하지 않고 아들의 의사와 행동은 존중하기 시작했다. 아들 이전에 도리에게도 동일하게 행동했다. 즉 부성애뿐만 아니라 그-말린의 성격 자체가 변모하기 시작한 것이다.

이러한 변모를 고정된 자아에서 변화된 자아로의 이행 과정으로 본다면 분명 변화에 해당하겠지만, 내면에 깃들어 있는 질문을 통해 '나

는 누구인가?' 혹은 '나는 누구여야 하는가?'에 대한 대답을 찾는 과
정으로 본다면 이것은 자기-자신으로의 회기라고 할 수 있다. 우리는
니모를 찾아 나선 말린을 통해, 자신-말린을 찾아나서는 여행을 상정
할 수 있는 것이다.

　이러한 말린의 변화(여정)를 〈니모를 찾아서〉의 중요한 한 축으로
본다면, 적대자의 형상을 조력자의 형상만큼 주목되지 않을 수 없다.
일단 말린의 삶에 나타난 적대자의 형상을 모아보자.

▲ 말린의 가정을 파괴한 포식자

▲ 그레이트백상어/마코상어/망치상어

　가장 먼저 주목되는 적대자는 말린의 아내와 대부분의 자식(알)을
잡아먹은 포식자이다. 좌측 화면에 나타나듯, 포식자는 크고 음울한
형상으로 나타나 말린의 가정을 쑥대밭으로 만들어버렸다. 이후 말린
은 상어 등의 포식자를 피해 조심스럽게 살아왔지만(그래서 니모가
상어를 만난 적이 있느냐는 질문에 아니라고 대답한다), 니모를 잃고
깊은 바다로의 여정을 시작하면서 거대한 상어와 조우한다.

　〈니모를 찾아서〉에 등장하는 상어는 세 가지 종류로 그레이트백상
어 '브루스(Bruce)', 마코상어 '첨', 망치상어 '앵커'가 그들이다. 그레
이트백상어는 크고 거대한 몸집으로 생태계의 최정점에 있는 대형육
식어류이고, 카코 상어는 속도가 빠르고 망치상어는 방향 선회에 탁

월한 재능을 보이는 육식어류이다. 이들은 바다를 공포를 물들이는 존재인데, 그중에서도 그레이트백상어는 바다를 지배하는 위협적인 존재이다. 하지만 이들은 채식주의로의 전향을 선언하면서, 말린과 도리를 자신들의 그룹(회의)에 일원으로 초빙한다. 하지만 일이 꼬이면서 말린과 도리는 그들의 공격에 직면하고 이를 피하기 위해 더 깊은 바다로 나아가야 했다.

깊은 바다에는 또 다른 적들이 기다리고 있었다. 대표적인 적이 심해어이고, 대양을 항해하는 고래이다.

▲ 어두운 바다에서 만난 심해어　　　▲ 도리와 말린에게 다가오는 고래

잠수부의 수경을 찾기 위해서 내려간 바다에서 기다리고 있는 것은 심해어였다. 어두운 바다에서 외로운 등불로 먹이를 유혹하는 포식자. 하지만 중대한 변화가 이 포식자로 인해 일어난다. 빛이 없는 해저에서 수경에 쓰인 글자를 읽기 위해서는 심해어의 촉수가 필요했기 때문이다. 말린은 심해어로 인해 위기에 처하지만 동시에 심해어의 불빛으로 니모에게 가는 길을 이어갈 수 있었다.

고래의 경우에도 크게 다르지 않다. 조류에서 내린 말린과 도리가 길을 잃고 헤매고 있을 때, 멀리서 어렴풋한 형상으로 나타난 물고기가 있었다. 처음에는 작은 물고기로 생각했지만 거대한 고래(범고래)였고, 그냥 지나가는 듯 했지만 어느새 다가와 두 물고기를 삼킨다. 고래는 말린과 도리를 삼키고 바다를 헤엄쳐 그들을 시드니에 내려준다.

화면 속의 고래는 애초에는 조력자의 형상이기보다는 적대자의 형상에 가까웠다. 심해어의 경우에는 결과적으로는 조력자가 되지만, 그 의도는 적대자(포식자)였다. 이러한 변화는 적대자도 조력자가 될 수 있으며, 그들–적대자가 세상에 존재하기 때문에 말린의 여정이 결과적으로 완성될 수 있다는 전언을 생성한다.

세상에는 조력자만 있는 것도 아니고, 적대자가 항상 부정적인 영향만을 끼치는 것도 아니다. 조력자가 한없이 조력자일 수만 없는 것처럼, 적대자 역시 '나'에게 도움이 될 수 없는 것은 아니다. 문제는 이러한 조력자와 적대자를 만나는 개인의 태도와 수용의 문제일 것이다. 그렇다면 도리는 주목되는 존재로 적대자–조력자의 문제를 되짚어야 할 새로운 출발점이기도 하다.

말린은 잃어버린 아들의 종적을 찾다가 도리를 만나 도움을 얻기도 하지만, 도리의 건망증과 천진난만함으로 인해 적지 않은 고초도 겪게 된다. 상어의 위협(발광)이나 심해어와의 조우에는 이러한 도리의 영향이 개입되어 있다. 하지만 동시에 도리가 없었다면, 말린은 니모의 행선지를 알 수 없었다. 도리가 글자를 읽을 수 있었기 때문에, 수경에 쓰여 있는 단서를 취득할 수 있었기 때문이다. 하지만 그녀의 천진난만함으로 인해 수경이 심해로 떨어졌다는 점을 감안하면, 도리는 어려움을 유발한 원인이기도 하다.

하나하나의 공과를 따지는 것은 적어도 인생에서는 무의미하다. 성공과 실패는 종이 한 장 차이에 불과하며, 그것도 서로 자리를 수시로 바꾸기 일쑤이다. 하나의 실패는 다음의 성공을 부르는데, 상어를 만나러 갔기 때문에 수경을 발견할 수 있었지만, 그 장소가 기뢰가 설치된 지점이었기 때문에 수경을 온전하게 확보하기 힘들었다. 수경을 찾으러 떠난 길은 위험천만했지만, 다가온 적으로 인해 수경의 글자를 읽을 수 있었다. 도리는 늘 위험을 초래하고 천진난만함으로 말린을 곤란하게 했지만, 도리는 결정적으로 말린을 돕고 멀고 긴 여정을 한결같은 마음으로 함께 한다.

조력자가 늘 조력자일 수 없고 적대자 역시 늘 적대자일 수 없다는 깨달음은 이러한 조력과 위험을 받아들이는 주체의 마음을 살피게 만든다. 말린은 애초에 도리를 이용하려고만 했기 때문에, 쓸모가 다하고 말썽을 일으키는 도리를 부담스럽게 여길 수밖에 없었다. 그래서 중간에 말린이 도리에게 '혼자 가고 싶다'고 제안하는 것은 이러한 부담을 짊어지고 싶지 않아서였다. 하지만 말린의 바람은 이루어지지 않았고, 결과적으로 이루어지지 않았기 때문에 – 도리와 헤어지지 않았기 때문에 – 말린은 니모를 찾아낼 수 있었다.

주목해야 할 점은 말린이 도리에게 헤어지자고 한 말 속에 있다. 말린은 도리를 좋아하지만 도리와의 동행으로 자신이 지체된다고 말하고 양해를 구한다. 하지만 도리는 이 말을 이해하려고 하지 않고, 자신이 꼭 말린을 도와야 한다고 주장한다. 실제로 도리가 없었다면 말린이 넘을 수 없는 관문도 많다고 해야 한다. 그리고 해파리와의 일장 고투는 말린에게 시사 하는 바가 적지 않다. 왜냐하면 건망증이 심한 도리가 끝까지 기억하고 충고한 내용을 말린이 자신의 판단으로 어기는 바람에 자신뿐만 아니라 도리까지 위험에 빠트렸기 때문이다.

말린은 혼자 힘으로 세상을 헤쳐나갈 수 없으며, 자신이 생각하는 것보다 혼자만의 판단이 위험할 수 있다는 사실을 인정하지 않을 수 없다. 여정을 지연시키고 위험을 초래하는 것이 도리라고 생각한 적도 있지만, 사실은 자신에게도 그 책임이 있으며 그것은 친구를 친구가 아닌 수단으로만 여기고 자신이 우월하다고 판단했기 때문이라는 점을 인정하게 된다. 이러한 반성은 궁극적으로는 말린과 아들 니모의 관계에도 적용된다. 말린은 자신이 더욱 잘 알고 자신이 더 올바른 판단을 내릴 수 있다는 아집에 사로잡혀 있었고, 이러한 아집이 결과적으로 도리나 니모를 위험에 빠트렸다는 사실을 인정해야 했다.

이러한 말린의 변화는 생각의 확대와 심화를 의미하며, 자신이 어떠한 존재인지를 찾아가는 과정이라고 할 수 있다. 말린은 표면적으로는 아들을 찾아 나서고 있지만, 동시에 친구가 어떠한 존재인지, 세상에서 자신과 친구가 함께 해야 하는 일이 무엇인지를 찾아 나서고 있다고 해야 하며, 궁극적으로는 자신이 누구인지를 찾아 나서고 있었던 것이다.

따라서 말린의 이야기는 비단 한 물고기의 이야기로만 국한되지 않고, 인간 세계를 탁월하게 그려낸 세상과 인간의 비유가 될 수 있었다. 전 세계의 많은 사람들(아이들뿐만 아니라 성인들까지 포함해서)이 이 영화의 이야기에 동의하고 그 전언을 귀담아 들은 것은 이러한 비유가 성공했음을 뜻한다. 이 비유에 담긴 전언은 말린과 니모의 해답에서 찾을 수 있다.

　말린의 해답은 니모가 얻은 해답과 동일했다. 스스로의 힘으로 일어나서 자신의 인생을 살아가도록 돕는 것이 진정한 사랑이라는 것이다. 이러한 해답은 육아와 사랑에 대한 해답을 찾아 나선 이들이 갈구하는 대답일 것이고, 세상에서 '나'의 자취와 행동을 찾아나선 이들이 참고할만한 조언 중 하나일 것이다. 그러니 '니모를 찾아서(finding Nimo)'라는 제명은 동시에 자신을 찾아서(finding myself)'를 뜻한다고 해도 무방할 것이다.

# 제3장
# 잃어버린 자아를 찾는 모험

고대의 여행과 모험에서 물을 건넌다는 것은
자신이 익숙했던 세계에서
자신이 아직 경험하지 못 했던 세계로
나아가야 한다는 숨은 진실을 뜻했다
센은 이름을 되찾고
자신의 반쪽인 치히로를 찾기 위해 바다를 건넌다
바다 위로 달리는 기차를 타고
아직 통합하지 못한 또 다른 분신과 함께,
자신의 정체를 찾아야 하는 동행자들과 함께,
자아의 숨겨진 가장 은밀한 장소인
'늪의 바닥'까지……
이때 그들이 건너는 바다는 내면에 고인 바다였다
그래서 때로는 어둠도 그 안에 함께 있어야 했다
– 〈센과 치히로의 행방불명〉

## 1. 이름을 잃은 여행, 탐욕으로 포획된 존재

치히로는 아버지와 어머니를 따라 대도시를 떠나 한적한 시골 마을로 이사를 오게 된다. 이러한 급작스러운 이사는 치히로에게는 즐거운 일이 아니었다. 더구나 그녀의 부모는 그러한 그녀의 마음을 알아주지 않는다.

시골로 가는 차안에서 치히로는 꽃다발을 들고 있다. 이 꽃다발은 치히로의 시골행을 안타깝게 여긴 친구들이 준 것으로 여겨지는데, 이 꽃다발을 든 치히로는 과거와 단절해야 하는 슬픔 표정이다. 꽃다발은 영광이기도 하지만, 하나의 시간이 끝나고 다른 시간이 찾아온다는 표식이기도 하다. 졸업식이 그러하고, 은퇴가 그러하다. 그러한 이유에서 치히로가 받은 꽃다발은 마냥 기쁜 일만은 아니었다. 치히로도 자신이 처음 받은 꽃다발이 이별의 징표였으며, 결국에는 시들었다는 사실에 몹시 애석해 한다.

더 큰 문제는 시골에 도착하기도 전에 일어난다. 길을 잘못 든 자동차 앞에 터널이 나타났는데, 터널은 마치 다른 세계로 향하는 입구처럼 왠지 모를 이질감을 드러내고 있었다. 왜냐하면 터널을 건너 나타난 놀이공원(부모들은 방문한 마을이 몰락한 테마파크라고 생각한다)은 이상한 아우라에 잠겨 있었고, 그 주변에 위치한 마을에는 사람들의 흔적이 전혀 없었기 때문이다. 퇴락한 분위기에 한껏 긴장한 치히로와 달리, 한산한 음식점을 발견한 그녀의 부모는 음식을 탐하다가 그만 돌아가는 길을 잃고 만다. 미야자키 하야오는 탐식을 한 부모를 돼지로 만드는 사건을 허용한다.

식탐으로 대변되는 탐욕은 이 작품에서 주요한 문제 행위로 인식된다. 그녀의 부모가 탐식으로 돼지가 변하는 것은 당연한 일인 것처럼 여겨지며(치히로는 주인이 화를 낼 것이라고 경고했지만 부모는 이 말을 듣지 않는다), 치히로가 도착한 온천장에서 만난 유바바(온천장의 주인을 부르는 명칭)도 탐욕스러운 경영으로 몸집을 불리고 있다. 실제로 유바바 자체가 거구의 노파로, 그녀의 눈에는 남의 것을 자신의 것으로 만들려드는 음심이 가득 차 있다.

이 작품에서 이른바 성인들은 탐욕과 자신감으로 무장하고 있다. 치히로의 아버지는 길을 잘못 든 것을 알면서도 자신을 과신하며 새로운 길을 찾겠다고 호기를 부리다가 결국에는 금지 구역에 들어가고 만다. 뿐만 아니라 주인의 허락도 받지 않고 음식을 먹고, 이를 제지하는 딸의 말에 자신이 있기 때문에 괜찮다는 허세를 부리고 만다. 세상일을 자신의 관점에서 해결할 수 있고 자신의 판단이 틀리지 않다는 과신과 과욕을 드러내고 있는 것이다.

뒤에서 첨언하겠지만, 탐욕을 드러내는 인물 중에는 인간이 아닌 존재들도 포함된다. 요괴 가오나시는 금을 탐하는 개구리를 삼킨 이후에, 음식을 탐하는 괴물로 변한다. 온천장에서 일하는 사람들은 가오나시의 욕망을 경계하기보다는, 탐욕스러운 가오나시가 던져주는 사금에 현혹되어 더욱 많은 음식을 가져다 바치고 먹기를 종용한다.

가오나시는 음식을 먹을수록 식탐이 늘어나고, 사람들은 사금을 가질수록 물욕이 늘어난다. 주는 자와 받는 자는 서로의 욕망을 부추겨서 결국에는 돌이킬 수 없는 소동을 만들고 만다.

이러한 욕망의 기하급수적 증가는 자본주의 사회의 폐단과 모순을 보여준다고 하겠다. 금과 음식이 기하급수적으로 상대를 자극하여 결국에는 거품처럼 불어난 욕심으로 인해 양자가 모두 피해를 입게 되는 셈이다. 이러한 모습은 어른들이 이룩한 사회가 무엇을 필요로 하는지 간접적으로 증명한다고 하겠다.

어른들이 탐욕으로 병들어가는 데에 반해, 아이의 경우는 이와 상황이 다르다. 대표적인 인물이 치히로이다. 새로운 살 곳(터전)을 구하는 것에 대해서도, 놀이공간을 탐사하는 것에 대해서도, 함부로 음식을 먹는 것에 대해서도 치히로는 반대 의견을 분명하게 표한 바 있다. 하지만 부모들은 치히로의 말을 듣지 않았다가 결국 나락으로 떨어지고 만다.

치히로는 센이 되고 난 이후에도 탐욕에서는 한 발 물러나 있다. 가오나시가 뿌리는 금에 현혹되지 않은 인물은 신들의 온천장에서 센이 유일했다. 센은 애초 치히로(순수한 아이)의 마음을 배반하지 않은 것이다.

홀로 남은 치히로는 탐욕의 대가로 돼지로 변한 부모를 살리기 위해, 그리고 혼자 남겨진 이 세계('신들의 온천장')에서 혼자 힘으로 버텨내기 위해 노동의 현장(일터)에 뛰어들게 되는데, 그 관건을 쥔 주인이 유바바였다. 유바바는 일을 하겠다는 치히로를 거부하지는 못하지만, 취직의 대가로 그녀의 이름을 빼앗아간다. 유바바는 이름을 빼앗아 상대로 하여금 돌아가는 길을 잃도록 만드는데, 이것은 정체성

의 혼란을 야기하여 자신-고용주의 이익을 도모하는 수법을 상징한
다고 하겠다. 그러니까 유바바가 이름을 빼앗는 행위는 곧 상대를 악
용하여 자신의 이익을 극대화하는 전략에 해당한다. 당연히 이러한
행동은 탐욕의 산물이며, 그 탐욕에서 야기된 일이 '이름 뺏기'였던
것이다.

이름을 빼앗기는 설정(당사자에게는 누군가의 탐욕에 의해 희생양
이 된 결과)은 치히로와 그 일가에게 치명적인 위험을 가져온다. 그녀
의 부모들은 자신들의 정체를 망각하고 말았고, 치히로는 자신의 이
름을 사용할 수 없게 되었다. 자본주의 사회에서 이름은 구성원을 인
정하는 기본적인 조건이다. 우리는 고유한 이름으로 사회에 입사(入
社)하며 그 이름을 통해 남들과 구별된다. 하지만 회사로 대변되는 직
장, 혹은 지역으로 대변되는 거주지에서, 그 이름은 다소 다른 형태
로 변화된다. 불평 많고 응석 부리는 소녀 치히로는 사라지고 고된 일
을 감당해야 하고 손님의 비위를 맞추는 급사 치히로, 아니 종업원 센
이 남게 되는 것이다. 우리는 회사에서 일하면서 자신의 고유 이름보
다는 김대리, 이과장, 박상무 등의 호칭을 얻게 되고, 누군가의 상사
혹은 누구의 부하 직원, 어느 회사의 대표 내지는 협력 회사의 담당자
등의 직책과 위치로 변모하게 된다.

치히로가 센이 되는 과정은 어린아이 치히로가 입사의식(入社儀
式)을 거쳐 모여 사는 사회의 일원으로 편입하는 과정에 해당한다(그
러한 측면에서 신들의 온천장으로 들어오는 길 역시 일종의 입사 과
정을 뜻한다). 물론 그 과정에서 생사여탈권을 경영자(이 경우에는
유바바)가 가지게 되고, 이로 인해 치히로라는 개성과 정체성은 보류
되게 된다.

이러한 과정을 겪는 이는 비단 치히로만이 아니었다. 치히로를 구하여 센이 될 수 있는 결정적인 도움을 준 이가 하쿠인데, 하쿠 역시 뛰어난 능력에도 불구하고 유바바의 손아귀에서 벗어나지 못하고 있다. 〈센과 치히로의 행방불명(원제 千と千尋の, Sen to Chihiro no Gamigakushi)〉에서는 그 이유를 유바바가 훔쳐간 하쿠의 본래 이름 때문이라고 설명한다.

하쿠나 센의 사례를 참조하면, 유바바의 힘은 이름(정체성)을 빼앗고 새로운 이름(직책)을 부여함으로써 생성되고, 그 힘에 의해 신들의 온천장이라는 거대한 기업이자 지역은 유지되는 듯 했다. 그러한 측면에서 보면 유바바는 경영자를 넘어 독재자의 형상을 지니고 있다. 그녀는 탐욕으로 종업원들의 권리와 이익을 탈취하고, 엄청난 노동과 대가를 요구하고 있다.

대표적인 경우가 가마할아버지이다. 가마할아버지는 온천장의 열기를 생산하는 기계실(욕탕에 온수 공급)을 운영하는 허드레일꾼이다. 그는 길고 유연한 손으로 끊임없이 기계를 돌리고 있는데, 쉬는 시간이 전혀 없을 뿐만 아니라 도저히 한 사람이 할 수 없어 보이는 일을 혼자서 감당하고 있다. 그래서 그의 형상은 여러 개의 손을 가진 존재로 그려졌다. 더구나 그는 과도한 업무에도 불구하고 불평하지 않고 있으며, 그것을 핑계로 남을 괴롭히지도 않는다. 그는 부지런히 일하면서 회사를 위해 애쓰고 있고, 그 짬짬이 센을 돕는 선행도 쌓고 있다. 현실의 관점에서 보면, 숙련된 노동자이고 불평 없는 종업원인 셈이다.

▲ 하층 노동자의 표상인 가마할아버지와 그을음들

　센은 가마할아버지를 보면서 자신이 해야 할 일을 확인한다. 그녀는 응석받이 어린아이에서 스스로 변모하여 자신이 속한 사회의 일원인 센이 되어야 한다는 명제를 이해했으며, 그 모델로 가마할아버지를 만나게 된 것이다. 하지만 가마할아버지는 현실 개선의 의지가 없으며 노동을 통해 정체성을 찾으려는 깨달음도 가지고 있지 못하다.

　센은 가마할아버지의 조력을 받고 그의 위로를 받지만, 그를 모델로 할 수 없음을 눈치 챈다. 하쿠도 아니고, 가마할아버지도 그녀 자신을 완전히 대변할 수 없었던 것이다. 그러한 그녀에게 한 사람이 더 나타난다. 더 정확하게 말하면, 이해할 수 없는 한 명의 요괴였다.

## 2. 자기 얼굴을 잃어 버린 손님

　그 요괴의 이름은 가오나시. 얼굴 없는 요괴였다. 가오나시는 본래는 조용한 손님이었지만, 금을 만들기 시작하면서 모든 구성원들이 기피하는 공포 대상이 된다.

▲ 비를 맞으며 온천장 바깥에 서 있는 양순한 가오나시

▲ 탐욕에 의해 폭력적으로 변한 가오나시

가오나시는 최초에는 조용했던 인물이었고, 또 양순했던 손님이었다. 그는 길들여진 양처럼 조용하게 온천장 주변에 머물고 있었다. 그에게서 풍겨 나오는 기묘한 분위기(일종의 불가시성)로 인해 많은 이들이 주목하지 않았던 것은 분명하지만, 그렇다고 가오나시 자체가 타인의 삶을 침해하거나 압제하는 존재도 아니었다.

문제는 금이었다. 금을 만들기 시작하면서(만들어야 한다고 생각하기 시작하면서), 가오나시는 급작스럽게 변모한다. 치히로에게 잘 보이기 위해서 애쓰던 그는 갑자기 괴물로 변신하고 온천장의 다른 존재들(손님이나 직원)을 위협하는 존재로 전락한다. 이로 인해 온천장 내부는 일대 소란에 휩싸이고, 간신히 변모된 환경에 적응하던 센은 다시 한 번 조직에서 이탈해야 하는 처지에 처한다.

가오나시는 〈센과 치히로의 행방불명〉에서 특별한 위치를 점유하는 캐릭터이다. 그가 센을 돕는 인물이면서도 동시에 적대자이기 때문이다. 더구나 가오나시는 한바탕을 소란을 피우고 난 이후에는, 적대자에서 동행자로 변모하여 센을 따라 '늪의 바닥'으로 떠나는 여행에 동참한다. 물론 폭주가 시작된 이후의 가오나시가 센을 죽일 뻔한 적대자였던 점을 생각하면, 이러한 변화는 주목되지 않을 수 없다. 그의 힘과 성격이 너무 강력해서(집착이 강하고 탐욕스러워서) 다른 사람은 이러한 위협에 끼어들 엄두도 내지 못한다. 위의 인용 장면(우측)에서 센을 쫓아오는 가오나시는 이미 이성을 상실한 상태이며, 악과 탐욕의 화신으로 둔갑한 이후이다. 주위 사람들은 모두 겁에 질려 그-가오나시의 폭주를 떨며 지켜보아야 했다.

가오나시의 온순함/흉포함, 정적/질주, 배려/탐욕은 서로 다른 두 가지 측면을 상징한다. 이러한 두 가지 상반된 성향이 하나의 개체 안에 존재할 때, 이러한 양가감정은 상호 모순되는 배리된 개체를 보여주려고 할 때가 많다고 해야 한다. 그러한 배리된 개채가 인간이며, 줄여서 말하면 인간의 정신이다.

가오나시가 흉폭하게 변한 절대적인 이유가 탐욕으로 물든 마음(대표적인 현상이 식탐과 열광하는 대중에게 금 흩뿌리기)을 제어하지 못하고 개구리(종업원)를 비롯하여 서로 다른 개체를 삼킨 이후였다는 점은 다시 생각할 필요가 있다. 이것은 일차적인 차원에서는 본래 자아의 욕망을 주체하지 못해서라고 할 수 있다. 가오나시는 질주하는 욕망으로 인해 자아의 본질을 망각한 것이다.

가오나시가 삼켰던 인물들에 초점을 맞춘다면, 그는 조용한 자아 내에 대사회적 관계를 맺은 상대의 인격을 통합하는 데에 실패했다고 볼 수 있다. 가오나시는 센의 초대에 의해 온천장에 들어왔는데, 이러한 초대는 타인과의 접촉이라고 할 수 있다. 하지만 타인들의 집합인 온천장(작은 사회)에서 자신과 타자의 관계를 올바로 정립하는 데에 실패한다. 금으로 자신의 욕망을 채우고 센과의 관계(친밀감일지라도)를 개선하려고 했다.

이러한 가오나시의 일방적인 관계 맺기는 온천장 내에 문제를 일으키게 되고, 결국에는 센이 가지고 있던 단약(강의 신의 선물)을 먹고 자신 내에 있던 존재들(타자의 인격)을 토해내고 난 이후에야, 본래의 양순했던 자아로 돌아갈 수 있게 된다. 가오나시에게 온천장은 자신의 본래 자아와, 그 자아를 넘어서는 모험, 그리고 통합된 자아에의 실패를 경험하는 공간이었다는 점에서, 가오나시 역시 일종의 입사의식을 치른 셈이다.

이러한 가오나시의 변모는 동일한 입사의식을 치른 센의 입장을 돌아보게 만든다. 센은 가오나시와는 달리 이 작은 사회에 안정적으로 편입한다. 그는 힘든 노동에 시달리고 부모의 전락에 눈물짓지만, 타인에 대한 배려(인격적 통합)를 잊지 않음으로써 자신의 본래 자아를 지킬 수 있었다. 이것은 이 작품에서 이름을 기억하는 행위로 상징화되었는데, 자아의 본 얼굴을 잃지 않음으로써 사회적 자아로의 발돋움을 이룰 수 있었다.

▲ 온천장을 떠나면서 환복하는 센(센에서 치히로로 변환)

▲ 개구리를 토하고 물에 정화된 가오나시(탐욕에서 양순함으로 변환)

센은 늪의 바닥으로의 여정에 가오나시와 동행하는데, 이 여정은 본 모습을 찾는 여행의 마지막 단계에 해당한다. 센은 종업원으로 활동하면서 입었던 옷을 벗고 치히로의 복장으로 돌아왔고, 가오나시는 삼켰던 타자들을 뱉어내고 본래의 자아로 돌아왔다. 그들은 모두 입사의식을 빠져나오듯 온천장을 떠났고, 자아의 통합과 타자에 대한 도움을 위해 그 다음 단계의 모험에 뛰어든다. 이것은 성장과 사회화, 나아가서는 자아 정체성의 확립에 해당한다.

결과적으로 치히로는 센이 되면서 사회적 페르소나를 얻고 노동과 규율의 절대성을 인정했다. 그래서 슈퍼에고 센이 탄생할 수 있었다. 치히로가 가마할아버지의 도움으로 일자리를 얻으려 할 때, 치히로를 인도하는 종업원은 치히로에게 작별과 감사의 인사를 하도록 지시한다. 이전까지 제멋대로 굴면서 부모의 보호 아래 있었던 치히로로서는 남에게 감사하고 남에게 공손해야 한다는 사실 자체가 낯선 일이었다고 해야 한다(타인과의 관계 설정).

하지만 치히로가 직업(노동자)을 얻기 위해서는 태도와 마음가짐의 변화가 필수적이었다고 해야 한다. 이러한 변화는 노동 전후의 치히로와 센을 자연스럽게 비교하게 만든다. 치히로는 무의식적 편안함을 추구하고 인간으로서의 기본 도리보다는 본능적인 즐거움을 따지는 이드(무의식)에 가깝다고 해야 한다. 가오나시의 최초 모습은 도덕성을 한껏 지닌 슈퍼에고에 가깝고, 그러한 이면에서 솟아오른 폭주는 본능의 폭발인 이드에 해당한다고 해야 한다.

이러한 폭발적인 이드의 모습을 성적 욕망으로 해석할 수도 있다. 즐겨 온천장은 매춘을 동반하는 장소였기에, 그곳에는 어린 접대부가 상주하기 마련이었다. 온천장의 주인을 가리키는 '유바바'라는 명칭은 본래 접대부를 고용하여 온천장의 경영을 책임지는 총책을 일컫는 호칭이었는데, 실제로 〈센과 치히로의 행방불명〉은 이러한 정황을 닮고 있다. 치히로가 유곽에서의 명칭인 센을 부여받는 것도 예명이라고 해석할 수 있다. 그렇다면 가오나시가 내미는 황금은 화대이며, 그로 인해 변모한 가오나시는 어린 접대부에 열광한 손님의 광적인 욕구라고도 볼 수 있다. 작품 내에서 가오나시가 센에게 요구한 것은 성적 접대이며, 이를 불러일으킨 것은 센의 애처로운 모습이었으며, 결과적으로 성적 욕망이 좌절하자 폭주하는 괴물의 모습으로 본연의 욕망이 표현되었다고 해도 큰 무리는 없을 것이다.

하지만 이러한 해석으로 국한하여 〈센과 치히로의 행방불명〉을 제한할 필요는 없다. 성적 욕망 또한 포괄적인 의미에서는 질주하는 본능의 한 요소로 볼 수 있으며, 반드시 성적 행위로만 이 작품의 전체 설정을 해석할 필요도 없기 때문이다. 센(사회적 자아)와 치히로(본질적 자아) 사이의 대립과 분열은 사실 누구 한 사람만의 문제가 아니며, 반드시 성적 욕구로만 야기되는 사안도 아니기 때문이다. 지킬과 하이드의 양면성은 인간이라면 누구나 경험할 수밖에 없는 이중적 면모이다.

다시 센과 치히로가 지니는 내면적 의미로 돌아가자. 센(슈퍼에고)은 이러한 이드의 폭주에 어쩔 줄 모르고 밀려나게 되고, 결국 본능의 질주를 제어하는 데에 실패하면서 자아를 혼돈 상태로 몰고 간다. 도망치는 센의 상태는 도덕률과 사회적 가치관이 붕괴된 상태의 혼란을 보여주고 있다.

치히로가 센의 또 다른 자아이듯, 폭주하는 가오나시 역시 센이 지닌 자아의 한 측면에 해당한다. 물론 조용한 가오나시 역시 마찬가지이다. 가오나시가 비를 맞고 있을 때 센이 이를 초청하는 광경은 심리적으로 격동되면서 본능의 움직임이 커질 때, 마음 한 구석에서 등장하는 회한이나 슬픔 혹은 분노나 격동 같은 심리적 에너지의 이동을 보여준다. 가오나시는 그러한 측면에서 센이 된 치히로가 마주 해야 한 또 하나의 자신이었다. 물론 그 자아의 내부에는 조용함/격렬함, 침묵/질주 등의 상반된 힘이 잠재되어 있었고, 그것은 자신의 내면에 고요 있는 힘들의 실체와도 크게 다르지 않았다.


## 3. '나'의 위치

신들의 온천장에 들어선 나-치히로는 하쿠를 만나 그곳을 떠나야 한다는 조언을 들었다. 하지만 부모는 찾을 길이 없고(처음에는 돼지로 변한 부모를 제대로 인지하지 못한다), 낮에 건너온 얕은 개울은 밤이 되자 깊은 호수처럼 출구를 막아 버렸다.

신화 속의 인물이 저승의 강을 건너듯, 치히로는 좀처럼 건널 수 없는 경계를 넘어, 함부로 들어설 수 없는 세계로 들어선 것이다. 새로운 세계는 장자의 꿈처럼, 자신이 어디에 있는지를 혼란스럽게 만든다. 치히로는 자신이 갑작스럽게 갇힌 세계가 꿈인지, 혼란인지 구분하지 못하며 그 세계 자체를 거부하고자 한다. 새로운 세계를 거부하는 치히로의 모습은 정체성의 혼란을 경험하는 자아의 모습을 상기시킨다.

하지만 치히로는 당분간 그곳에서 벗어날 수 없으며, 바깥세상과 단절된 채로 새로운 삶을 시작해야 했다. 그리고 안쪽 세상에서 센으로 불리게 된다. 센을 '현재의 나'로 간주할 수 있다면, 치히로는 '과거의 나'에 해당하고, 치히로가 만나는 가오나시는 '내면에 존재하는 나의 양면(성)'을 상징한다고 하겠다. 치히로를 떠난 자아는 현실에서 센이 되고, 가오나시의 양면성을 거쳐(대면한 연후에) 양가감정을 지닌 자신을 비로소 마주한다.

만일 센과 치히로가 모두 한 인물의 자아이고, 가오나시마저 해당 인물의 상징적인 자아라면, 하쿠 역시 그러한 관점에서 볼 여지는 없을까. 그렇다면 하쿠는 어떠한 인물일까.

하쿠의 등장은 잃어버린 나와 마주할 것이라는 사실을 알리는 전조로 작용한다. 하쿠는 치히로의 조력자였고, 치히로가 센이 된 이후에도 이러한 사실은 변함이 없다. 다만 하쿠는 유바바가 있을 때와, 없을 때, 센을 대하는 태도에서 차이를 보인다. 유바바가 없을 때에는 하쿠는 센에게 다정하고 절대적인 도움을 약속하는 존재이지만, 유바바가 있을 때에는 이와 반대로 무뚝뚝하고 비정한 상대로 행동한다.

하쿠가 조력자이고 잃어버린 반쪽을 상정한다고 할 때, 그-하쿠 역시 그녀-센이 통합해야 할 자아의 한 분신이다. 하지만 아무리 분신이라고 할지라도 사회적 가면을 쓰는 순간에는 본래의 자아와 차이를 보일 수밖에 없다. 다시 말해서 통합하려는 자아 센이 사적인 상황에 있을 때에는 본능과 감정의 영역에서 하쿠가 다가오지만, 통합하려는 자아 센이 공적인 업무(유바바가 동석)를 수행 중일 때에는 규율과 이성의 영역에서 하쿠에게 다가갈 수밖에 없다.

치히로는 센이 되면서 노동과 사회의 두 얼굴을 목격하게 된다. 두 얼굴은 곳곳에서 드러난다. 하쿠도 예외는 아니어서, 치히로/센을 대하는 하쿠의 두 모습(개인적으로는 다정하지만, 공식적으로는 냉정한)에 처음에는 놀란다. 뿐만 아니라 센은 유바바가 자신에게 가혹하게 굴면서도 공적 임무를 성공시킬 때 – 가령 오물신을 만족시켜 신들의 온천장에 큰 이익을 가져올 때에는 대단히 친근한 어조로 다가오는 이중적인 상황에도 놀라지 않을 수 없다. 공적인 자아(센)를 획득한다는 것은 사적인 자아(치히로)와 때로는 양립하기 힘든 상황을 이겨낸다는 뜻이기도 하다. 그것은 사회라는 공식적인 차원에서 타인과 맺어야 하는 관계가 다르기 때문이다.

  사회생활을 시작하고 집단의 구성원이 된 이에게 사적인 영역/공적인 영역의 구분은 필수불가결한 조건이다. 누구나 이러한 두 가지 영역 사이에서 서로 다른 자아를 선보여야 한다. 심리학적 용어로 따지면 페르소나를 달리 써야 한다고 할 수 있다. 하쿠는 센의 페르소나이다. 그러니 센이 필요로 하든 그렇지 않든 센이 처한 상황에 맞게 하쿠는 행동해야 하며, 센은 이러한 하쿠의 의도와 의미를 이해해야 한다. 그것은 센이 또 다른 나를 자신 안에 통합하는 과정으로 파악될 수 있으며, 결과적으로 어린 치히로의 가면(사회적 자아) 위에 센과 가오나시의 가면을 덧쓰고, 다시 그 위에 하쿠의 가면까지 덧쓰는 행위로 요약될 수 있겠다.

  그렇다면 나-센의 위치는 계속 달라질 수밖에 없다. 레오 까락스의 〈홀리 모터스〉에서 오스카가 리무진 속에서 계속해서 변신하고 그때마다 서로 다른 '나'를 연기해야 했던 것처럼, 센 역시 이상한 마을에 들어오는 순간부터 치히로에서 수많은 센으로 변화하는 여정을 외면할 수 없었다.

## 4. 감춰진 반쪽을 찾아 떠나는 여행

우여곡절 끝에 센, 가오나시, 보 등은 유바바의 쌍둥이 자매 제니바를 찾아가는 여행을 시작한다. 센의 여행이 이미 시작되었다는 점에서, 제니바를 만나는 여행은 여행 중의 여행, 혹은 계속되는 여행으로 볼 수 있다.

여행은 떠난 자리로 돌아오는 모험이라고 할 수 있는데, 이들 일행은 제니바를 만나 원하는 것을 얻고 돌아와야 하는 운명을 따른다. 그 중에서 가장 절박한 센은 가오나시를 돌보아야 했고, 보 역시 동행해야 했다. 특히 센은 이러한 동행자들의 문제뿐만 아니라 자신의 문제도 지니고 있었다. 더구나 센에게는 하쿠의 문제도 해결해야 하는 사명감까지 부여되어 있었다.

센은 결국 비어있는 자아를 채워야 하는 임무를 부여받은 셈이다. 잃어버린 반쪽이 존재한다는 사실을 이해하고, 이를 찾아 채우기 위한 여정이었던 셈이다. 센이 만난 제니바 역시 유바바의 반쪽으로, 유바바가 돈과 권력 그리고 경영으로 특화된 한쪽이었다면, 제니바는 노동의 가치를 이해하고 삶의 의미로서의 정체성 확립을 중시여기는 본질적 측면이었다. 유바바가 실제 활동에서 이윤의 극대화와 힘의 최대화를 도모하는 현실적 측면이었다면 말이다. 센은 제니바를 통해 궁금했던 것들에 대한 자신의 생각을 나름대로 정리해 나간다.

유바바와 제니바도 센과 치히로처럼 인간 내면의 분열된 두 측면으로 볼 수 있다. 유바바는 엄격하고 노동의 가치를 강요한다. 그녀는 탐욕스럽지만 계약을 지킬 줄 알며, 자신이 권력을 쥐고 흔들지만 정해진 규칙을 함부로 어기지는 않는다. 그녀는 규칙을 준수하고 노동을 존중하며 함께 사는 세상에서의 계약을 강요하는 타입이다. 그렇다면 앞에서 말한 슈퍼에고의 단면과 유사하며, 프로이트가 말한 현실원칙에 해당한다.

반면 제니바는 다정하고 친절하고 온화하다. 그녀 역시 노동을 하지만 남들에게 무언가를 강요하지는 않고, 화려한 것보다는 소박한 것을 중심하며, 타인들과의 관계를 중시하지만 기본적으로는 자신의 세계를 가꾸는 것을 중시한다. 이러한 특성은 쾌락원칙과 흡사하다.

결론적으로 그녀는 감정적이고 유바바는 이성적이다. 유바바가 계약과 규율과 집단과 질서를 중시하는 성향이라면, 제니바는 정서적 친밀감과 내면적 평온과 개인적 편안함 그리고 인간적 대응을 표방하는 성향이다. 따라서 두 인물은 서로 상반되는 성향을 지닌 인물들이지만, 이러한 특성은 샴쌍둥이처럼 서로 붙어 있는 인간성의 두 측면을 의미한다고도 볼 수 있다.

센은 치히로를 자신 안에 통합해야만 – 즉 그 존재가 수용하고 그 이름을 기억해야만 – 통합된 자아를 구성할 수 있는 것처럼, 유바바와 제니바 역시 홀로 떨어져서 존재하는 것만으로는 완성된 자아를 만들 수 없다. 인간은 제니바처럼 자신만의 방식과 고독을 즐길 수도 있어야 하지만, 유바바처럼 어떻게 해서든 타인과 조직 그리고 사회를 이루면서 살아야 하기 때문이다. 그렇다면 센과 치히로가 통합되어야 하듯, 유바바와 제니바도 서로를 수용해야 한다.

센이 유바바의 부탁을 받아 제니바를 만나러 가는 여행은 실상, 자신 안의 또 다른 자신인 치히로를 발견하고 마중 나가는 여정과 크게 다르지 않다. 그래서 돌아올 수 없는 편도 기차를 타고 가야하며, 안개로 희미한 길을 따라 전진해야 하며, 자신의 또 다른 분신들과 함께 가야 한다. 여행 자체가 반쪽짜리였던 자신을 온전한 하나로 통합하는 여행이었기 때문이다.

## 5. 오래된 기억 속에서 꺼낸 '나의 이름'

하쿠의 본래 이름은 '니기하야미 코하쿠누시'였다. 그는 그 이름을 잃는 순간 유바바의 하인(종)이 되어야 했다. 그것은 스스로 원하고 결정하고 행동하는 자유를 잃고, 누군가의 명령을 듣고 그것을 따르고 책임을 미루는 제약을 지니게 된다는 것을 뜻한다. 내가 아닌 다른 이가 되는 셈이다.

그렇다면 하쿠가 그토록 갈구하는 자신의 이름은, 자신의 정체성이라고 할 수 있다. 이 작품에서 이름을 찾는/보존하는 행위는 정체성을 지니고 파악하는 행위에 다름 아니다. "내 이름이 무엇이었지?" 라는 질문은 곧 "내가 누구였지?"라는 질문과 상통하는 셈이다. 내가 누구인지를 말할 수 있다는 것은 스스로의 정체성을 가지고 있다는 뜻이다.

〈센과 치히로의 행방불명〉은 자신의 정체성을 누군가의 조력을 통해서 되찾을 수 있다는 점을 명시하고 있다. 하쿠는 치히로를 도우면서 자신의 이름을 절대 잊어서는 안 된다고 일러준다. 흥미로운 점은 이렇게 말하는 하쿠 본인도 자신의 이름을 잃었다는 점이다. 본명을 되찾는 것은 본분을 되찾는 것이고, 그것이 자신의 정체성을 되찾는 것이라고 할 때, 하쿠의 망각은 타인의 도움이 필요한 상황을 확인시키는 기능을 한다.

우리는 함께 살면서 타자를 통해 자신을 본다. 자신의 이름을 누군가가 불러주었을 때, 자신의 이름이 온전히 자신의 정체성에 반영되듯이, 타자가 나의 이름을 불러주지 못하거나 불러줄 수 없다면, 우리는 자신의 이름과 본분을 발견하기 어려울 것이다.

그래서 하쿠의 이름을 찾아주는 이는 센이었다. 센은 치히로 시절 자신이 경험했던 어떠한 기억에서 하쿠의 본명을 찾아준다. 되찾은 하쿠의 본명은 하쿠의 기억과 정체성 그리고 삶의 방향을 연쇄적으로 불러일으킨다. 하쿠는 이제 유바바의 노역에서 벗어날 수 있는데, 그것은 하쿠 역시 성숙된 자아로 홀로 설 수 있음을 의미한다.

하쿠는 치히로를 도와 센을 만들었고 다시 센에게 치히로의 기억을 남겨주었다. 그래서 센은 치히로의 기억 속에서 하쿠의 본명을 꺼내어 거꾸로 하쿠를 하쿠답게 만들 수 있었다. 센과 하쿠는 서로를 치유했으며 결과적으로 타인이 그 이름을 기억하고 불러줄 때에만 자아의 이름 역시 보존된다는 명제를 확인할 수 있었다.

## 6. 남을 도와 나를 깨닫다

이러한 사례는 하쿠와 센 사이에서만 나타나는 것은 아니다. 가오나시가 잃어버린 것은 '얼굴'과 '말'이었다. 얼굴이 자아를 이루는 고유한 실체라고 할 수 있다면, 가오나시의 얼굴은 곧 이름과 다를 바 없다. 즉 가오나시가 잃은 것은 얼굴이지만 궁극적으로는 정체성이었던 것이다. 이러한 가오나시가 본능의 폭주를 겪고 다시 태어날 때, 그-가오나시는 자신이 어떠한 길을 가야 하는지 알게 되었다. 가오나시가 센을 따라 제니바에게 가는 것은 그 길을 걸어갈 준비가 되어 있었기 때문이다.

그리고 가오나시는 제니바에게서 자신의 성숙을 이루는 또 하나의 방식을 깨닫게 된다. 그는 실을 자아내는 마음으로 자신 안에 있는 가닥가닥의 자신을 끌어내어 보다 성숙한 자아로 짜내는(통합하는) 일을 하기로 한 것이다.

가오나시는 애초부터 신들의 온천장에 쉬러 왔다고 할 수 없다. 그는 실체 없는 유령처럼 자신이 무엇을 해야 하는지 제대로 인식하지 못하고 있었다. 그러다가 센의 부름에 이끌려 자신을 돌아보고 그 안에 있는 탐욕스러운 것들을 덜어낸 이후에 온전히 자신을 찾아가는 여행을 떠날 수 있었던 것이다.

하쿠가 치히로의 이름을 보존하게 했고 치히로일 수도 있었던 센이 과거의 기억을 통해 하쿠의 본명을 돌려주었듯, 센은 가오나시에게 스스로를 돌아보도록 유도했던 것이다. 그렇다면 가오나시는 어떻게 남을 도왔을까?

가오나시의 폭주를 다시 돌아볼 필요가 있다. 가오나시는 센의 환심을 사려고 하다가 그만 탐욕의 그물에 걸려든다. 앞에서도 언급했지만 탐욕은 이 작품에서 특히 경계하고 있는 부정적 덕목이다. 가오나시의 폭주는 탐욕의 결과였고 이로 인해 센은 적지 않은 고초를 겪어야 했지만, 대신 자신 내부에 있는 탐욕을 억제하고 자기 내부의 문제적 요인을 조율해야 하는 필요성을 일깨웠다. 가오나시의 사례는 센이 치히로라는 쾌락원칙을 수용하는 지침을 알려주었다고 볼 수 있겠다.

사실 자아는 세상과 마주할 때, 세상의 것들을 소유하려는 욕망으로 인해 불편해지거나 타락하기 마련이다. 치히로의 부모는 음식을 탐하면서 자신에 대해 잊었고, 유바바는 금전을 탐내면서 인간성을 잃었으며, 하쿠는 마법을 욕심내다 악의 구렁텅이에 몰렸고, 온천장의 종업원들은 금을 탐내다가 잡혀 먹히는 고초를 겪었다. 유명한 강의 신은 자신 내부에 쌓인 쓰레기를 다루지 못하다가 오물을 뒤집어썼으며, 가오나시는 센에 대한 집착 때문에 요괴 이상의 괴물이 되어야 했다. 센이 된 치히로만이 그러한 욕심에서 벗어나 '정직한 자아'를 보존할 수 있었다.

이를 욕망의 문제로 푼다면, 사회적 자아인 센은 어른들이 부리는 욕망을 통제함으로써 오히려 치히로의 쾌락원칙에서 벗어날 수 있었다. 그녀는 어른들이 현실원칙을 제대로 적용하지 못하고 유아적 탐욕에서 벗어나지 못하는 모습과는 반대로, 어른(성인)이 된 이후에도 순수한 자아를 고수할 수 있었기 때문에 통합적 자아의 완성에 성공한다.

그리고 그러한 마음 저편에는 하쿠를 돕고, 약자를 돕고, 어려움에 처한 자를 도와야 한다는 이타심도 자리 잡고 있다. 즉 센과 치히로는 이기심에 의한 욕망을 통제하고 이타심에 의한 대인 관계를 긍정함으로써 진정한 자아를 형성할 수 있었다. 완성된 자아는 타자와의 원만한 관계에서 비롯된다. 타자를 수용한다는 것은 자신의 욕심과 욕망을 통제할 수 있다는 징표이다.

자아와 타자의 관계는 유바바와 제니바, 보와 센, 하쿠와 유바바 사이에서도 나타난다. 어느 누구도 자신만으로 이 세상에 있어야 하는 존재 이유를 설명할 수 없었다. 타인의 도움이 없다면 그 모든 것들로부터 성장할 수 없으며, 복잡한 자아의 내부를 들여다보며 탐사할 수 없으며, 부족한 점을 메우고 통합하여 완성된 '나'를 찾아가는 모험을 시도할 수 없었다. 타인만이 자아의 길을 밝히는 유일한 단서였던 셈이다.

## 7. 성장한다는 것의 의미

성장한다는 것은 "'내가 나일 수 있음'에 대해 더 이상 의심하지 않는다."는 뜻은 아닐까. 어릴 적 아이들은 자신과 타자를 구분하지 못한다. 거울에 비친 내 모습이 과연 '나'인지 아니면, '나'를 둘러싼 세계의 다른 구성원인지 구분하지 못하며, 설령 그 구분이 이루어진다고 해도 심리적으로 의존할 뿐 주체적으로 판단하는 단계를 오랫동안 보류해야 했던 경험이 있다.

치히로라는 이름을 쓸 때, 치히로는 어린 아이의 상태였다. 그녀는 시골로의 이사가 싫었고 낯선 곳으로의 방문도 탐탁지 않았다. 하지만 그녀는 수동적인 입장일 수밖에 없었고, 어린아이의 상태에서 부모의 판단과 결정에 따라야 했다.

하지만 신들의 온천장에서 부모가 자신을 망각하고 어린아이 치히로가 새로운 센으로 거듭나면서, 치히로는 더 이상 아이일 수 없었다. 그녀는 일을 해야 했고, 부모를 구해야 했으며, 어떻게 해서든 그곳을 떠나야 했다. 그러기 위해서는 스스로 판단하고 결정하는 주체가 되어야 했다.

판단과 결정의 주체가 되는 일은 쉽지 않았다. 주변은 온통 센이 이해할 수 없는 일들로 가득했고, 자신이 온전히 할 수 있는 일은 허드

렛일에 불과했다. 세상에 자신이 할 수 없는 일들로 가득한 세상에서 일단 살아남을 수 있는 방법은 조력자를 구하는 일이었다.

전통적인 조력자였던 아버지와 어머니가 힘을 잃은 순간, 하쿠가 나타났고, 결정적으로 가마할아버지를 만났다. 얼굴 없는 가오나시도 이러한 범주에 속하며, 유바바의 아들 뚱보 보도 조력자의 층위에 속하면서 동행자가 되어 제니바를 만나러 간다. 어렵게 만난 제니바는 결정적으로 삶의 의미를 가르쳐주는 스승이었다. 가오나시와 함께 제니바를 만나러 떠날 때 이미 치히로는 과거의 치히로가 아니었지만, 제니바를 만나면서 그녀는 더욱 성숙한 어른이 된다. 그래서 그녀는 돌아보지 않고 현실의 세계로 돌아올 수 있었다. 다시는 어린아이 같은 실수를 저지르지 않음으로써 말이다.

성장한다는 것은 과거와 다른 자신을 갖는다는 말이다. 〈센과 치히로의 행방불명〉으로 말한다면, 치히로의 이름을 버리고 센의 이름을 획득하는 것이며, 응석 부리는 아이에서 자신을 책임지는 성년으로 바뀌는 것이다. 더 나아가서는 치히로의 이름과 의미까지 통합하는 것이며, 그를 통해 자신이 갇혀 있던 세계 – 이야기상으로는 신들의 온천장 – 인 유년의 세상에서 탈출하여 성숙된 '나'를 만드는 일이다.

이 영화에서는 센만 성장하지 않는다. 하쿠 역시 자신의 변신체였던 용이 실은 강의 모습이었다는 사실을 되살리는 데에 성공한다. 가장 큰 계기는 본명을 찾았기 때문이다. 하쿠처럼 빼앗긴 이름을 되찾음으로써, 자신이 누구인지를 깨닫고, 자신이 가야 하는 길로 가는 일일 수 있으며, 가오나시처럼 얼굴을 되찾기 위해서 끊임없이 노동을 자아내는 위치에 오르는 일일 수 있다. 어쩌면 보처럼 작아진 덩치에도 불구하고 세상을 바라보는 균형 잡힌 시각에 접근하는 일일 수도 있다.

이러한 변화나 행위들은 모두 과거와 다른 나, 어리거나 어리숙했던 나로부터 빠져나와 스스로 선택하고 판단하고 결정하고 또 책임지는 또 다른 내가 된다는 것을 의미한다. 성숙은 자아를 성립시키는 또 다른 과정인 셈이다.

〈센과 치히로의 행방불명〉은 이름을 찾아 세상을 헤매는 소년과 소녀 그리고 얼굴 없는 대중과 숱한 사람들의 이야기이다. 소년과 소녀의 관점에서는 성장영화가 될 수 있으며, 다른 이들의 관점에서는 로드무비가 될 수 있다. 의식의 성장을 통해 과거의 나에서 벗어나 새로운 나로 나아가며, 결과적으로는 과거의 나의 문제를 해결하여 오늘의 나를 새롭게 설정하는 일인 셈이다.

# 제4장
# 바다의 의미

## 1. 사그라지는 노인

쿠바에 휴양 차 방문한 기자의 눈에 한 노인이 눈에 들어온다. 어부들이 한 손 가득 물고기를 들고 귀환하는 저녁 무렵, 빈손으로 터덜터덜 들어와 맥주 한 병으로 시름을 잊는 노인. 노인의 눈과 몸에는 세월의 고락이 가득 담겨 있고, 한 소년을 제외하고는 반기는 이조차 없는 그의 주변에는 삶의 쇄락이 역시 가득 담겨 있다.

마을 사람들은 노인의 행운이 다 했다고 말하고 있었다. 왕년에는 팔씨름 챔피언을 꺾을 정도로 용력이 셌고, 그 누구보다 고기를 잘 잡는 명인이었지만, 현재는 노쇠한 몸과 비참한 몰골을 한 늙은이(노인네)일 따름이다. 그를 따르는 이는 소년 '마놀라'로, 한때 노인에게서 고기잡는 법을 배우며 노인의 조수로 활동한 바 있었지만, 현재에는 아버지의 명령으로 다른 배를 타고 있다. 84일 동안 어떠한 물고기도

잡지 못하는 노인에게 행운이 다했다고 말하는 이는 비단 건방진 청
년만은 아니었다.

노인이 향하는 집도 기울어가는 그의 운명을 보여준다. 소문을 듣
고 노인을 방문한 딸은, 노인의 몰락한 모습에 안쓰러워하며 도시에
있는 자신의 집으로 가자고 제안하지만, 노인은 바다를 떠날 수 없다
고 맞선다. 노인에게 어부라는 직책은 천직인 것처럼 행동하며, 쓸모
없는 노인으로 취급하는 딸의 제안을 거부하는 셈이다.

이러한 오프닝은 노인이 집착하는 바다와 어부라는 직업에 대해 의
문을 품도록 만든다. 이러한 의문은 극중에서 관객들의 대변인으로
등장하는 기자(소설가로 전향하고자 하는)의 눈과 귀를 통해 노인의
행적으로 쫓도록 만드는 동력이 되는데, 이러한 동력은 사실상 노인
의 구체적인 행적을 쫓을 수 없다는 점에서 거추장스러운 것일 수도
있다. 왜냐하면 노인이 85일째 되는 날, 바다로 나가 실제 사투를 벌
이는 장면은 기록할 수 없기 때문이다. 기자는 항구에 머물면서 노인
을 기다리는 일을 할 수밖에 없었고, 그로 인해 영화는 노인과 바다의
사투를 사실상 노인의 눈으로 볼 수밖에 없었으며, 이로 인해 기자의
눈은 제한적으로만 노인의 삶을 기록할 수 있을 따름이었기 때문이
다.

그렇다면 기자는 과연 등장할 필요가 있었을까.


## 2. 소설가의 삶과 여느 사람들의 삶

로저 O. 허슨 각색, 주드 테일러 감독의 〈노인과 바다(The Old Man

And The Sea, 1990)〉에서 신문기자 역할을 맡은 배우는 '게리 콜'이
다. 게리 콜은 은퇴한 신문기자(기자는 자신이 소설가가 되려고 한다
고 밝히고 있다) 역할을 맡고 있다. 젊고 아름다운 부인과 함께 쿠바
의 한적한 어촌을 찾은 그들은, 부인의 말을 빌리면 매일 빈둥거리며
지내고 있다.

　기자는 무언가를 찾고 있고, 늘 메모를 하지만 실질적으로 신통한
결과를 끌어내고 있지는 못하다. 그러던 기자의 눈에 노인이 들어오
고, 기자는 노인의 행적을 추적하기 시작한다. 특히 85일째 되는 날
노인이 바다로 나가고 그 다음날이 되어도 돌아오지 않자, 그의 의문
과 호기심은 더욱 증폭된다.

　기자의 호기심은 처음에는 소재를 찾는 그의 상황에서 이해된다.
무언가를 해야 하고, 그것이 소설이라면 노인은 적합한 소재가 될 수
있다는 상식이 작동하기 때문이다. 아닌게아니라 기자는 아내에게 노
인을 글쓰기 소재로 삼았다고 말하기도 한다.

　하지만 기자가 비단 노인을 글쓰기 소재로만 생각한다면 굳이 작품
내에 등장할 필요는 없어 보인다. 기자는 그 이상의 목적을 지니고 있
으며, 그로 인해 등장인물로 노인과 함께 호흡하며 서 있어야 할 이유
를 지니고 있었다.

　그것은 기자의 몇 가지 행동에서 추론된다. 기자는 애지중지하던
차를 팔았다. 처음에는 수리를 맡겼으나 수리점 사장의 집요한 부탁
에 못이기는 채 하며, 차를 넘기고 만다. 아내는 이러한 남편의 행동
에 놀라는데, 그 차가 남편의 분신과 같은 존재이면서 동시에 세상을
누비고 다니는 기자로서의 신념과 과거를 대변하기 때문이다. 기자가
이 차를 판다는 것은 획기적인 변화를 도모한다는 뜻이기도 했다.

기자는 쿠바에 더 머물기를 원하고, 아내는 이러한 생각에 반대한다. 하는 일 없이 머무는 것에 부담을 느꼈기 때문이다. 더구나 아내는 남편의 변화를 눈치채고 있는 거의 유일한 인물이다. 아내의 눈에 남편은 무언가를 잃고 자신마저 잃어버릴 듯 위태롭기 이를 데 없는 상황이었다.

남편은 말수가 줄어들었고, 밤에도 자지 않고 바다를 바라보는 일을 이어갔다. 노인이 들어오지 않았다는 말로 자신의 행동을 변명하지만, 아내의 직감은 그 너머에 남편이 견디고 있는 상실감이 만만하지 않다는 생각을 지울 수 없다. 아내가 노인의 실종을 쿠바 경찰에 신고하는 것은 사실 노인을 위해서이기도 하지만, 남편을 위해서이기도 하다.

남편은 전직 기자의 신분을 잃었고(그것이 자의인지 타의인지는 밝혀지지 않지만), 그로 인해 새로운 신분과 역할을 부여받아야 할 처지이다. 그 역시 노쇠해 가는 자신의 운명을 지켜보아야 할 처지이고, 쓸모없는 존재로 전락한 자신의 현재를 견뎌야 할 위치였다. 소설은 그가 세상을 위해 자신의 가치를 증명하기 위한 최소한의 안전장치였지만, 극중 현재에서는 이조차 여유롭지 못하다.

하지만 노인의 태도는 달랐다. 동네 어부들의 놀림에도 그-산티아고는 당당했고, 84일간 고기를 잡지 못했음에도 지치지 않고 그 다음 날 고기를 잡으러 바다로 나갔다. 그것도 누군가의 도움을 받고 외롭지 않게 일선으로 나가는 어부들과 달리, 그는 혼자였다. 그가 식당 주인 로페즈에게 노인이 혼자 물고기를 잡느냐고 묻는 장면은 인상적인데, 그 물음이 노인을 겨냥하는 동시에 자신을 겨냥하고 있기 때문이다.

기자가 극중에 등장해야 한다면(단순한 옮긴이나 관찰자가 아니라), 그것은 기자의 처지와 노인의 처지에서 그 이유를 찾을 수 있을 것이다. 기자 역시 허물어지는 자신의 인생에서 무언가를 찾아야 했는데, 그러한 자신의 시선에 걸린 인물이 – 더 정확하게 말하면 역시 무언가를 찾는 인물이 바로 노인이었다.


## 3. 노인의 바다

노인은 85일째 되는 날도 바다로 나갔다. 그것도 먼 바다로 나갔다. 그의 인생이 고기잡이라는 한 길로 너무 멀리 와버린 것처럼, 그의 배도 적정한 영역을 넘어 너무 멀리 와버렸다. 이것을 아는 것은 어려운 일이 아니었지만, 의외로 노인은 이 사실을 다른 사람 앞에서는 인정하지 않고 있었다.

하지만 바다로 나온 노인을 달라졌다. 여유롭던 태도는 사라졌고, 과묵하던 언변은 달라졌다. 고기를 잡아야 한다는 일념은 초조함으로 나타났고, 말이 없던 그의 주변 공간은 혼잣말로 점철되었다. 그는 끊임없이 무언가를 중얼거렸고(배안에는 아무도 없었음에도), 그 말은 대부분 고기를 잡아야 한다는 본연의 목적에 결부되어 있었다. 그러니까 노인은 끊임없이 중얼거리면서 시간을 견디고 있는 것이다.

노인이 84일이나 물고기를 잡지 못했기 때문에, 85일째 되는 날 물고기를 잡을 수 있다는 생각을 품는 것은 상식적이지 않다. 더구나 노인은 자신을 기다리는 물고기가 바다에 있다고 말하면서, 정신이상 징후를 내비치기까지 했다. 그러니 고기잡이 자체가 위험한 일로 간주될 수도 있다.

  하지만 노인은 자신의 고집을 꺾지 않았고, 결국에는 84일치의 삶을 보상받을 만한 거대한 물고기와 무자하게 된다. 거대한 물고기를 잡기 위해서 노인은 주변의 모든 것을 포기한다. 또 다른 낚시대를 포기하고(이 낚시에 걸린 물고기도 상당해보였지만, 노인은 한 가지 일에 집중하기로 했다), 손과 몸에 입은 상처를 감수했다. 물고기는 잡히지 않기 위해서 계속 몸부림을 쳤고, 그때마다 노쇠한 노인에게는 상처가 늘어났다. 피를 흘렸고 걱정을 불러왔다. 모르긴 몰라도 노인도 이 물고기와 마주하게 된 것에 대해 후회도 품었을 법 하다.

  노인에게 바다는 자신의 삶을 지키는 마지막 터전이었고, 그 안에서 물고기를 낚는 것은 자신의 존재 가치를 증명하는 이유였다. 하지만 노쇠한 몸에 어울리지 않는 물고기는 부담스러운 대상이지 않을 수 없다. 큰 고리를 낚고 싶어하는 욕망이 분명 존재했지만, 더 이상 그렇게 큰 욕망을 탐낼 수 없다는 현실의 입장도 무시될 수 없었다.

  노인은 고뇌했고, 또 후회했다. 하지만 한 땀 한 땀 그는 줄을 당겼고, 때로는 풀어주면서 고기와 대치했다. 그렇게 2일 밤낮을 버텼다. 영화는 노인이 버티는 시간 사이사이에, 두 가지 사건(플롯)을 틈입시켰다. 하나는 노인의 영광된 과거였고, 다른 하나는 노인을 기다리는 마을 사람들의 반응이었다.

  노인의 영광은 팔씨름에서의 승리와 행복한 결혼으로 요약된다. 그는 젊은 날에 누구도 당하지 못하는 힘과 기백을 지닌 청년이었고, 이를 바탕으로 인근에서 그 누구도 당하지 못하는 명망을 얻을 수 있었다. 하지만 현재는 불운과 놀림감으로 자부심을 잃을 상태이다. 그러나 지금 줄을 잡고 있는 물고기는 잃어버린 자부심을 되돌려줄 거의 유일한 존재이다.

마을에서 노인을 기다리는 사람들 중에 마놀라와 기자는 주목된다. 마놀라는 산티아고 노인을 비난하는 마을 사람들과 달리, 노인을 최고의 어부로 꼽고 있다. 어부가 큰 고기를 잡아 틀림없이 귀향할 것이라고 확신하고도 있다. 문제는 이러한 소년의 꿈과 바람이 현실에서는 헛된 희망으로 여겨진다는 점이다.

노인의 처지에 공감하는 기자 역시 '그-산티아고'의 귀환을 애타게 기다리고 있다. 노인의 귀환은 '그-기자'에게 또 다른 삶의 기회라도 주는 듯 이 일에 그-기자 역시 상당한 관심을 가지고 있다. 부적처럼 예언처럼 노인의 삶이 자신의 삶을 되돌려 줄 것이라고 믿는 듯 하다.

노인은 모르고 있으나 노인이 잡은 줄은 사람들의 꿈과 희망을 대변하고 있다. 물론 자신의 꿈과 재기에의 욕망을 담고 있기도 하다. 그러한 측면에서 거대한 물고기를 만난 것은 행운이었다. 그토록 오랫동안 시달렸던 불운의 끝에서 온 거대한 반전이었다고도 할 수 있다.

하지만 다른 한편에서는 거대한 물고기는 위험이기도 했다. 노인은 젊은 날에도 상대하기 벅찼던 상대를 하필 지금 만나야 했다. 몸은 쇠약해졌고 자부심은 꺾였으며 인내심도 바닥 난 상태였다. 조력자가 없는 것도 한스러웠다. 오직 자신을 믿고 길고 긴 싸움, 반드시 승리한다는 보장도 없는 사투를 이어가야 했다.

인생의 어느 지점에서 이러한 행운을 만났을 때, 우리는 격정적으로 환호할 수밖에 없다. 평생을 바친 길에서 자신의 신분과 지위를 역전시킬 수 있는 거대한 기회를 만났을 때 말이다. 하지만 그 길에서 겪은 경험은 이 행운과 기회가 감당할 수 없다는 것을 시사하고 있다.

노인에게 큰 물고기는 그러한 존재였다. 어떻게 해야 할까.

헤밍웨이나 각색자 혹은 영화감독은 노인에게 물고기를 잡는 시간을 허락했다. 한 줄기 인생을 따라 온 노병에게 보내는 마지막 선물처럼, 노인은 물고기를 잡는 데에 성공했다. 따지고 보면 산티아고 노인은 이 물고기를 잡는 것과 유사한 성공을 거둔 바 있다.

하루 밤낮을 버티면서 팔씨름으로 챔피언을 꺾은 날도 그러한 성공에 포함될 수 있을 것이다. 이 승리로 산티아고는 전설이 되었고, 많은 이들이 우러러보는 유명 인사가 될 수 있었다. 아내를 얻고 결혼식을 치르던 날도 이러한 성공에 포함될 수 있다. 아내는 그 어떤 물고기에도 뒤지지 않는 환희를 안겨 주었으며, 그로 인해 딸과 가족을 얻을 수 있었다.

산티아고의 머릿속에 맴도는 상념 중에는 어린 날 자신에게 물고기 잡는 법을 가르치던 아버지의 영상도 들어 있다. 그 길이 험난하고 어려운 것을 그때는 몰랐으나, 지금 다시 돌아가도 고기잡이를 배울 것 같은 표정으로 노인은 그 시절을 회억한다. 그리고 손에 잡힌 줄을 놓지 말아야 하는 이유를 찾는다.

노인에게 자부심이나 상실감은 그 이후의 삶이 결정한 것이다. 노인은 고기를 잡는 일에 마냥 흥미를 느꼈고 그로 인해 그 길로 들어섰다. 팔씨름이나 결혼도 마찬가지였다. 팔씨름 이후에 자신이 어떻게 될 것인가를 예상하고 그 일을 한 것이 아니었으며, 아내를 맞이한 이후에 어떠한 유익함이 있는지를 따지고 결혼을 한 것이 아니었다. 노인은 자신 앞에 있는 물고기를, 노인 자신에게 어떠한 존재이거나 어떠한 삶을 줄 것인가에 대해 생각하고 잡는 것이 아님을 깨달았다. 그러니까 노인은 자신 앞에 있는 물고기를 잡아야 한다는 단순한 목적

그 자체가 중요하다는 단순한 깨달음을 얻는다.

노인의 이러한 태도는 결국 물고기와의 승부에서 이길 수 있는 힘이 되었다. 팔씨름에서 승리하거나 인생에서 결혼이라는 환희를 얻을 수 있었던 것도 계산된 어떤 행동의 결과는 아니었다. 인생이 그 앞에 있었고, 그 인생을 마주해야 하는 사람은 그 앞을 지나가야 했다. 노인 앞에 물고기가 있었고, 노인을 그 물고기를 잡아야 했다. 그 어떤 이유보다도 그 물고기가 그의 인생이었기 때문이다.

바다는 노인에게 어부라는 직업을 허용하는 삶의 터전이었음에 틀림없다. 바다가 아니었다면 노인은 물고기를 잡을 수 없었고, 아마 가족을 건사하기도 힘들었을 것이다. 하지만 물고기를 잡지 않아도 그는 부양할 가족이 없는 상태이고, 오히려 성장한 딸이 자신을 부양하겠다는 제의를 하고 있는 상황이다. 그러니 직업으로서의 어부나, 직장으로서의 바다는 그 의미를 상실하고 있다고 해야 한다.

하지만 바다가 거기 있음으로 인해 노인은 자신이 살아 있다는 것을 느낄 수 있었다. 84일간의 좌절을 준 것도 바다였고, 그 좌절에서 벗어날 행운을 준 것도 바다였다. 그리고 그렇게 어렵게 포획한 보람을 가져간 것도 바다였다. 그러한 측면에서 노인에게 바다는 단순한 직장만은 아니었지만, 그렇다고 꼭 바다가 아니면 안 되는 결정적인 조건도 아니었다. 그냥 거기에 있기에, 노인 역시 그곳에 가고 있는 셈이다.

## 4. 빈손으로 돌아온 노인과 내일의 출정

사투 끝에 거대한 물고기를 잡은 노인은 집으로 돌아오는 돛을 폈지만, 곧 또 다른 위기에 봉착해야 했다. 피 냄새를 맡은 상어 떼가 몰려들었고 자신이 잡은 고기는 상어들의 밥이 되어야 했다. 노인은 물고기를 지키기 위해서 안간힘을 썼지만, 작살도 노도 잃고 결국 물고기를 내주어야 했다. 그리고 어촌으로 돌아오는 그의 배에는 앙상하게 뼈만 남은 고기가 달랑 매어 있었다.

사람들은 놀랐고, 자신들의 판단을 의심해야 했지만, 사실 노인은 빈손이었다. 다른 점이 있다면, 바다에 나가야 하는 이유를 회복했다고나 할까. 영화는 놀라운 크기의 물고기를 매달고 돌아온 노인에게, 다시 경외의 시선을 보내는 마을 사람들(그중에는 불운을 비난했던 어부도 있다)의 모습을 포착하지만, 정작 노인에게는 현실을 헤쳐 나갈 희망 이외에는 남는 것이 없었다.

노인의 손에 남은 빈손은 영화의 초반부로 기억을 되돌린다. 노인은 그때에도 빈손이었다. 마치 인생의 영화롭던 시기가 지나면 반드시 맞이해야 하는 인생의 한 지점을 보여주려는 듯, 그-산티아고의 주변에는 잡아온 물고기들로 넘쳐갔건만 정작 그-산티아고에게는 한 마리의 물고기도 없었다.

사실 결말도 마찬가지이다. 사투를 벌여 인생의 무의미를 뒤집고 고기를 잡는 데에 성공했지만, 그 고기는 더 이상 자신의 것이 아니었다. 영화롭던 한 시절에 대한 복원은 결국 자신의 것이 아닌 것으로 판명된다는 뜻일 게다. 노인에게 고기를 잡는 일은 인생의 가치를 증명하는 일이겠지만, 그 고기는 결국 무형의 어떤 것에 불과하며 내일

이 되면 새로운 고기를 잡아야 한다는 사실을 알려줄 뿐이다. 그 고기
가 현실의 이익을 증진시켜주거나, 그 고기로 인해 내일의 노동이 줄
어들지 않는다는 뜻이다. 이러한 결론에 도달하면, 바다는 아무 것도
주지 않음으로써 자신이 주는 것을 감사하게 만들고, 결국 그렇게 준
것이 아무 것도 아니라는 것을 알게 하여 다시 내일을 준비하도록 만
든다.

하긴 산티아고 노인에게 달라진 것이 하나 있기는 하다. 우울한 마
음으로 다음 날의 고기잡이를 떠나지 않아도 된다는 것. 그것은 바다
와 그 바다가 준 고기가 삶을 지속해야 하는 이유이고 그 삶을 추동하
게 하는 긍지였다.

# 제5장
## 잠수에 관한 세 가지 화두

## 1. 숨에 관한 이야기

다큐멘터리 영화 〈물숨〉은 제주 해녀에 관한 영화이다. 고희영 감독은 7년 동안 우도의 해녀들을 추적했고, 그것을 하나의 기록으로 남겼다. 그 기록 속에는 바다를 배경으로 살아가는 해녀들의 삶과 비밀이 담겨 있었다.

고희영 감독이 풀어내는 이야기 속에서 가장 날선 화두는 '숨'이었다. 호흡을 뜻하는 숨. 그 숨이 해녀들의 계급과 운명을 결정하며, 해녀와 해녀 아닌 사람들의 경계를 이룬다는 것이다. 그리고 해녀들은 마지막까지 물숨이라고 불리는 그 갈림길에서 고민해야 하는 존재였다.

이야기를 쉽게 풀어가기 위해서 '숨'에 대해 먼저 알아보자. 제주 해녀들은 별다른 장비 없이 바다에서 작업을 하는 사람들이다. 그녀들은 시간이 되면 바다로 가고 정해진 시간동안 잠수를 해서 그 수확량을 통해, 가정을 일구고 자식을 돌본다. 그녀들에게 바다는 일터였고, 동료였으며, 터전인 셈이다. 그리고 그곳에서 건져 올린 해산물은 가족의 밥이 되고, 남편의 술이 되고, 아이들의 책과 공책이 되었다.

이러한 해녀들에게 바다는 일정한 급간을 부여했다. 얕은 바다에서 일하는 해녀, 중간 바다에서 일하는 해녀, 깊은 바다에서 일하는 해녀가 그것인데, 차례로 '하군(下軍)', '중군(中軍)', '상군(上軍)'으로 불렸고 예외적으로 '대상군(大上軍)'이 존재했다. 하군은 3미터 정도의 바다에서 일하는 해녀를, 중군은 5~9미터 정도에서 일하는 해녀를, 그리고 상군은 15~20미터 정도에서 일하는 해녀를 가리킨다. 대상군은 그 이상의 깊이를 감당할 수 있는 해녀를 가리키는데, 〈물숨〉에서는 우도의 해녀 가운데 단 한 사람만이 이 대상군이라고 밝히고 있다.

이러한 작업 영역을 결정하는 것은 숨이다. 숨을 오래 참을 수 있는 사람은 상군이 되고, 오래 참지 못하는 사람은 하군이 된다. 상군은 위험한 바다에서 일하는 대신, 남들이 좀처럼 얻지 못하는 해산물을 풍족하게 얻을 수 있는 특권을 지닌다. 반대로 하군은 숨이 짧아 바다가 정한 경계를 넘지 못하며, 정해진 해역에서만 작업을 진행할 수밖에 없다.

숨의 길이, 즉 잠수의 깊이는 하늘이 결정하는 것이라고 해녀들은 입을 모은다. 노력을 될 수 있는 것이 아니고, 해녀가 되는 순간부터 결정되는 것이라고 말한다. 문제는 이러한 계급 즉 작업의 급간이 그녀들의 인생에서 불만 사항은 될 수 있을지언정, 바다를 거부하는 사유는 되지 못한다는 점이다. 하군은 하군대로 자신의 영역을 지키고 길지 못한 숨을 보충할 수 있는 방안을 찾고 있다. 상군은 상군대로 자신의 특권을 보장 받는 대신, 다른 사람에 비해 훨씬 무거운 위험을 감수해야 한다.

　그리고 더욱 중요한 것은 생태계의 질서가 이러한 하/중/상군의 영역으로 인해 지켜진다는 점이다. 바다는 공생의 조건으로 해녀마다 활동할 수 있는 영역을 나누어주고 있다. 그래서 그 영역을 지킬 수만 있다면 바다는 해녀들과 제주민들의 밥과 술과 책이 될 수 있으며, 가족이자 동료이자 터전이 될 수 있다.

## 2. '욕망의 숨'과 '죽음의 숨' 그리고 '환희의 숨'

> '물숨'은 차마 잘라내지 못한
> 욕망의 남은 한 조각이다.

　제주의 바다에 숨의 길이에 따라 암묵적인 경계가 생기고, 그 경계가 해녀들에게 바다의 이권을 나누어주듯, 숨의 길이는 해녀들에게 욕망과 죽음의 경계를 나누어준다.

　해녀들은 바다에서 가장 위험한 것은 파도가 아니고, 달라붙는 문어가 아니고, 갑자기 다가온 태풍이 아니라고 말한다. 가장 두려운 것은 마지막 한 모금의 숨에서 일어나는 물욕이고, 그 욕심에 굴복할 경우 해녀들은 마지막 숨 다음에 존재하는 죽음인 물숨과 마주해야 한다.

　해녀들은 타고난 신체적 조건으로 인해 숨을 참을 수 있는 시간이 결정되어 있다. 그리고 해녀들은 이러한 자신의 조건을 알고 있다. 바다에서 해산물을 채취하고 물고기를 잡다가도 마지막 숨에 도달하기 직전에 바다에서 나와야 한다는 사실도 알고 있다. 문제는 그 마지막 숨에 도달하기 직전 생겨나는 욕망이다.

더 많은 것을 채취하고 더 많은 것을 잡기 위한 경쟁장인 바다에서, 마지막 숨을 쉬어야 하는 순간 마주친 자신의 욕망. 한 번 채취에 실패하면 좀처럼 그 자리를 다시 찾을 수 없는 전복과 마주한 순간, 해녀들은 급히 마지막 숨을 돌이켜 전복 채취에 나선다. 그리고 떨어지지 않은 전복의 욕망을 끝내 떨쳐내지 못하면, 최후의 숨인 물숨을 쉴 수밖에 없다. 그래서 고참 해녀들은 신참들에게 물숨의 무서움을 가장 먼저 가르치고자 한다.

  "바다 가면 욕심내지 마라, 딱 너의 숨만큼만 있다 와라. 그러면 바다는 놀이터가 되지만 뭔가를 더 갖겠다고 하면 바다는 표정을 바꾼다."

〈노인과 바다〉에서 산티아고 노인은 84일이라는 길고 긴 허탕 끝에도 바다로 나간다. 바다에 풀어놓은 욕망을 거두어들이지 못했기 때문인데, 그로 인해 그는 거대한 고기를 잡는 행운을 맞이하지만 결국에는 그 행운이 물거품이 되는 순간도 경험해야 했다. 욕심이 고기를 낳지만, 그 욕심으로 인해 고기도 사라지고 마는 셈이다.

해녀들도 바다를 욕망의 터전으로 생각한다. 그녀들이 꿈꾸는 삶 속에서 바다는 돈과 밥과 의미가 되는 곳이지만, 그 욕망이 지나치면 그 속에 사나운 표정으로 도사린 죽음을 볼 수밖에 없는 것이다. 그리고 그 차이는 마지막 숨을 남겨두느냐, 아니면 소진하고 욕망을 뒤쫓느냐에 달려 있다.

물숨은 욕망으로부터 잉태되고, 그 잉태는 죽음을 부른다. 그렇다면 욕망은 죽음과 마주하는 곳에서 터져 나오고, 그 욕망에서 풀려나오는 순간 삶의 환희도 함께 풀려날 수 있다. 해녀들이 깊은 물에서 나와 내는 숨비소리는 이러한 삶의 환희의 다른 말이기도 하다.


## 3. 욕망의 바다에 맞서는 법

많은 해양영화는 바다를 위기의 근원으로 삼고 있다. 다큐멘터리 영화 〈물숨〉은 바다를 삶의 터전으로 상정하지만 동시에 죽음과 늘 마주하는 공포의 권역으로 보기도 한다. 그곳에서 파생된 위기는 해녀의 죽음으로, 혹은 공동체의 소실로 나타난다. 매년 1~2명의 해녀가 사라지는 것도 이러한 위기의 실제적 결과라고 할 수 있다.

하지만 그 위기는 인간의 통제 밑에 놓일 수 있다. 고희영 감독은 해녀들의 삶이 숨과 관련이 있고, 마찬가지로 죽음 또한 숨과 관련이 있다고 밝히고 있다. 그러니까 숨은 죽음을 막는 방책이 될 수 있다고 보아야 한다. 그런데 인간은 숨 뒤에 숨은 욕망에 무지하다. 바다가 숨이고 숨이 욕망이라는 도식을 대입하면, 인간은 숨을 조정하는 것이 욕망이고 그 욕망이 바다로부터 나온다는 점에서 궁극적으로 바다에 무지하다고 할 수밖에 없다.

하지만 다른 차원의 접근도 가능하다. 〈물숨〉에서 고창선 해녀는 끝내 물숨을 삼키고 고혼이 되고 만다. 하지만 그 이전에도 고창선 해녀는 해녀로서의 삶을 포기할 것을, 즉 잠수하지 말 것을 권고 받았지만, 끝내 그 조언을 듣지 않았다. 모든 이야기를 듣는다는 아들이 부탁했음에도, 고창선 해녀는 바다행을 포기하지 않았다.

왜 고창선 해녀는 바다를 포기하지 않았을까.

그것은 바다에 대해 무지하거나 자신의 욕망이 죽음을 부를 것이라는 사실을 몰랐기 때문은 아니다. 그녀는 그 어떤 사람보다 그 위험을 알고 있었다고 해야 한다. 그럼에도 그녀는 바다를 포기할 수 없었다. 그녀, 고창선은 땅에서는 그저 병든 노인에 불과했지만 바다에서는 바다의 여인 해녀였기 때문이다.

바다은 욕망의 터전이고 그래서 죽음의 초입이지만, 거부할 수 없는 삶의 원천이고 살아가야 하는 존재의 이유였다. 비단 〈물숨〉만이 이러한 전언을 전하는 것은 아니었다. 〈타이타닉〉에서 잭 도슨은 바다를 건너 새로운 삶의 가능성을 열고자 했지만, 죽음 앞에서 끝내 그 희망을 실현하지 못했다. 하지만 그에게 물을 수 있을 것이다. 다시 기회가 주어진다면 타이타닉호를 타겠느냐고.

〈노인과 바다〉의 산티아고 노인도 오늘 잡은 물고기를 상어 떼에게 잃었을망정, 내일 출정하겠다는 희망을 바다에 묻은 것은 아니었다. 바다가 거기에 있고 내가 바다로 나갈 수 있는 날까지, 도슨이나 산티아고 노인을 바다로 갈 것이고, 마찬가지로 〈물숨〉의 해녀들도 바다로 갈 것이다.

바다에 대한 공포가 분명 존재하지만, 그 두려움이 사라지는 자리에는 삶의 다른 차원이 열릴 것이며, 어쩌면 자신이라는 존재는 그 차원에서 더욱 자유로울 수 있을 것이다. 왜냐하면 자신이 존재하는 차원은 자신이 선택해서 마련한 차원이고, 다른 이들은 좀처럼 들어올 수 없는 고유한 차원이기 때문이다.

욕망의 바다에 맞서는 방법은 바다를 피하고 안온한 삶을 갈구하는
태도는 아니다. 바다는 그 자체로 위험도 가능성도 희망도 부도 힘도
될 수 없다. 그 안에서 바다를 대하는 나-도전자의 품위와 욕구에 의
해 결정될 따름이다. 〈물숨〉은 해녀들을 통해, 그녀들의 폐쇄된 가치
관을 통해 이러한 문제에 도전하고자 했다. 바다는 늘 희망의 상징이
지만, 그 안을 바꾸는 것은 인간의 욕망이라고.

## 4. 권력과 폭압에 대항하는 힘

해양 다큐멘터리 〈다이빙벨〉은 영화 자체의 완성도보다 작품이 다
루는 소재와 그 관련 사건으로 인해 더욱 유명해진 영화이다. 2014년
10월 〈다이빙벨〉은 부산국제영화제에 상영이 예정되었지만, 부산시
당국과 국가 수뇌부는 이 상영에 대한 압력을 행사했고, 이러한 압력
행사에도 불구하고 부산국제영화제 측은 이 영화를 시민들에게 상영
함으로써 갈등을 증폭시켰다.

문제는 한 작품을 상영하고 안 하고의 문제는 시 당국이나 국가의
관련 부서가 간섭할 문제가 아니라는 점이다. 더구나 다큐멘터리로
제작된 영화에 대해 옳고 그름을 따지는 것은 그 자체로 문제적 태도
가 아닐 수 없다. 하지만 이 영화는 상영되었고, 그로 인해 작품의 완
성도를 떠나 상영을 둘러싼 일종의 불협화음을 간직한 텍스트로 남게
되었다. 그리고 〈다이빙벨〉이 추구했던 진실은 올곧게 전달되기보다
는 정치적 이슈로 변해버리고 말았다.

사실 〈다이빙벨〉은 세월호 사건에 참여하는 한 민간잠수사의 참여

과정과 그 좌절을 다루고 있다. 바다 속에서 오래 동안 머물면서 관련 작업(수색)을 도울 수 있도록 고안된 '다이빙벨'은 세월호 침몰 사건에 중요한 이슈로 떠올랐다. 이 장비가 있다면 더 많은 잠수사들이 더 오랫동안 작업을 할 수 있는 여건을 마련할 수 있으며, 해저 유속이나 기상 악화 등에 영향을 덜 받으면서 안전하게 구조 작업에 임할 수 있다는 기대와 전망이 제시되었기 때문이다.

하지만 이러한 기대와는 달리 다이빙벨은 제대로 역할을 하지 못하고 철수하고 말았다. 이 점은 끝내 의아한 점으로 남아 있었는데, 〈다이빙벨〉은 장비의 도입과 철수에 이르는 과정을 취재하여 그 안에 존재하는 외압과 불신 그리고 상호 분란과 의혹을 드러내고 있다. 아직 이 다큐멘터리에 대한 정밀한 검토(사실 유무)는 이루어지지 않았지만, 이 작품이 표방한 대로 "진실은 침몰하지 않는다"는 믿음에서 보면 세월호 침몰과 구조 과정에서 나타난 각종 의혹을 푸는 일종의 단서가 될 수는 있을 것으로 보인다.

이 작품은 해양에서의 구조와 탐사를 담아야 하는 임무에도 불구하고 거의 대부분의 영상을 해상 혹은 육지에서 가져오고 있다. 실제로 해저에서 작업한 시간이 부족했고(민간잠수사의 경우에는 작업 자체가 허용되지 않거나 제한적으로만 허용되었다는 진술이 들어있다), 각종 규제와 비협조로 인해 촬영 자체가 불가능한 경우가 많았기 때문이다. 따라서 〈물숨〉과 같은 유려한 해양에서의 화면을 볼 수는 없다. 이 점은 이 작품이 지니는 한계이자 안타까움이다.

다만 흐릿한 바다 속과 상대적으로 청명한 바다 밖 하늘은 그날의 참사와 탐사에서 무엇이 문제였는지를 보여준다. 바다 속에서 무언가를 해야 하는 사람들은 바다 바깥에 있기 일쑤였고, 바다 속에서 일하는 이들은 그들의 행적과 작업을 노출시키지 않기 위해서 애쓰는 것처럼 보였다.

잠수가 보이지 않는 세계를 바라보기 위해서 위험과 수고를 무릅쓰고 행하는 선택이라고 할 때, 이것은 분명 모순이자 아이러니가 아닐 수 없었다. 그리고 이러한 모순과 아이러니를 취재하여 화면에 담는 작업은 그 자체로 권력과 폭압에 대항하려는 의지를 보여준다고 하겠다.

구체적으로 이 다큐멘터리가 주목하는 부분을 찾아보자. 다이빙벨을 가지고 팽목항으로 향한 한 잠수사는 계속되는 압박에 굴하여 장비 일체를 철수해야 했다. 최초에는 민간잠수사의 참여를 막지 않겠다는 의사를 확인했고 그로 인해 자발적인 참여를 결정한 잠수사로서는 의외의 상황이 아닐 수 없었다.

사실 당시 상황은 비단 이 잠수사의 참여 제한으로 끝나지 않고 있었다. 〈다이빙벨〉의 감독이자 당시 사건 취재 기자였던 이상호는 오보가 속출하고 거짓이 난무하는 언론의 행태를 강하게 비판하고 있다. 현장에서 일어나지 않은 구조 작업을 마치 활발하게 일어나는 것처럼 보도하도록 종용한 점이 그러하고, 실제로 취재를 하는 각종 기자들을 감시하고 제지하는 사복 경찰들을 배치한 점이 그러하다. 또한 각종 구실로 바지선에 접안을 불허한다든가, 아니면 위험을 핑계로 잠수를 거부한다든가, 결정적으로 위협과 강압을 통해 자진 철수하는 것처럼 발표하게 하는 일을 자행했다.

그래서 〈다이빙벨〉은 선체 탐사와 인명 구조라는 중대한 임무를 수행하지 못하도록 만드는 일련의 과정을 보여주었다. 당연히 그 이유에 대한 궁금함은 증폭될 수밖에 없다. 문제는 그 이유를 찾는 여정이 아직은 완성되지 못했다는 점이다. 세월호 문제는 영화적 사유뿐만 아니라 정치와 사회의 중대한 모순을 포괄하고 있다. 다시 말하면 이러한 진실을 찾는 작업 자체가 중요하며, 끝까지 포기하지 않아야 한다는 인식을 확산시키는 일이 필요하다. 〈다이빙벨〉은 그 작업을 지금도 수행하고 있다고 보아야 한다.

해양은 기본적으로 손쉬운 접근을 불허하는 곳이다. 잠수는 더욱 그러하며, 심해는 더더욱 그러하다. 유속이 빠르고 기상이 불규칙하고 시계가 탁한 지역은 더욱 더욱 그러할 것이다. 그럼에도 진실은 그 안에 있다고 믿는 사람이 여전히 세상에 존재하며, 그래서 그 진실이 언젠가는 수면 위로 떠오를 것이라고 믿는 사람도 분명 존재한다.

2016년 세월호를 비롯한 각종 사회 문제가 실제로 한 권력자와 그 권력자에 기생한 권력 집단에 의해 자행된 비리이자 농단이었다는 사실이 드러나면서, 이 문제는 다시 세상 위로 떠오를 기세를 보인다. 아마도 〈다이빙벨〉을 비롯한 각종 노력이 그러한 부상을 떠받치고 있을 것이다.

〈다이빙벨〉은 바다가 욕망의 집산지라는 사실을 다시 한 번 확인시킨 작품이었다. 그 어둡고 탁하고 위험한 곳에 비밀스러운 욕망을 묻어둔 이들이 있으며, 그들은 그곳을 지키기 위해서 끝까지 노력할 것으로 보인다. 하지만 바다는 공평한 곳이기도 하다. 그 비밀을 찾아내고 그들의 욕망에 맞서 바다의 진실을 밝히려는 이들이 끝까지 노력한다면, 그들의 야욕도 결국에는 분쇄될 것이다. 〈다이빙벨〉은 욕망의 바다에 맞서는 또 다른 노력과 꿈을 보여주었다는 점에서, 작품으로서의 완성도 못지않은 의의를 함축할 수 있었다고 해야 한다.

# 5. 바다의 깊이를 재기 위해서 내려가려는 욕망

바다의 깊이를 재기 위해
바다로 내려간
소금인형처럼
당신의 깊이를 재기 위해
당신의 피 속으로
뛰어든
나는
소금인형처럼
흔적도 없이
녹아버렸네.
– 류시화의 〈소금인형〉

뤽 베송의 〈그랑 블루〉는 해양영화 가운데에서도 특이한 영화라고 해야 한다. 보통의 해양영화는 소재적 분류가 가능하다. 가령 바다의 괴물을 다룬다거나, 해양에서의 이변(가령 쓰나미)을 통해 원시적인 힘을 목격한다거나, 혹은 바다를 건너는 사람들을 통해 그들의 욕망을 구경한다거나 하는 등의 욕망의 분류가 가능하다.

해양영화에서 사람들은 살아남기 위해서, 그 위대한 힘을 목격하기 위해서, 혹은 바다를 건너 자신이 원하는 그 어딘가로 가기 위해서 노력한다. 앞에서 살펴 본 것처럼 해양의 비밀을 탐구하기 위해서 잠수를 하거나 욕망의 풍경을 분쇄하기 위해서 노력하는 경우도 있을 수 있다.

하지만 〈그랑 블루〉는 이 모든 경우와 비슷하면서도 근본적으로 차이를 가진다. 이 영화의 주인공들도 바다를 사랑하고 바다의 힘을 동경한다. 이 영화는 바다 밑의 어두운 세계를 보여주는 화면의 장쾌함을 지니고 있기도 하고, 잠수 대결로 상징되는 생존 경쟁 역시 수용하고 있다. 그러한 측면에서 기존의 해양영화와 일정한 공유점을 지니고 있다.

하지만 동시에 무목적적인 욕망으로 인해 다소 동떨어진 이질감을 강하게 견지한다. 그리고 이러한 이질감을 이 영화를 깊게 간직하는 원동력으로 작용한다. 그것은 자크가 보여주는 욕망의 깊이가 매우 단순하거나 혹은 너무 깊다는 차이에서 나타난다.

자크는 물 자체를 좋아한다. 물 속에서 무엇을 찾거나 물 밖에서 어떠한 욕망을 탐한다기보다는, 물 그 자체를 자신의 일부로 받아들인다. 마치 물고기가 물을 떠나서 살 수 없듯이, 그는 물을 떠나서 살려고 하지 않는다. 물은 그에게 소중하며, 그래서 가끔은 무목적적으로 물의 깊이를 재려는 욕망을 드러낸다.

자크가 본연의 욕망을 가진 존재로 그려지자, 그 욕망이 엔조라는 라이벌과의 경쟁을 유도하고 있다. 그렇다면 자크 역시 엔조와 다르지 않고, 결국에는 일상에서 욕망을 품고 사는 일상인과도 다르지 않다. 하지만 자크의 욕망은 마치 음악처럼, 다른 것들 거치지 않는 순수한 욕망에 가깝다. 그 욕망으로 인해 2차적 결과를 염원하지 않는다는 점에서도 그러하다.

자크의 경쟁자인 엔조 역시 이와 비슷한 성향을 보인다. 그는 잠수 대회 세계 챔피언으로 명성을 날리고 있고, 해난 구조 작업으로 막대한 돈을 벌 수도 있음에도 불구하고, 자크를 찾아 바다 깊이 내려가는 일에 더욱 집중한다. 편안하게 자신의 지위를 유지하거나 재력으로 안온한 삶을 갈구하는 모습을 배제한 채, 심지어는 자신이 쌓은 명성에 누를 끼칠 경쟁자를 불러들인다.

그리고 거의 무목적적인 욕망의 깊이를 재려는 듯, 더 깊게 혹은 더 멀리 내려가는 일에 몰두한다. 그리고 그 과정에서 장렬하게 산화한다. 따지고 보면, 엔조는 그러한 일을 할 필요가 없었다. 자크를 찾지 않았다면 그의 기록은 웬만해서는 깨지지 않았을 것이다. 또 자크를 찾았다고 해도 무리하게 경쟁하지 않음으로써 자신의 삶과 생존을 지킬 수 있었을 것이다. 하지만 그의 선택은 더 깊은 곳으로였다.

그렇다면 여기서 질문을 던질 수 있다. 엔조를 포함해서 자크는 왜 그토록 깊이에 대한 탐닉을 멈출 수 없었을까. 가장 기본적인 대답은 그들이 서로의 욕망을 복사했다는 것이다. 자크는 엔조를 잊고 살았지만, 엔조의 잠수 능력을 보고 그의 권유를 받는 순간, 엔조가 지닌 깊이를 넘어서고 싶다는 욕망에 사로잡혔다는 가정이다.

이러한 가정은 설득력이 없지 않다. 어릴 적 자크는 엔조의 시험 – 더 빨리 동전을 가지고 나오는 사람이 동전이 주인이 되자는 – 을 거부했고, 그 당시에는 경쟁 자체를 거부하는 인상을 남겼다. 하지만 어른이 되고 주체가 되면서, 상대를 향한 욕망을 억제하기 힘들었다고 볼 수 있다. 아니 어쩌면 그 옛날부터 자크는 강렬한 경쟁심에 시달리고 있었는지도 모른다.

그렇다면 최초의 경쟁 제의자 – 어릴 적이든 어른이 되고 난 이후이든 – 자크의 욕망은 어디에서 발원한 것인가. 그들이 살았던 마을은 어촌이고 자맥질은 기본적으로 아이들의 유일한 놀이였을지 모른다. 잠수는 자연스러운 본능으로 아이들을 감쌌고, 경우에 따라서는 그것 외에는 (잘) 할 수 있는 일이 없었을 지도 모른다. 그러니 바다의 깊이를 재는 잠수에 몰두하는 것은 자연스러운 결과라고 볼 여지도 있다.

하지만 다른 각도에서 생각할 여지도 있다. 그렇다면 엔조는 적당한 시간에 잠수를 그만두거나, 혹은 자크를 굳이 찾을 필요가 없기 때문이다. 이러한 질문은 엔조의 욕망이 점차 자크에게 옮겨갔다는 식의 설명을 다소 가로막는다. 보다 근원적인 해답을 찾아야 한다는 자문을 이끌어내고, 욕망의 복사 이론 이전에 이러한 욕망이 과연 무엇에 속하는 것인가를 묻게 만든다.

## 6. 자신의 깊이를 재기 위해서 내려놓아야 할 욕망

자크는 신체적으로 특이한 체질을 지니고 있었다. 물속에 들어가면 머릿속으로 공급되는 산소를 제외하고 신체 각 기관으로 보내져야 할 산소가 임의로 차단되는 능력이다. 이로 인해 일반 사람들보다 훨씬 긴 시간동안 잠수할 수 있는 신체적 능력을 확보하게 된다. 더구나 이러한 능력은 스스로 신체를 조율하는 기능으로 나타나기 때문에, 각종 위험과 상황에 따라 더욱 유연한 대처를 가능하게 만든다. 한 박사는 이러한 능력이 인간에게서는 발견되지 않았으며, 유사한 능력을 지닌 존재가 돌고래라고 말하고 있다.

자크는 일반 사람들이 따라올 수 없는 특수한 체질의 인간이었다. 더구나 아버지가 바다에서 죽고 자크 홀로 성장하면서, 그는 외로움을 풀어놓을 상대를 절실하게 필요로 했다고 해야 한다. 그 상대가 바다였고, 바다 속의 돌고래였다.

이러한 자크의 사정을 보다 면밀하게 이해하기 위해서는 그가 들

어가는 바다를 살펴볼 필요가 있
다. 〈그랑 블루〉의 화면은 전반적
으로 코발트색 바다 빛깔이다. 푸
르게 빛나는 해수면과 투명에 가
까운 블루로 채색된 바다 속 풍
경은 보는 이에게 아름다움을 불
러일으키고 있다. 사실 이 영화를
오래 기억하는 이들은 이 영화의
주된 색감을 블루로 간주하고 있
으며, 이러한 색깔을 바다가 주는
이미지로 수용하고 있다.

▲ 〈그랑 불루〉를 유명하게 만든 포스터

하지만 〈그랑 블루〉에는 의외로 다른 색깔이 하나 더 잠재해 있다.
비록 푸른색이기는 하지만 아주 검은 색의 푸른 빛깔. 투명한 물이 쌓
여 그 겹을 층층이 이루게 되면, 투명한 색깔은 점차 검은 색으로 변
한다. 동양에서는 그 색을 검을 현(玄)으로 표기했다. 투명이 겹겹이
쌓여 만든 깊이를 알 수 없는 색깔.

▲ 바다 속 풍경(그나마 빛이 남아 있는)

자크와 엔조가 도전하는 바다는 사실 이 검은 색의 바다에 가깝다.

그 안에는 불빛이 제거되면, 거의 아무 것도 없는 세상이다. 물이 있고, 흐름이 있고, 물고기나 다른 생명체가 있겠지만, 빛이 차단되고 아는 것보다는 모르는 것이 더욱 많아, 그 안에 무엇이 있는지 제대로 가늠하기 힘든 공간이다.

이러한 절대 어둠과 근원적 고독감은 자크에게 불편함을 주지 않는다. 엔조 역시 그러한 절대 암흑과 무의 공간을 두려워하지 않는다. 그리고 그들은 그 공간에 대한 탐사를 열정적으로 시행한다. 그러한 작업은 마치 자신 안으로 들어가는 작업과 비슷하다.

사람들은 자신에 대해 질문하기를 멈추지 않는다. 나는 누구이고, 또 누구여야 하는가에 대해. 사실 세상에 존재하는 문학과 예술 그리고 문화와 문명은 이러한 자문에 대한 답변의 속성을 띠고 있다. 그러니까 자신이 던지는 질문에 답하기 위해서 소설가는 소설을 쓰고, 영화감독은 영화를 만들고, 잠수사는 잠수를 하는 것이다. 어떤 사람은 경쟁을 하고, 어떤 사람은 다른 이의 눈을 피해 자신의 영역을 만든다. 따지고 보면 이러한 활동은 누구나 하고 있다. 정도의 차이는 있지만 문학과 예술과 문화와 문명의 기본 속성이다.

자크와 엔조의 잠수도 이러한 기본 속성에 속한다. 문제는 이들이 혼자이고, 기존 세계와의 단절을 통해 이 속성에 도전한다는 점이다. 그리고 그들이 내려가기를 희망하는 절대 무의 바다는 이러한 속성을 다른 각도에서 생각하도록 만든다. 과연 그 대답이 세상에 존재하는 가라는 질문에 대해 숙고하게 만들기 때문이다.

엔조의 입장에서 잠수를 하는 이유를 생각해보자. 그는 그 일을 통해 자신의 명성과 부를 쌓지만 더욱 중요한 목적은 자신의 한계를 시험하는 것이다. 그는 자크를 이길 수 없을 것이라는 생각을 이미 하고 있었다. 그럼에도 자크를 통해 자신의 한계, 잠수의 깊이를 넓히려는 계획을 포기하지 않는다. 자신의 내부로 내려가 자신의 깊이를 재는 작업이 필요하다고 인정한 자만이 자신의 영역에서 누군가를 초청할 수 있고 그와의 경쟁을 인정할 수 있을 것이다.

자크의 경우는 어떠한가. 그는 경쟁보다는 유희에 가까운 태도를 견지한다. 그는 더 깊은 바다를 향하는 자신의 마음을 굳이 설명할 필요를 느끼지 못한다. 말수가 적고 대부분의 시간을 바다에서 보내는 것도 사람들 사이에서 자신을 설명할 필요를 느끼지 못하기 때문이다. 심지어 이러한 상황은 애인과의 관계에서도 동일하게 적용한다. 사람들 사이에서 자신의 존재감을 찾아야 하는 애인은 이러한 자크를 떠나지 않을 수 없게 된다.

자크의 입장에서 보면, 그는 자아의 내부에 누군가를 들여놓을 필요가 없다. 절대 공간에서 자신을 찾는 작업은 깊은 어둠을 대면하는 것으로 충분하기 때문이다. 그래서 그는 점차 뭍의 사람이 아닌 물의 사람이 된다. 유일하게 그를 인정하고 이해했다고 여겨지는 엔조가 죽은 후에 이러한 성향은 더욱 짙어졌다.

두 사람은 바다의 깊이를 재기 위해서 절대 암흑의 공간을 찾았지만, 사실 그곳에는 자신이 바라보는 자신의 분신이 있었다. 엔조에게는 그 분신이 자신이었지만, 동시에 자크였던 셈이다. 자크의 경우에는 다소 차이를 보인다. 자크 역시 어두운 심연에서 자신을 본다. 그것은 자신의 분신이라고 해도 좋을 것이다. 심리학에서 말하는 자아의 일부, 어둠이 상기시키는 색깔로 인해 본연의 자아나 이드라고 할 수도 있다. 하지만 그곳에서 엔조가 그렇게 중요한 역할을 하고 있지는 않다.

엔조는 타자를 통해 자신을 들여다보는 일에 사활을 걸었고, 자크는 엔조와는 달리 자신을 더욱 똑바로 바라보는 일에 중점을 두었다. 자크가 물고기처럼 변해가는 모습은 그에게 타자나 집단 혹은 사회가 그렇게 필요하지 않다는 증거이기도 하다. 심지어는 애인도 말이다.

반면 엔조는 자크와는 달리 타자를 필요로 했다. 가장 대표적인 인물이 자크였고, 엔조의 가족도 그러한 범주에 포함될 수 있다. 그러한 측면에서 보면 자크가 가진 욕망을 엔조가 복사하거나 매개하려 했다고도 볼 수 있다.

〈그랑 블루〉가 해양영화로서, 여타의 영화와 다를 수밖에 없었던 것은 등장인물들이 욕망을 소유하지 않거나 그것을 바다와 연관 짓지 않아서가 아니다. 오히려 자크는 그 어떤 해양영화의 주인공보다 더 거대한 욕망을, 그것도 바다와 더욱 밀착시켜 드러내고 있다. 다만 자크의 욕망은 매개체를 통해 구체화되지 않는 – 그런 면에서 엔조는 자크를 드러내는 중요한 구실을 하기 위한 존재였다 – 본연적 욕망에 가까웠다. 그 결말로서 어떠한 성과를 겨냥하는 것이 아니라, 인간으로서, 그것도 물고기와 가장 닮은 체질을 지닌 존재로서, 가장 순연한 형태의 물에 대한 욕망을 드러내고자 한 것이다.

이러한 욕망은 바다를 다룬 영화에서 그렇게 쉽게 발견된 적이 없는 형태이기도 하다. 순전히 바다 자체가 다른 의미나 표상으로 대체되지 않고, 그 자체로 욕망의 대상이 된다는 점은 좀처럼 찾기 어려운 사례이기 때문이다. 그것은 내면의 자아에서 가장 깊숙이 숨겨진 실체를 바라보는 과정에 비견될 수 있으며, 그래서 바다의 깊이를 재기 위해서 내려간 '나'가 바다의 핏속으로 녹아들어가는 이유를 어렴풋하게 일깨우기 때문이다. 이성적 사유로 접근할 수 없는 영역을 이미지와 색채로, 무목적적인 욕망의 형해로, 그리고 자아 내면을 연상시키는 절대 암흑의 비유로 보여주었기 때문이다. 이성이나 로고스로는 좀처럼 이해되지 않는.

바다의 깊이를 재기 위해
바다로 내려간 소금인형은
결국 바다로 녹아들었고,
이를 통해 자신의 깊이가
바다의 깊이와 같을 수 있다는
깨달음을 얻을 수 있었다.
사람들이 살아봐야
비로소 자신의 내면을
측정할 수 있은 것처럼 말이다

# 제6장
# 바다 소재 시나리오 생성과 한국 영화 미학

## 1. 플롯을 만드는 요소와 연장의 방식

신봉승이 각색한 〈갯마을〉[1]의 원작은, 오영수의 동명 소설이다. 각색 과정에서 집중적으로 변화시킨 요소는 플롯이다. 플롯은 새로운 사건이 추가되면서 새롭게 조형된다. 이것은 실제적인 필요에 의해서 일어났다. 각색자 신봉승은 "지나치게 짧은 원작을 보완하기 위해 채석장, 산골 오두막집 등을 추가 설정"[2]했다.

---

1) 영화 〈갯마을〉은 1965년 오영수 원작, 신봉승 각색, 김수용 감독, 신영균, 고은아, 이민자, 황정순, 전계현, 이낙훈 주연으로 제작되었다. 당시 제작사는 대양영화였다. 제 5회 대종상에서 여우조연상, 촬영상, 편집상을 수상했고, 제 9회 부일영화상에서 작품상, 감독상, 여우조연상 등을 수상했으며, 제 2회 한국연극영화예술상에서 작품상, 감독상, 연기상 등을 수상했다.

2) 김수용, 「영화적 시간·공간 – 〈갯마을〉의 공간구성과 〈안개〉의 시간구조 연구」,

원작은 '해순'을 중심으로 진행된다. 다른 인물들의 비중은 극히 낮다. 특히 해순의 두 번째 남편인 상수에 대한 서술 분량은 소략하다. 해순은 상수와 재혼하고 마을을 떠났다가 곧 돌아오는 것으로 설정되어 있다. 이유는 상수의 징용으로 간단하게 처리되고, 결혼 과정은 거의 생략된다.

또 해순의 초혼과 파경도 비슷하다. 첫 번째 남편인 성구는 원양어업에 나갔다가 변을 당했다. 그 때 같이 죽은 사람이 여덟인데, 그들에 대한 상세한 설명은 없다. 성구의 사고는 해순의 기구한 운명과 아픔을 일으키는 사건으로 기능한다. 해순 중심의 플롯이 지닌 한계이자 특장(特長)이다. 독자들은 해순의 마음과 눈을 통해 마을의 사정을 알지만, 주민들의 어려움과 한스러움을 제대로 파악하지 못하는 약점이 있다.

각색된 시나리오는 기존의 플롯에서 간과된 부분을 살려내려 한다. 크게 두 부분이 첨가된다. 하나는 남편 잃은 해순의 주위를 맴도는 사내의 정체이다. 소설에서 이 인물을 애매하게 처리한 점에 반대하여, 신분을 밝히고 구체적인 행색을 부여한다. 그 사내가 상수이다.

상수는 시나리오의 초입부터, 그러니까 성구가 고기잡이를 나가는 시점부터 해순의 주위를 맴돈다. 성구가 죽자 해순에게 노골적으로 접근하기 시작한다. 그 접근법은 원작의 일부 설정을 응용한다. 그러다가 해순과의 결혼에 성공하고 그녀를 뭍으로 데리고 간다. 그가 택한 직업은 채석장 인부이다. 해순은 채석장 인부를 위한 식당에서 일을 거든다.

---

『예술논문집』(32), 예술원, 1993, 164면.

위기는 주위의 사내들로부터 온다. 뛰어난 해순의 미모에 반한 인
부들은 해순에게 치근덕거리고, 이를 보다 못한 상수는 더 깊은 산 속
으로 숨어든다. 그러나 평소 해순을 탐내던 감독의 눈에 띄게 되고,
상수는 이를 막으려다 벼랑에서 추락한다. 이러한 대강의 줄거리는
원작에 흩어져 있는 서사적 정보를 엮어 만들어낸 것이다. 시나리오
장면 135에서 170에 이르는 후반부는 이러한 두 번째 결혼 생활에 대
한 플롯으로 연장된다.

플롯은 시간적으로 연장되기도 하지만, 풍성해진 사건으로 인해 확
대되기도 한다. 굿의 삽입이 그 사례이다. 성구가 익사하자, 가족들은
넋을 건지기 위해 굿을 한다. 굿으로 인해 마을 곳곳이 카메라에 포착
된다. 그래서 다양한 이야기들이 흡수될 여지가 마련된다.

장면 43부터 장면 54는, 굿이 준비되고 진행되는 과정이다. 해순의
회상 장면(# 46)도 끼어든다(해순의 회상 46을 제외한, 장면 43에서
54에 이르는 11개의 장면은 새롭게 창작된다). 해순은 성구의 유언을
묻는 시어머니의 말에 촉발되어, 성구와의 마지막 밤을 회상해낸다.

과거 회상은 잘못 사용하면 플롯의 속도를 감속시킨다. 이것은 집
중력의 부재로 이어질 가능성이 크다. 그런데 해순의 회상은 현실적
인 속도감을 해치지 않으면서 요약적으로 사건의 경과를 보여주고 있
다. 더구나 간단하게 끝나고 있어 지루함을 야기하지도 않는다. 이 장
면은 원작의 회상 대목을 적절하게 옮겨온 사례로 평가된다.

굿의 차용은 현지답사의 산물이다. 신봉승의 「〈갯마을〉의 각색일
지」[3]를 참조해 보자. 시나리오 도입부에 명기된 것처럼, 작품의 발원

---

3) 신봉승, 「〈갯마을〉의 각색일지」, 『영상적 사고』, 조광출판사, 1972.

지는 경상남도 동래군 일광면 이천리이다. 신봉승은 1965년 7월 30
일 그 곳 근처에 열차를 타고 도착한다. 다음 날 이천리 축항(築港)을
찾아간 그는 해순과 비슷한 운명의 노파를 수소문해서 찾아간다.

그녀로부터 각종 정보를 얻으려고 하지만, 그녀는 자신의 이야기를
좀처럼 끄집어내지 않는다. 신봉승은 장례에 대한 질문을 던져 개인
사를 유도한다. 어쩔 수 없게 된 노파는 죽은 자를 위한 굿 절차를 설
명한다. 그리고 그 굿을 주재할 수 있는 무녀를 소개한다.

> 혼백(魂魄)을 건지는 것이 곧 장례라 했다. 망인(亡人)이 쓰던 밥그
> 릇에 정한 쌀을 담아 한지(韓紙)에 깨끗이 싸서 길게 줄을 맨다. 무녀
> 의 시키는 바에 따라 밥그릇을 물에 던져놓고 주문을 외운다. 그러면
> 망인의 혼이 올라온다는 것이다. 이때 미망인이나 망인의 가족들은 망
> 인의 입던 속옷을 들고 혼을 불러내고, 그 속옷으로 혼을 집까지 데리
> 고 온다고 한다. 집에 도착하면 물에서 건진 그 밥그릇이 시체를 대신
> 한다는 것이다. 이것은 민속적인 가치를 지닌 의식이라고 생각했다. 그
> 리고 그 의식은 기필코 시나리오에 들어가야 할 것이라고 다짐했다.
> 그래서 무녀의 주문을 알려달라고 했다.[4]

나는 원작에 있는 '에에야 데야'하는 노래가 무엇인지 모르게 모자
라는 것을 느꼈기 때문에 무녀에게 다음과 같이 물었다.

"혹시 바닷가에 사는 과부들이 돌아오지 않는 남편을 생각하며 부르
는 노래는 없나요?"

곰보 무녀는 있기는 있다고 하면서 난색을 표명했다. 왜냐고 물었더

---

4) 신봉승, 「〈갯마을〉의 각색일지」, 『영상적 사고』, 조광출판사, 1972, 101면.

니 그 '과부타령(打令)'을 아는 무녀들이 얼마 없기 때문에 그것을 알
려주면 자기들 영업에 지장이 온다는 것이다. 나는 짓궂게 물었다. 무
녀는 옆에 앉아 있는 남편의 양해를 얻고나서 알려주는 것이었다. 무
녀가 외우고 있는 '과부타령'은 월령가 형식으로 된 것이다. 〔…〕 걱정
스러웠던 '과부타령'까지 수집하고나니 시나리오를 다 쓴 것처럼 마음
이 개운해졌다. 무녀집을 나온 나는 마지막으로 갯마을의 여러 곳을
카메라에 담으면서 영상을 생각해 보았다. 우리 영화에서는 보기 드문
로칼 칼라가 담긴 시나리오를 쓸 수 있을 것이라고 자부하면서 호텔로
돌아왔다.[5]

　　신봉승은 답사 내용을 근간으로 씬을 창조한다. 무당의 굿 주재 과
정을 신 별로 정리하고, 그 과정을 추적해서 마을의 풍경을 담는다.
그의 말대로 '보기 드문 로칼 칼라'가 담기게 되는 것은 이러한 자료
들의 수집이 있었기 때문이다.

　# 48. 축항
　　큼직한 배가 한척 매어져 있다.
　　성칠이와 낯익은 어부들은 이미 배를 탔다.
　　성칠이는 맥이 없는 탓에 난간에 앉아 있다.
　　–이들의 시선으로
　　무녀가 횃대를 들고 온다.
　　횃대에는 "남우대성 일로왕보살"이라는 글씨가 쓰인 한지가 날린
　다.

---

5) 신봉승, 「〈갯마을〉의 각색일지」, 『영상적 사고』, 조광출판사, 1972, 105~106면.

뒤에 장고와 징을 쓴 사나이가 따르고…….

# 49. 골목
골목을 빠져 나오는 해순이와 어머니.
식기를 든 해순의 걸음은 조심스럽다.

# 50. 다시 축항
배에 오르는 무녀일행.
잠시후 어머니와 해순이가 오른다.
배는 미끄러지듯 떠난다.
무녀는 들고 있던 횟대를 뱃머리에다 세운다.

# 51. 배 위
무녀는 식기(혼백식기가 아니고 용왕식기임)를 두 손에 들고 주문
을 외운다.
해순은 울고,
어머니는 해순을 감싸 안고,
성칠는 노를 저으면서 애절한 형수(해수)의 모습을 눈물겹게 바라
본다.

**무녀**   (유창하게) 동해는 강용왕네 남해는 광이왕용왕님……
서해는 강패왕용왕님 북에는 각흑왕용왕님…… 물밑에
옹녀각시용왕…… 물위에 주체당용왕님이요. 박씨영가
에서 용왕님전에 허참받으러 왔습니다…….

하면서 들고 있던 식기를 던진다.

어머니와 해순이는 절을 하고 빈다.

무녀는 뱃머리에 꽂혀있는 횃대를 뽑아서 가운데에 세우고 그 앞
에 앉으며 불경을 외운다.

> **무녀**  법성계를 외우시면 물에 빠진 수중고혼도 육로로 환생하
> 나이다. 법성원은 무인상 제물보도 본래중…… 무여무성
> 절일채 등지소집 부여경…… 직슴심경 민요경…… (해순
> 일 보며) 어서 불러라…… 어서 불러…… 수중고혼 외롭
> 단다.

해순은 혼백식기를 무녀에게 준다.

무녀는 긴 줄을 쥐고 식기를 물에 담근다.

> **무녀**  (끈을 쥔 채) 경상남도 동래군 일광면 이천리 박씨집안에
> 계유생 박성구 육로로 환생하옵소서…….
> **해순**  (그만 울음을 터뜨린다)어흐흐흐…….
> **어머니**  (눈을 감고-속삭이듯) 어서 환생하옵소서…….

칠성의 표정에도 짙은 설움이 감긴다.

> **무녀**  무엇을 하느냐…… 어서 불러라. 수중고혼이 원망한다.

해순과 어머니는 품속에서 성구의 속옷을 꺼내서 힘대로 휘두르
며 소리친다.

> **어머니**  (울면서) 성구야…… 성구야 퍼뜩 올라온나…… 성구야

퍼뜩 올라온나…….

**해순**  (서럽게 흐느끼며) 여보…… 여보…… 어서 올라 오소
…… 당신 말대로 바다에는 안 나갈껍니다…… 여보……
여보……. 속옷을 휘두르면서 마구 운다.

**성칠**  (참다 못 해서)형님…… 형님…….

바다에다 대고 부른다.

**무녀**  야들아……야들아…… 수중고혼이 육로로 환생하옵신
다.

하면서 조용히 끈을 올린다.

식기를 해순에게 준다. 또한 혼백을 적은 종이도 해순에게 준다.

 - 해순은 혼백이 담겼으리라는 식기를 안고 단장의 오열에 잠긴
다.

**해순**  여보…… 여보…… 다신 바다에 안 나갈 테니 살아나요
네 여보…… 여보…… 으흐흐흐…… 날로는 어찌 살락고
이러십니꺼…… 응 여보.

식기를 안고 볼을 부비며 마치 성구에게 말하듯 흐느낀다.

 - 어머니도 울고

 - 성칠이도 운다.6)

---

6) 오영수 원작, 신봉승 각색, 〈갯마을〉, 『한국시나리오선집』(3권), 영화진흥공사,
  1990, 408~409면.

위 일련의 씬들은 어촌 마을에서 벌어지는 굿을 형상화한 장면으로 바다 사람들이 믿고 따르는 토속 신앙을 대변한다. 해양 영화가 간직할 수 있는 중요한 소재이자 구경적 요소라고 할 수 있는데, 이 작품에서는 해순의 처지와 마을 사람들의 시선을 담아낼 수 있는 모티프로 활용되고 있다.

오영수는 토속성(혹은 '지역성', locality)으로 인정받는 작가이다. 토속성은 '소박한 향토, 즉 원초성(原初性)[7]과 동일한 맥락으로 쓰인다. 이태동은 "토착적인 한국인의 정서와 풍경을 간결하고 시정적(詩情的)인 필치로 원형적으로 디테일하게 그리는 데 있어서 오영수보다 탁월한 재능을 보인 작가도 드물다"[8]고 평했다. 정호웅도 〈갯마을〉의 특징을 '인간과 자연이 조화롭게 어울린 문명 이전의 세계에 대한 원시적 순수성[9]으로 정리했다. 오영수의 소설은 '철저히 토속적인 인간상들이 토속적인 세계'[10]에서 펼치는 이야기이다.

이러한 평가는 오영수의 소설적 매력이 토속성의 발현에 있음을 뜻한다. 신봉승의 각색 작업은 원작의 의도를 강화한다. 그가 창조한 신은 많은 볼거리(장관, spectacle)와 정보와 감정적 여운(간결한 회상을 통한 감정 표현)을 담고 있다. 이것은 플롯의 확충과 풍성함을 만들어낸다.

---

7) 김병걸, 「오영수의 양의성」, 『현대문학』(153), 1967년 9월.

8) 이태동, 「희생된 자들의 애환과 인정의 세계」, 『소설문학대계』(36), 동아출판사, 1995, 548면.

9) 정호웅, 「'길'의 열림과 끊김 – 1945~1959년의 소설」, 『한국문학 50년』, 문학사상사, 1995, 158면.

10) 천이두, 「따뜻한 관조의 미학」, 『한국현대문학전집』(26), 삼성출판사, 1978, 447면.

이중 플롯이 구축되면서 플롯이 확대된다. 〈갯마을〉의 각색 과정에서, 해순과 동일한 처지에 처하는 순임의 이야기가 더해진다. 그녀 역시 성구가 익사한 바다에서 남편을 잃는 아픔을 겪는다. 해순의 이야기가 메인 플롯에 해당한다고 할 때, 비슷한 처지의 순임의 이야기는 서브 플롯에 해당한다. 구조적 동형성을 가진 이야기가 추가됨으로써 전체 플롯이 이중화되고, 어촌 여인의 숙명과 아픔 역시 한층 강화된다.

서브 플롯을 설정하기 위해서 면밀한 준비가 필요하다. 도입부에서 출어하는 정경을 보여줄 때, 그 안에서 일하는 마을 어부(어부 A)의 모습이 포착된다. 성구가 해순과 석별의 정을 아쉬워 할 때, 어부 A는 달려온 순임과 석별의 정을 나눈다. 이러한 설정은 평범해야 한다. 어부와 순임의 모습이 지나치게 부각되어 도입부터 서브 플롯의 실체가 노출되지 말아야 한다. 신봉승은 교묘하게 이러한 설정을 이어간다. 그것은 이어지는 순임의 장면에서 확인된다.

# 4. 축항(築港)

이름뿐인 축항.

마을에서 포구쪽으로 십미터 남짓이 밀려나온 시멘트다.

그 양옆으로 원양출어를 나갈 돛배가 20여 척.

많은 사람들이 출항에 바쁜 듯 분주하게 움직이고, 축항에는 전송 나온 가족들이 붐빈다.

임신한 순임의 배가 크고 인상적이다.

순임의 남편인 어부A가 순임의 배를 쓰다듬으며

**어부A**  꼭 시키는 대로 할끼라…….

**순임**  지난 밤 꿈이 좋지 않았어예…….

**어부A**    그까짓 꿈타령 치워 버려라……(조용하게) 보레이 꼭 그
대로 할끼라.

**순임**    ……예…….

고개를 끄덕인다.

**어부A**    (배를 만지며) 내가 나오거든 고추를 달고 나오거라……
들어가거라…….

어부A는 배에 올라탄다.[11] (밑줄:인용자)

 날씨가 이상 조짐을 보이자, 해순은 성황당에 올라 기도를 드린다. 뒤따라 달려온 여인 역시 해순 옆에서 기도를 드린다. 그녀가 순임이다. 순임의 출몰은 굿이 진행되는 과정에서도 이루어진다. 굿은 성구를 잃은 해순의 아픔을 표출하기 위해 창조된 장면이지만, 마을 사람들의 모습과 주변 이야기를 담는 기능도 아울러 수행한다.

 # 21. 길(밤)
  돌각담으로 된 골목길을 달리는 해순.
  숨은 하늘에 치닿고
  옷은 비에 젖어 나신이나 다름없고…….
  넘어지며 달린다.
  번개! 천둥…….

---

11) 오영수 원작, 신봉승 각색, 〈갯마을〉, 『한국시나리오선집』(3권), 영화진흥공사, 1990, 399면.

# 22. 성황당(밤 – 비)

비틀거리는 해순이가 올라와서

당목 앞에 꿇어앉으며 원망스러운 눈초리로

**해순** 서낭님예…… 서낭님예…….

몇 번 부르더니 쏟아지는 빗속에서 몇 번이고 절을 한다.
<u>잠시 후 순임이가 올라와서 해순이와 같이 절을 한다.</u>[12] (밑줄:인용
자)

그 중에서 실성한 순임의 출몰은 주목된다. 비통에 젖어 있는 마을 여기저기에 나타나는 순임의 모습은, 어촌 주민들의 비극적 삶을 상기시킨다. 순임의 고통은 계속 플롯의 여기저기에 끼어든다. 해산을 하지만 자식을 스스로 죽이는 정신 이상을 보이기도 하고, 해순과 상수가 만나는 자리에 실성한 채 나타나기도 한다. 그러다가 금기시된 성황당의 목신을 파괴하고 바다에 뛰어들어 자살한다.

# 44. 성황당

멍청히 앉아 바다를 내다보는 순임.

당목과 추녀 끝을 연결한 새끼줄엔 남자의 '신'을 상징하는 목신 (木神)이 여나무게 달려있다.

목신을 통하여 바다를 보며 돌아오지 않는 서방을 생각한다는 것

---

12) 오영수 원작, 신봉승 각색, 〈갯마을〉, 『한국시나리오선집』(3권), 영화진흥공사, 1990, 402면.

인지도 모른다.

　지금 순임이가 부른 배를 안고 그러한 모양으로 바다를 보고 있는 것이다.

　저만치서 상수가 온다.

　그뒤에 애들이 따라온다.


**상수**　　이봐 이봐…… 순임이 가서 혼백 건질 준비를 해야지 …… 뱃놈 예편네야 으레 한번은 겪는 거야.

**순임**　　…….


조용히 상수를 처다보며 히죽이 웃는다.


**상수**　　웃지 말고 가서 혼백 뜰 쌀이나 씻어…….


순임이는 조용히 일어나며 목신을 하나 떼려 한다.


**상수**　　(질겁을 하며) 아니! 순임이!


목신을 못 만지게 하고


**상수**　　(돌아다보며) 아 떨어진 것도 줍지 못하는 건데 그걸 따고 성할 것 같애?…… (아이들을 보고) …… 애 요놈의 자식들…… 뭐가 구경이냐! 앙!

아이들 멈칫 서면 상수는 순임을 데리고 내려간다.


# 53. 성황당

멍청한 순임이가 목신을 사이로 바다를 내다보고 있다.

> **해순의 소리Ⓔ**　　여보…… 이쪽으로 오소…… 이쪽입니더.
> **어머니의Ⓔ**　　　　성구야…… 성구야…… 퍼떡 온나…….

순임은 이 소리를 듣고 백치 같은 웃음을 웃는 듯하더니 그쳐버리
고
- 그저 멍청히 바다를 본다.
- 바로 여기를 혼백을 끄는 대열이 지나간다.
- 굳은 표정으로 이들이 가는 쪽으로 고개만 돌리는 순임.[13]


# 105. 성황당(밤)

죽을듯한 순임이가 멍청히 목신을 보고 앉았다. 바람결에 실려오
는 과부타령…….

해 바뀌면 북조래 장수 조래사라고 하건마는 여보시우 조래장수
님 건지는 조래는 안줍니까…….

> **하밍**　　에에야 데야 샛바람 치거던 밀물에 돌아오소…….

앉아 있던 순임이가 하체의 힘을 가누지 못하면서 일어난다.
그리고 미친 듯이 목신을 딴다.
고무신을 벗어 양손에 들고 목신을 한 아름 안고 걷는다.[14]

---

13) 오영수 원작, 신봉승 각색, 〈갯마을〉, 『한국시나리오선집』(3권), 영화진흥공사,
　　1990, 409~410면.
14) 오영수 원작, 신봉승 각색, 〈갯마을〉, 『한국시나리오선집』(3권), 영화진흥공사,
　　1990, 422~423면.

각색자 신봉승은 순임을 통해 원시신앙을 구체적 장면으로 도용하려 했다. 그는 강원도 해안 지방의 풍속인 '목신(木神)' 신앙을 차용한다. 목신은 "성황당 금줄에 꽂아 놓는 나무를 말하는데, 직경 1센티, 넓이 3센티, 길이 30센티 가량의 나무로 된 것으로, 이것은 남자의 성기를 상징"한다. 목신과의 접촉은 금기시된다. 그런데 미쳐버린 순임이 목신을 안고 바다 속으로 들어감으로써, 원혼이 된 남편의 부름으로 인지되는 효과를 노린다.[15] 이것은 어촌 특유의 샤먼신앙과 토템 풍습을 담아내기 위한 의도이다.

토속신앙에 의해 뒷받침된 순임의 자살로 서브 플롯은 종결된다. 그래서 서브 플롯의 진행과 결말은, 메인 플롯의 그것들과 달라진다. 해순이 새로운 출발을 기약한다면, 순임은 자살로 일생을 마감한다.[16] 원작에 대한 평가 중에, 주인공이 지닌 바다에 대한 운명적인 애착과 동경으로 인해 "가난이나 풍랑으로 남편을 잃은 갯마을 여인들의 한이 절박한 현실로 그려지지 않는다"[17]는 지적이 있다. 이것은 해순의 재가와 귀향이 낭만적으로 그려지기 때문일 것이다. 반면 시나리오에서는 순임의 자살을 통해, 해안가 여인이 겪는 아픔과 비극성을 강조하고 있다.

15) 신봉승, 「〈갯마을〉의 각색일지」, 『영상적 사고』, 조광출판사, 1972, 108~109면 참조.
16) 신봉승은 각색을 위해 마련한 '인물관계도'에서 마을 여자들(칠성이네, 숙이네, 순임)을 해순과 대조적인 관계로 설정했다(신봉승, 『새로운 시나리오의 기법』, 문명사, 1970, 271면 참조).
17) 권영민, 『한국현대문학사』, 민음사, 1993, 161면.

## 2. 시간에 따른 구성 방식과 영상 미학의 변모

원작과 각색 시나리오는 서사적 정보를 다루는 방식에서 차이를 보인다. 원작은 시간의 역전 구조를 따른다. 과부가 된 해순을 보여주고, 그 원인과 경과를 거슬러 올라가 보여준다. 이것은 서사적 정보의 지연 효과에 해당한다. 지연 효과는 원작의 도입부부터 설정된다.

소설이 시작되면 마을 여자들은 멸치 떼를 잡는 작업을 돕기 위해 분주히 움직인다. 그물 당기기 작업에 동원된 것이다. 대규모의 인력을 필요로 하는 작업에 여자들도 동원되기 예사였고, 그 대가(짓)로 여자들은 수확물을 나누어 가졌다. 해순도 작업 중이다. 그런데 해순은 작업 도중 몸을 더듬는 손길을 의식한다. 몸을 피해 작업을 마친 해순은 집으로 가면서, 그 손길의 정체를 추측해본다. 유독 자신의 짓이 많은 것으로 보면, 짓을 나누어주던 '거간'이 아닌가 싶지만, 심정적 추론에 불과하다. 원작은 그 남자의 정보를 문면(文面)에 밝히지 않고, 고의로 지연 인멸시킨다.[18]

이러한 서술 방식을 영화 미학으로 환원하면, '서스펜스'에 해당한다. 정보를 다루는 방식에는 크게 세 가지가 있다. 첫째, '미스테리'는 등장인물이 관객보다 많이 알고 있는 경우이다. 둘째, 서스펜스는 등장 인물과 관객이 동일한 정보를 가지고 있는 경우이다. 셋째, '극적인 아이러니'는 관객이 등장인물보다 많이 알고 있는 경우이다.

미스테리의 경우에는 호기심을 유발한다. 관객은 더 많이 알고 있

---

18) 미지의 사내가 해순의 세 번째 남편이 될 가능성이 잠재적으로 암시된다(민현기, 「오영수의 〈갯마을〉 – 자연과 인간의 융화」,『한국 현대소설 작품론』, 문장, 1981, 312면).

는 인물에게 호기심(궁금함)을 느낀다. 극적인 아이러니는 관객에게
관심을 갖도록 유도한다. 전지적 우월감을 지닌 관객은 이미 알고 있
는 사실을 뒤늦게 발견해 가는 인물에게 감정적으로 동화된다. 파멸
해 가는 대상에게는 연민을 품게 된다. 서스펜스는 호기심과 관심을
동시에 유도한다. 이야기가 진행되는 내내 관객과 인물들은 나란히
움직인다. 결과를 예측하지 못하는 상황 속에서 관객은 인물에게 이
입된다.[19]

　〈갯마을〉 원작은 서스펜스를 통해 서사의 추동력을 일구어낸 작품
이다. 김수남은 〈갯마을〉의 원작이 다른 문예영화의 원작에 비해 '문
학적, 예술적으로 빈약한 작품'이라고 말했는데, 이것은 원작이 생성
한 문학적 깊이와, 서스펜스 기법을 간과했기 때문이다.[20] 원작은 이
미 독자의 호기심을 유도하고 흥미를 유발하는 장치를 내재하고 있
다.

　　# 8. 성구의 방 밖
　　　(…중략…)
　　　상수(따라가며) 거 아무리 꿈이라도 칠피 고도방 구두는 아깝더군
　　…… 칵…… 퉤!
　　　가래를 치켜 뱉어놓고 해순이 방을 힐끗 돌아본다.
　　　해순이가 나온다.[21] (밑줄:인용자)

19) 로버트 맥기, 고영범·이승민 옮김, 『시나리오 어떻게 쓸 것인가』, 황금가지,
　　2002, 495~503면 참조.
20) 김수남, 「갯마을 – 문예물의 성공작」, 『한국영화의 쟁점과 사유』, 문예마당, 1997,
　　16면.
21) 오영수 원작, 신봉승 각색, 〈갯마을〉, 『한국시나리오선집』(3권), 영화진흥공사,

# 33. 해안

나즉한 언덕.

아낙들과 아이들이 몰려있다.

해순이가 사람 사이를 뚫고 앞으로 나온다.

<u>상수의 눈초리가 해순의 몸을 재빠르게 훑어간다.</u>[22] (밑줄:인용자)

# 69. 당겨지는 로프(밤)

"에헤야 데야"를 부르면서 로프를 당기는 해순이.

- <u>해순의 손을 우악스럽게 잡는 굵직한 남자의 손.</u>

**해순**　　헉……!

소르라치게 놀라며 쳐다본다.

상수의 손이다.

**상수**　　에헤야 데야…… 에헤야 데야…….

모르는 것처럼 히죽이죽 웃으며 해순의 손과 로프를 함께 당긴다.

- 해순은 상수의 우악스러운 손 밑에 깔린 자기손을 빼기 위해서 애를 쓴다.

- 행여 누가 볼세라 조심스럽게 사방을 두리번거리면서…….

<u>그러나 상수의 한쪽 손은 해순의 허리를 감는다.</u>[23] (밑줄:인용자)

---

1990, 401면.

22) 오영수 원작, 신봉승 각색, 〈갯마을〉, 『한국시나리오선집』(3권), 영화진흥공사, 1990, 404면.

23) 오영수 원작, 신봉승 각색, 〈갯마을〉, 『한국시나리오선집』(3권), 영화진흥공사,

\# 73. 다른 곳(밤)

(…중략…)

다음은 해순이 차례다.

**상수**　해순이가?

삽에다 침을 탁 뱉고 한 삽 수북히 뜬다.
외면하는 해순.

**상수**　고기 주는 사람은 안 보고 어디를 보나 말다…….

– 해순은 부끄러운 듯 얼른 광주리를 들고 나선다.[24]

그러나 시나리오 〈갯마을〉은 서스펜스를 차용하지 않는다. 시나리오에서는 남자의 정체를 처음부터 암시하고 있으며, 중도에 분명하게 밝히고 있다. 성구가 출어하던 날 해순을 바라보는 심상치 않은 눈길(\# 8)과 파손 소식을 알리는 배가 들어오던 날 역시 해순을 뒤쫓는 눈초리(\# 33)의 주인공은 모두 한 사람이다. 그물을 당기는 해순의 손을 잡고 허리를 끌어안거나(\# 69), 짓을 풍성하게 나누어주는(\# 73) 이도 같은 사람이다. 눈과 손의 주인은 상수이다. 상수는 방 바위에서 해순을 훔쳐봄으로써(\# 60), 속내를 노출한 바 있다. 그리고 도망가는 해순을 따라 그녀의 방까지 침입하는 대담함을 보인다. 이것은 해순

1990, 413면.
24) 오영수 원작, 신봉승 각색, 〈갯마을〉, 『한국시나리오선집』(3권), 영화진흥공사, 1990, 414면.

을 향한 상수의 관심이 폭발적으로 표현된 행위이다.

> # 60. 방바위
>
> 상수가 지나가다가 발을 멈춘다.
> 바위 사이에 꽂아있는 옷.
> 해순의 옷이다.
> – 상수는 그 옷을 꺼내서 냄새를 맡아 보더니 도루 꽂아 놓고 두리
> 번거리며 바위로 올라간다.
> 올라간 상수의 시선으로 은빛 같은 해순의 몸뚱이가 보인다.
>
> **상수**　　아……
>
> 자기도 모르게 감탄의 소리가 새어나온다.
>
> **상수**　　(혼자소리로) 성구란 녀석 복도 많다.
>
> 마른 침을 꿀꺽 삼킨다.
> 상수는 슬슬 해순이가 있는 곳으로 간다.
> 해순은 다시 물로 들어간다.[25] (밑줄:인용자)

　시나리오는 상수에 대한 정보를 순차적으로 노출시키는 방식을 선
택한다. 이것은 원작의 서스펜스를 포기하는 대신, '점진노출(slow
disclosure)'을 겨냥하기 때문이다. 점진노출은 카메라 테크닉이나 쇼

---

25) 오영수 원작, 신봉승 각색, 〈갯마을〉, 『한국시나리오선집』(3권), 영화진흥공사,
　　1990, 411~412면.

트의 점진적인 편집 방식과 같은 '그 자신의 법칙에 따라 영상정보를
제공하는 영화적 구조 요소'로, 작품 전체에 걸쳐 사용되기도 한다.[26]
〈갯마을〉에서는 영상적 단서를 점진적으로 노출시켜, 상수의 관심을
증폭시키고 해순의 심경 변화를 정당화시킨다. 상수의 집요한 의지를
영상으로 표현함으로써, 해순이 새로운 결혼에 동의하게 되는 과정을
개연성 있게 이끌어낸다.

　# 98. 방바위(안쪽)
　　바위가 병풍처럼 둘러섰다.
　　그 한가운데 이, 삼십 평정도의 백사장.
　　지금 해순이가 자리에 한천(寒天)을 말리고 있는 것이다.
　　－웃도리를 벗은 해순의 몸.
　　햇볕에 그을진 살결에 건강미가 넘쳐흐른다.
　　－상수가 해순의 등 뒤에 다가온다.

　**상수**　　해순이…….

　　해순은 들은 체 만 체 일만 한다.
　　상수는 한반 다가앉으며,

　**상수**　　해순이 내캉 살자…….

　　상수의 이글거리는 눈동자.

---

26) 스테판 샤프, 이용관 옮김, 『영화구조의 미학』, 영화언어, 1991, 125~126면 참조.

**해순**    (몸을 약간 비켜 앉으며)…… 저리 비키소…….

**상수**    성구도 없는데 멋 한다고 고생하겠노…….

**해순**    …….

**상수**    내하고 뭍에 가서 살자…… 바다보다야 안 낫겠나?

**해순**    …….

**상수**    응야…… 해순아……

상수의 손이 해순의 허리를 감는다.

해순은 상수의 손을 치면서 다시 비켜 앉는다.

**상수**    (따라 앉으며) 해순이 우리 날 받아 잔치하자…….

**해순**    싫에…… 싫에 난 싫에…….

**상수**    (침을 삼키며) 성구가 죽은 바다를 맨날 볼게 뭐고…….

**해순**    비켜라 마…….

**상수**    해순이 그럼 내말 한번만 들어…….

**해순**    무슨 말…….

이미 상수는 해순의 몸에 팔을 감고 끌어당긴다.

해순은 상수의 손가락을 비틀며

**해순**    놔라…… 놔라…… 참말로 이거 못 놓을 끼가…

**상수**    내말 안 들으면 소문 낼끼다…… 너하고 내하고 그렇고
        그렇다고 말이다……

**해순**    허……

실로 놀라운 얘기다.

- 숨어서 보는 칠성이가 히죽이 웃는다.

해순은 순간 허리에 차고 있던 조개칼을 뽑아든다.

**해순**    내한테 손대면 찌를기다 그마…….

흠칫 놀라며 약간 물러앉는 상수.

**상수**    손 안 댈게 내말, 내말 한번 들어 달락하니.

**해순**    (위협하듯)소문 낼 텐 안 낼 텐…….

**상수**    안 낸다…… 안 낸다…….

**해순**    나보고 알은 척 할 텐 안 할 텐…….

**상수**    내말 들으면 안 낸닥 않카나…….

하며 해순의 앞으로 한발 다가선다.

**상수**    해순이…….

**해순**    (물러서서 칼을 고쳐 잡으며) 더 오지 마라…… 더 오면 참말로 찌른다.

**해순**    (그만 해순이가 귀여운 듯) 해순이 정말 찔리고 싶다. 네게 찔리면 원이 없다.

다가선다.

- 바위틈에서 보고 있던 칠성이가 흠칫 놀란다.

**상수**    참말이다…….

상수는 더욱 더 다가서며

**상수**   요기를 찔러라…… 요기를 말이다…….

한손으로 자기 목을 가리키며 다가선다.

**상수**   내사 네 칼에 찔리면 나도 해순이를 안고 죽을 수 있다
      ……
**해순**   (죽을 지경이다) 참말이다!
**상수**   (목을 내대며) 요기를 콱 찔러라…… 그래야 빨리 죽을
      기다.
**해순**   (겁이 난다)안 찌를게 오지마…….
**상수**   난 찔리고 싶다…… 어서 찔러라 너와 같이 죽으면 나도
      좋다…….

그 빛나는 상수의 눈동자
이글거리며 타고 있다.
해순이는 어쩔 수 없이 칼을 내던지며.

**해순**   참 못됐다……

상수는 내던진 칼을 주워 들고 칼날을 만지며

**상수**   내 칼 좀 갈아다 줄까…… 이 칼로야 어디 죽이겠나……
**해순**   어쩌면 저리 못 됐을꼬 말이다…….
**상수**   해순이…… 전복 따듯 목을 싹 도리게스리 이 칼 갈아 줄

까……

**해순**　흉측하다…… 꼭 섬도둑 같은 소리만 하고 있네…….

**상수**　허허허…….

**해순**　난 갈테야…….

**상수**　(앞을 막으며) 날 죽이고 가거라……

**해순**　그러면 어쩌란 말이고……

**상수**　내캉 살작 하니…….

하면서 해순을 억세게 끌어안고 모래밭을 뒹군다.

**상수**　해순이 해순이 바다를 뜨자…… 바다를 뜨잔 말이다……

급기야 해순의 손도 상수의 허리를 으스러지게 끌어안는다.
－바위에 숨어서 멋모르고 구경하는 칠성[27](밑줄:인용자)

위의 대목은 상수와 해순이 육체뿐만 아니라 심리적으로도 서로를
용인하는 사건을 구현하고 있다. 그래서 상수와 해순이 서로를 수용
하는 과정을 티격태격하는 설정으로 그려내고자 했다. 이 과정에서
사건의 개연적 진행을 위해 보완되는 설정이 있다. 상수가 해순의 방
에 침입하거나 혹은 방 바위에서 협박을 통해 육체관계를 성사시킬
때 목격자를 배치하는 설정이다. 해순의 방에 침입한 것을 목격하는
것은 죽은 성구의 동생 성칠이고, 방 바위에서의 성교를 훔쳐보는 것
은 칠성이다. 이들은 해순과 성구의 만남을 공인하고 소문을 만들어

---

27) 오영수 원작, 신봉승 각색, 〈갯마을〉, 『한국시나리오선집』(3권), 영화진흥공사,
1990, 419~421면.

내는 일종의 목격자이다. 이로 인해 원작에서 성구와 해순의 소문이 어떻게 퍼지는지 애매하게 처리했던 대목이 분명하게 정리된다.

시나리오에서 서사적 정보가 강화되는 부분은 이외에도 적지 않다. 먼저 공간적 배경이 분명해진다. 성구의 죽음을 처리하는 방식도 달라진다. 원작에서는 성구의 죽음을 실종으로 모호하게 처리한 바 있다.

> \# 24. 노한 밤바다
> 노도 속에서 비바람과 싸우는 선원들.
> 처절한 성구의 얼굴.
> 무엇인가 소리치지만 들리지 않는다.
> 선미의 키를 잡으며 이를 악무는 성칠.
> 분주한 선원들의 모습.
> 더욱더 거센 파도.
> 흔들리는 뱃사람들…….
> 파도에 쓰러지고
> 흔들림에 넘어지고…….
> 이윽고 배는 나뭇잎처럼 덜렁 들렸다가 넘어간다.[28]
>
> \# 42. 해순의 집, 안방
> 상수가 흔들고 있다.
>
> **상수**    그만 눈 좀 떠라…… 느그 집이다…….

---

28) 오영수 원작, 신봉승 각색, 〈갯마을〉, 『한국시나리오선집』(3권), 영화진흥공사, 1990, 403면.

조용히 눈을 뜨는 성칠.

**상수**    성칠아 내가 누군지 알겠나?

어머니는 조용히 성칠이 손을 잡는다.

**상수**    (밖에 대고) 보소…… 보소 새댁 퍼뜩 들어오소…….

물을 떠들고 들어온다.

**어머니**    성칠아, 형 말이다 형은 우예됐노…….
**성칠**    (멍청하게 한참 보다가) ……다 죽었습니다. 으흐흐…….

해순은 들고 있던 물사발을 떨구고 그 자리에 꼬끄라져 운다.

**상수**    성칠아 살아온 녀석이 울긴 뭐…… 뱃놈 죽을 때 범에게
　　　　물려갔다는 소리 못들었다…… 배가 파산할 때 모두 어
　　　　떻게 됐는지 모르나?
**성칠**    그 바람 속에 뭐가 보입디꺼?! 나도 형님 좀 찾으려고 아
　　　　우성을 쳤지만서도……눈앞에서 형님이 날 부르는데 갈
　　　　수가 있어야제…… (흐느끼며) 나중에는 형님이 형수
　　　　…… 형수의 이름을 부르면서 해순아 바다에는 가지 마
　　　　락고 안 탑니꺼 그리고는 어찌 됐는기 몰라예……[29] (밑

---

29) 오영수 원작, 신봉승 각색, 〈갯마을〉, 『한국시나리오선집』(3권), 영화진흥공사,
　　1990, 405면.

줄:인용자)

   반면 시나리오에서는 성구의 죽음을 두 차례 장면으로 재구성한다. 하나는 성구가 난파 직전의 배에서 악전고투하는 장면(# 24)이고, 다른 하나는 살아 돌아온 성칠의 진술(# 42)이다. 성칠은 해순에게 바다에 가지 말랐다는 성구의 유언까지 전하면서 형의 죽음을 증언한다.

   마을에 남아있던 윤노인의 죽음도, 시나리오에서는 명확하게 장면화된다. 그 과정에서 원인도 만들어진다. 윤노인은 놓고 간 그물을 벗기려다 익사한다는 설정이 그것이다. 이것은 개연성의 강화로 요약된다. 시나리오는 구체적이고 명확한 설정을 통해, 실감을 구체화시키려 한다. 원작은 '대담한 생략'[30]에 의거하고 있는데, 시나리오는 각색 작업을 통해 이러한 생략을 보강하고자 했다.

   원작에서 초점을 맞추었던 해순의 내면 심리가, 시나리오에서는 극히 자제된다. 소설에서는 사건이 일어날 때마다 해순의 내면 심리를 유심히 관찰한다. 예를 들면 낯선 사내의 숨결을 느끼고 잠에서 깨어난 해순의 심리 변화는 원작의 백미에 해당한다. 반면 같은 대목을 장면화한 시나리오는, 객관적인 정황 묘사에 주로 치중한다.

   해순은 침입한 남자에 대한 복잡한 심정을 표출할 겨를도 없이 시어머니의 물음에 둘러대고 만다. 방 밖에는 이러한 광경을 목격하는 성칠을 배치하여 객관성과 시각적인 효과를 가중시킨다. 그러나 해순의 심리 변화는 명확하게 그려지지 못한다. 그로 인해 해순의 심리 변화가 급작스럽고 모순적인 것으로 이해될 가능성이 잠재한다.

---

30) 김우종, 『한국현대소설사』, 성문각, 1978, 368면 참조.

각색된 시나리오는 막연한 진술이나 모호한 플롯을 손질하여, 합리적인 이유와 시각적인 객관성을 갖춘 장면으로 정리한다. 인물들 간의 갈등이 뚜렷해지고, 죽음이나 강간 같은 극단적인 사건이 일어난다.[31] 이러한 작업은 독자들이 상황을 명징하게 이해할 수 있는 기반을 조성한다. 각 신의 미장센[32]을 꾸밀 수 있는 서사적 정보도 확대한다.

하지만 시나리오에서 서사적 정보의 전달 방식이 순차적이고 합리적으로 이루어짐에 따라, 원작이 가진 서사적 긴장이 대폭 삭감된다. 해순에게 접근하는 손길의 주인이 알려지지 않음으로써 확보되는 호기심이나, 시간의 역전과 간결한 압축으로 전달되는 서사적 이면에 대한 상상력의 발동이 봉쇄되는 셈이다. 이것이 독서(관람)의 묘미를 상당히 반감시킬 수 있는 위험 요인임에는 틀림없다.

## 3. 새로운 영상 이미지의 창달과 미학적 성과

각색된 시나리오는 영화적 문법을 활용하여, 독창적 신의 창출에는 어느 정도 성과를 거두고 있다. 가장 먼저 꼽을 수 있는 것이, 평행 편집이다. 평행 편집(parallel editing)은 두 개의 이야기를 기계적으로

---

31) 김중철, 「〈갯마을〉 - 바닷가 여인들의 삶과 애환」, 『영화 속 문학이야기』, 동인, 2002, 20면 참조.
32) 원래는 "무대에 올린다"라는 연극 용어였으나 영화 용어로 바뀌면서, 첫째 쇼트 내의 프레이밍과 관련된 영화 제작 행위를 지칭하게 되었다. 첫째 세팅, 의상, 조명 등을 일컫고, 둘째 프레임 내에서의 움직임을 일컫는다. 감독이 구사할 수 있는 표현적 도구를 가리킨다(수잔 헤이워드, 이영기 옮김, 『영화사전』, 한나래, 1997, 127면 참조).

교차 편집(cross cutting)하면서 외적 통일성(outer unity)을 성취하는 방식으로 그리피스에 의해 개발되었다.[33]

〈갯마을〉에서 평행 편집의 묘미를 느낄 수 있는 대목은, 바다로 나간 어선이 폭풍우를 만나 위기를 맞는 부분과 이 때 마을 사람들의 모습이 교차 편집되는 지점이다. 먼저 장면 22에서 성황당에 올라 남편의 무사귀환을 비는 해순과 순임이 제시된다. 이어서 장면 23에 '먹장같은 구름'에 뒤덮인 하늘과 성난 파도와 바람 소리가 삽입된다. 장면 24에서 '노도 속에서 비바람과 싸우는 선원들'이 포착되고, 장면 25에서 성황당을 가득 채운 아낙들이 포착된다.[34] 바다 위에서 고생하는 선원들과 이들을 걱정하는 마을 사람들의 표정이 교차되면서 두 가지 이야기가 짧고 평행하게 전개되는 것이다. 노도 같은 파도와 싸우는 성구의 모습과 안절부절못하는 해순의 모습이 대비된다.

> # 22. 성황당(밤 - 비)
> 비틀거리는 해순이가 올라와서
> 당목 앞에 꿇어앉으며 원망스러운 눈초리로
>
> **해순**　서낭님예…… 서낭님예…….
>
> 몇 번 부르더니 쏟아지는 빗속에서 몇 번이고 절을 한다.
> 잠시 후 순임이가 올라와서 해순이와 같이 절을 한다.

---

33) 김용수,『영화에서의 몽타주 이론』, 열화당, 1996, 161면.
34) 신봉승 각색, 〈갯마을〉,『한국시나리오선집』3, 한국영화진흥공사, 1990, 402~403면.

# 23. 하늘(밤 - 비)

먹장 같은 구름에 뒤덮여 검기만 하다.

파도소리와 바람소리뿐이다.

크게 번개가 친다.

# 24. 노한 밤바다

노도 속에서 비바람과 싸우는 선원들.

처절한 성구의 얼굴.

무엇인가 소리치지만 들리지 않는다.

선미의 키를 잡으며 이를 악무는 성칠.

분주한 선원들의 모습.

더욱더 거센 파도.

흔들리는 뱃사람들…….

파도에 쓰러지고

흔들림에 넘어지고…….

이윽고 배는 나뭇잎처럼 덜렁 들렸다가 넘어간다.

# 25. 성황당(밤-비)

해순이와 순임이 외에도 몇몇 아낙이 모였다.

제정신이 아닌 모습으로 절을 하는 아낙들.[35]

영상 미학적 효과가 세심하게 발현된 장면은 파도를 이용한 장면들
이다. 바닷가 마을을 공간적 배경으로 설정하고 있음으로, 시나리오

---

35) 오영수 원작, 신봉승 각색, 〈갯마을〉, 『한국시나리오선집』(3권), 영화진흥공사,
1990, 402~403면.

상에는 파도 인서트(insert)[36]가 매우 많다. 그 중에서도 영상 미학적 효과가 의도된 장면은 대략 여섯 가지이다.

첫째는 불길한 징조를 표현하는 파도 장면이다. 출어한 어선의 뒤를 이어 심상치 않은 바람과 물빛이 몰려온다. 이를 바라보는 마을 노인들은 재앙을 예감하고(# 15), 뒤를 이어 장면 16에서 "점점 커 가는 파도가 바위에 부딪쳐 부서진다". 장면 17에서는 더욱 거세진 파도가 축항을 밀어 덮치는 광경이 포착되고, 장면 18에는 몽타주 기법을 활용하여 불길한 징조를 접한 주민들의 표정이 담긴다. 장면 19, 20은 하늘과 들판에서 고조되는 위기이다.[37]

> # 14. 축항
>
> (…중략…)
>
> 박노인 : 아무래도 심상치 않아…… 저 물빛도 좀 보라니까…….
> 바람이 점점 세어진다.
>
> # 15. 노목
>
> 성황당 뒤에 서있는 노목이 불어오는 바람을 가누지 못하고 몹시 흔들린다.
>
> # 16. 바위
>
> 점점 커가는 파도가 바위에 부딪쳐 부서진다.

---

36) 피사체, 예를 들면 사진, 신문, 제목, 시계, 전화번호 따위를 클로즈 쇼트로 신 안에 삽입시키는 것을 가리킨다.
37) 신봉승 각색, 〈갯마을〉, 『한국시나리오선집』3, 한국영화진흥공사, 1990, 402~403면.

# 17. 축항

밑려온 파도는 축항을 뒤옆을 듯이 노한다.

# 18. 몽타쥬

문을 열고, 하늘을 보는 가족들.

뛰어나와 바다를 보는 사람들.

분주하게 움직이는 아낙들.

# 19. 하늘

검은 구름이 몰려온다.

번쩍이는 번개.

천지를 진동하는 천둥.

# 20. 들판

폭우에 휩쓸리는 나무.

무서운 비바람에 흔들리는 나무.

벼락이 떨어지며 고목하나에 불이 붙는다.

쏟아지는 비! 비!

몰아치는 바람.[38] (밑줄:인용자)


이러한 일련의 씬들은 작품 내의 분위기를 바꾸어 놓는다. 출어 당시의 고요하고 평화롭던 분위기는 일소되고, 불안과 공포가 출몰하는 바다의 이미지가 구현된 것이다. #14~20에 이르는 일련의 장면들은

---

38) 오영수 원작, 신봉승 각색, 〈갯마을〉, 『한국시나리오선집』(3권), 영화진흥공사, 1990, 402~403면.

간략한 씬들로 이러한 분위기 전환을 일구어내고 있다.

이처럼 파도에서 시작되는 불길한 징조는 마을의 공간 여기저기를 떠돌며 전체적인 위기감을 고조시키고 있다. 그리피스는 한 씬을 여러 개의 쇼트로 분할하고 각 쇼트에 나름대로의 독자성을 부여함으로써 위기를 예고하고 긴장감을 창출하는 수법을 창안했다. 그에 따르면 물리적 필요가 아닌 닥쳐오는 위기를 예고하고 또 지연하기 위한 편집이 필요하며 때에 따라서는 죽음의 전조 역시 암시될 필요가 있다.[39] 이 작품은 그리피스의 편집기법을 유연하게 적용하고 있다. 이것은 노도와 같이 밀려오는 파도의 이미지를 이용하여 죽음의 전조를 예시하는 것이 가능했기 때문이다.

둘째는 남편을 잃은 순임의 울분이 파도의 역동적인 움직임과 겹쳐진 부분이다. 노함(怒)을 연상시키는 두 개의 사물을 결합시키는 수법을 통해 파도의 격한 율동을 영상 이미지로 활용하고 있다.

셋째는 장면 #98에서 상수와 해순의 성교를 어루만지려는 듯, 장면 #99에 이어지는 '조용히 밀려와서 바위를 덮'는 듯한 파도의 이미지이다. 거센 이미지가 아닌 포용적인 이미지로 형상화되고 있다는 점이 특색이다.

넷째는 순임의 자살을 방조하는 바닷가 장면이다. 순임은 목신을 끌어안고 바다로 걸어 들어가고, 이러한 순임을 큼직한 파도가 덮친다(# 107). 그런가 하면 장면 108에서는 죽은 순임을 위로하려는 듯한 조용한 파도가 밀려온다.

---

39) 카렐 라이쯔 · 가빈 밀러, 정용탁 옮김, 『영화편집의 기법』, 영화진흥공사, 1989, 19~20면 참조.

다섯째는 해순이 어린 시절과 어머니를 회상하는 장면에, 틈입하는 파도이다. 장면 124에서는 어머니가 준 반지를 만지는 해순의 환청으로 파도소리가 밀려들고, 화면은 파도에 덮이면서 회상이 시작된다. 마찬가지로 회상의 종결도 장면 128에서 '－다시 한번 파도가 〈D · E〉되며' 종결된다.[40]

여섯째는 상수가 죽고 산 속에서 듣게 되는 환청환각과 같은 파도이다. 장면 148에서는 "'쏴!쏴!'하는 바람소리는 완전히 파도 소리로 환청된다. －아른하게 D · E되는 바다"가 재현된다.

이처럼 〈갯마을〉에서는 파도의 이미지를 이용하여 다양한 영상 미학을 발현시키고 있다. 파도는 성남과 고요함의 정서를 가름하기 위해 쓰이고, 환청과 회상과 같은 장면 전환에 촉매제로 쓰이며, 위기를 예고하고 긴장감을 창출하는 요소로 쓰인다.

파도 인서트의 반복은 '반복영상(Familiar Image)'의 효과를 일으킨다. '어떤 화면이든 한 작품 내에서 운율적으로 빈번하게 반복되면서 구도나 화편화(framing)가 크게 다르지 않을 경우'에 반복영상이 되는데, 이러한 반복영상은 표현을 풍부하게 하고 인접되지 않은 신들을 연접시키는 역할을 한다. 이것은 구문법에서 접속사의 역할과 대동소이하다.[41] 파도의 이미지를 종합적으로 살려낸 점은 각색된 시나리오가 소설의 단순한 각색이 아니라, 시각적 혹은 영화적 문법을 응용한 실례로 평가된다. 또 좋은 영화라면 갖추기 마련인, 이미지 조직

---

40) 신봉승 각색, 〈갯마을〉,『한국시나리오선집』3, 한국영화진흥공사, 1990, 429~430면.
41) 스테판 샤프, 이용관 옮김,『영화구조의 미학』, 영화언어, 1991, 113~124면 참조.

방식에서도 탁월한 효과를 거둔다. 물론 이 작품에 숨겨진 영상 이미지는 물이며, 그 안에 새겨 넣은 잠재적 뜻은 파괴와 비극성이다.

## 4. 시나리오 〈갯마을〉의 영화 미학과 그 의의

〈갯마을〉의 각색자 신봉승은 원작 소설이 지나치게 짧아 각색 과정에서 이를 확대해야 할 필요성이 있었음을 밝힌 바 있다. 이 작품 역시 원작이 단편 소설이기 때문에 영화 시나리오로 만드는 과정에서 확대와 변화는 불가피하다고 해야겠다.

시나리오 〈갯마을〉의 변형은 크게 두 가지 측면으로 정리될 수 있다. 하나는 플롯의 연장이다. 짧은 플롯을 길게 연장하는 것이 각색의 목표였다. 그러기 위해서는 현재를 보여주고 과거로 돌아가는 원작의 구조를 대폭 변화시켜야 했다. 시나리오는 원작의 사건을 시간적 순서에 의해 재배열하는 추보식 구성을 따르게 된다.

그 과정에서 서스펜스 기법을 활용한 원작의 문예 미학은 소멸한다. 서스펜스는 관객(독자)들이 주인공에 의지해서 사건의 추이를 지켜보는 방식이다. 다시 말하면 주인공이 아는 만큼 알고 보는 만큼 보며 서사적 정보를 습득하는 방식으로, 원작은 해순이 낯선 남자에 대해 궁금해하는 것을 기조로 하여 서스펜스 기법을 활용하고 있다.

추보식 구성으로 바뀌면, 낯선 남자의 정체가 드러나게 된다. 그 남자는 해순의 움직임을 지켜보고 은근히 마음을 주고 있던 상수로 상정된다. 상수는 해순의 첫 남편인 성구가 죽자 대담하게 해순에게 접근하여 청상과부가 된 해순의 두 번째 남편이 된다.

　시나리오는 성구의 접근과정을 처음부터 설정하고 있다. 성구가 죽게 되는 출어 장면부터 상수는 해순에게 관심을 던지고 있다. 그 뒤 해순을 뒤쫓는 성구의 모습을 장면화함으로써 관객(독자)들에게 당사자(해순)보다 더 많은 정보를 준다. 즉 해순이 모르는 사실을 관객들은 이미 알고 사건의 추이를 지켜보는 셈이다.

　정보량에 편차가 생기면서 서스펜스 기법은 더 이상 시나리오에 적용될 수 없다. 대신 각색 시나리오는 정보를 꾸준하게 그리고 점진적으로 제공하여 어떤 사실을 암시하는 기법인 점진노출을 영상 미학의 기조로 삼게 된다.

　선형적이고 점진적인 플롯의 진행은 씬의 결합과 전환(편집)에 어려움을 가져온다. 자연스러운 씬의 전환을 위해 파도 장면이 삽입되는 것은 이러한 어려움을 극복하기 위함이다. 그러나 각색자는 실제적인 필요에 의해 삽입된 파도 인서트를 효과적으로 조율하여 뛰어난 미학적 효과를 거둔다. 그것은 반복영상의 미학적 효과를 이룩하면서 〈갯마을〉을 구조적으로 안정시키고 의미상으로 풍성하게 만든다.

　두 번째 변형은 플롯의 이중화이다. 평행 구조는 이 과정에서 부각되었으며 새로운 영화의 기법으로 각광받기에 이른다. 그중 〈갯마을〉의 평행 구조는 다시 두 가지로 세분할 수 있다. 하나는 서브 플롯의 구축이다. 서브 플롯은 구조적 동형성과 주제적 일치성을 가진 이야기가 나란히 병진되어야 한다.

　〈갯마을〉의 서브 플롯은 순임의 이야기이다. 순임은 해순의 마을 아낙으로 두 사람 모두 남편을 바다에서 잃게 된다. 순임의 남편이 출어할 때 언뜻 보이던 어부와 해순, 폭풍이 불어올 때 사당에 올라 기도를 드리는 순임과 해순, 해순 남편의 넋을 건지는 굿을 할 때 나타나는 순임의 모습은 시나리오 〈갯마을〉의 내부에 순임의 이야기가 동시에 흐르고 있음을 보여준다. 결국 해순은 남편을 잃은 슬픔을 가누지 못하고 바다에 빠져 죽는다. 반면 해순은 상수와 두 번째 결혼 생활을 맞이한다.

플롯의 이중화를 이룩하는 또 하나의 형식은 평행 편집이다. 평행 편집은 크게 평행 구조에 속한다. 그러나 장면의 빠른 교차 편집을 활용해 일시적으로 두 사건을 넘나드는 효과를 거둔다는 점에서 다소 차이를 보인다. 〈갯마을〉에서 평행 편집은 먹구름이 낀 하늘을 연계로 하여 바다에서 싸우는 선원들과 해신당에서 무사 귀환을 비는 여인들의 신이 교차하는 대목에서 나타난다. 물리적으로 떨어진 두 상황을 장면 전환을 통해 동일한 시간대에 형상화하고 있다.

〈갯마을〉의 각색 과정에서도 확대 지향적 욕구는 분명히 작용한다. 그러나 그러한 욕구를 단순한 내용 확대에 적용시키지 않고 확대된 내용을 영상 미학적 효과를 발현시킬 수 있도록 배치했다는 점에서 〈갯마을〉의 각색 작업은 주목할 만하며, 결과적으로 바다 소재를 활용하여 새로운 한국 영화의 문법과 미학을 확립했다는 의의를 창출했다고 할 수 있다.

# 제7장
# 영혼을 울리는 섬과 바다의 시
## : 바다의 이미지와 시적 울림

## 1. 〈일 포티노〉의 배경과 줄거리

마이클 래드포드 감독의 〈일 포스티노(Il Postino(The Postman), 1994)〉는 시인 파블로 네루다의 망명을 소재로 다룬 영화이다. 시인 파블로 네루다(필립 느와레 분)는 한 이탈리아 섬(나폴리 근처 외딴 섬마을)으로 망명을 오게 되고, 섬에 살던 마리오 로폴로(마씨모 트로이시 분)는 네루다의 전용 우체국 직원으로 발탁된다. 두 사람은 우정을 나누면서 서로를 알아가게 되고, 파블로 네루다로 인해 마리오는 시와 아름다움에 대해 이해하게 된다.

특히 파블로 네루다로부터 시의 비유와 아름다움을 전수 받은 마리오는 아름다운 여인 베아트리체의 사랑을 얻는 것에 성공한다. 하지만 마리오가 결혼하는 날, 그토록 깊은 감명을 주었던 파블로 네루다의 정치적 귀환 허가가 내려지면서, 마리오는 파블로 네루다와 헤어진다.

　마리오의 입장에서 보면, 네루다의 정치적 망명은 자신의 인생에 가장 커다란 사건이 아닐 수 없었다. 지루하고 할 것 없는 지중해의 외딴 섬에 편지가 쏟아지기 시작했고, 이전까지는 존재하지 않았던 네루다의 편지를 전달하는 직업이 생겨날 수밖에 없었다. 이 직업을 자원한 마리오는 자전거를 끌고 네루다의 집으로 향하는 일과를 반복해 나간다.

　영화는 이러한 마리오의 배경으로 지중해의 아름다운 풍광을 선택하고 있다. 그러다가 마리오는 어느 날 우체통처럼 서 있는 자신에 대해 말하는 시인의 음성을 들을 수 있었다.

　"자네는 우체통처럼 서 있었다네."
　"장승처럼요?"
　"아니, 장기판 말처럼 요지부동이었어."
　"도자기 인형처럼 조용했죠."
　"은유가 대체 뭐죠?"

네루다의 시를 읽은 마리오는 네루다의 문학에 대해 이야기를 나누고 싶어한다. 특히 그는 은유가 무엇인지 궁금해 했다. 하지만 그-마리오는 이미 네루다와의 대화를 통해 은유와 그 의미를 풀어내고 있었다. 대화 초반까지만 해도 마리오는 은유가 사물의 다른 속성을 비유해서 말하기(글쓰기) 방식이라는 사실을 정확하게 이해하고 있지는 못했지만, 대신 마리오는 몸과 체험으로 그 숨은 의미를 파악할 수는 있었다. 사물 사이의 유사성을 연결하여 전달하는 어려운 관념이나 의미를 뜻하는 은유를 실상을 알고 있었던 것이다.

## 2. 아름다움과 열정에 탐닉하는 마리오

마리오는 네루다에게 시에 대해 묻고, 자신도 시인이 될 수 있느냐고 묻는다. 더 정확하게 말하면, 마리오는 네루다에게 자신이 시인이 되고 싶다고 말한다.

(a) 시인이 되고 싶다고 말하는 마리오

이러한 마리오의 청에 대해 네루다는 시의 본질에 대해 알 수 있는 방법을 알려준다. 해변을 걸으면서 주의를 관찰하라고 충고한 것이다. 이 충고는 마리오가 해변을 걸으면서 명상에 잠기는 풍경을 만들어낸다. 이러한 풍경은 매우 아름다운 정서를 마리오에게 전달하고, 마리오는 시가 아름다움에 대한 것이라는 사실을 깨닫게 된다.

(b) 시의 본질에 대해 알려주는 네루다

해양영화는 다양한 체험을 담아낼 수 있고, 수많은 모티프와 연관될 수 있겠지만, 〈일 포스티노〉가 보여주는 해변의 풍경과 아름다움이 해양영화의 본질 중 한 측면일 수 있다는 생각을 가능하게 해준다. 마리오는 해변의 풍광을 통해 시와 아름다움을 떠올렸다면, 이러한 시와 아름다움을 해변(바다)을 통해 전달하는 영화를 통해 해양영화의 중요한 목적을 상기할 수 있다.

마리오가 탐닉하게 되는 것은 비단 시뿐만 아니었다. 마리오는 술집(여관)에서 베아트리체를 보고 사랑에 빠진다. 본래 마리오가 네루다에게 관심을 가지게 된 계기 중 하나가 네루다의 아름다운 아내였

듯, 마리오는 자신의 삶에서 아름다운 여인에 대한 관심을 중요한 이유로 여기고 있다.

하지만 베아트리체는 마리오에게 관심이 없었고, 마리오는 열정을 이기지 못하고 네루다에게 도움을 청한다. 그리고 마리오는 시를 쓰기 써서 베아트리체에게 보낸다. 베아트리체가 시상을 자극한 것인지, 자극된 시상에 의해 베아트리체가 주목된 것인지는 확실하지 않지만, 한 가지 확실한 것은 마리오가 시의 아름다움을 베아트리체의 아름다움 못지않은 가치 있는 것으로 여기기 시작했다는 사실이다.

특히 자신 안에서 터져 나오는 열정을 촉감한 마리오는 시와 여인의 아름다움을 동시에 찬양하는 방법이 세상에 존재한다는 사실을 깨닫게 된다. 그것은 시를 쓰는 일이고, 그 시를 누군가에게 읽히는 일이었다.

(c) 서명을 부탁하는 마리오(16분 경)

이러한 변화를 마리오의 처음 태도와 비교하는 일은 흥미롭다. 마리오는 시인의 서명을 받고 그의 명성을 빌리는 것에 관심이 있었다. 하지만 시인의 가르침을 받고 시와 아름다움에 대해 파악하는 눈이 생겨나자 보다 본질적인 행위에 매달리게 된다. 그것은 창작이었고, 아름다움에 대한 미적 탐닉이었다.

(d) 은유를 사용하는 마리오(29분 경)

(e) 불타는 사랑을 전달하는 마리오(49분 경)

네루다의 말에 당황해 하면서도 마리오는 자신의 느낌을 시로 전달하기 시작한다. 그리고 그 감정을 시로 표현하고 읽어준다. 그 힘은 베아트리체를 사랑하는 마리오의 눈길에서 나온다고 해야 한다. 사랑에 대한 매혹은 그를 시인으로 만들었다. (c)에서 (d)를 거쳐 사랑의 시를 전달하는 (e)로의 변화는 마리오가 시와 삶을 사랑하게 되었다는 사실을 보여준다. 시의 아름다움은 마리오를 변화시킨 힘으로 작동한 것이다.

## 3. 마리오가 '바다'와 '소리'로 쓰는 시

시는 '사람을 바꾸는 힘'이다.
시는 사람 사이에 겹겹이 놓여 있는 벽을 허물고,
하나의 손길로 맞닿게 만드는 통로이다.
그래서 사랑과 똑같은 힘을 발휘한다.
그래서 시는 '만인의 것'일 수 있고,
또 그래야만 한다.

마리오는 네루다의 도움으로 베아트리체의 사랑을 얻을 수 있었고, 드디어 결혼에 성공했다. 하지만 마리오가 결혼식을 올리는 날, 네루다는 입국 허가 통지를 받게 된다. 오랜 망명 생활을 거두고 조국으로 돌아갈 수 있는 길이 열린 것이다.

마리오가 가장 기뻐해야 하는 날, 마리오는 하나의 슬픔을 감당해

야 하는 셈이다. 마을 사람들도 네루다의 귀국을 환영하면서, 또 한편
으로는 아쉬워한다. 네루다는 마리오에게 특별히 자신이 아끼는 선물
을 남기며, 귀국하면 편지를 쓰겠다고 약속한다. 하지만 편지는 오지
않았고, 이에 마리오는 자신이 편지를 쓰겠다고 결심한다.

　마리오는 섬의 소리로 편지를 쓴다. 그 소리들은 삶의 은유이며, 마
리오의 기쁨과 아름다움을 담은 시이다.

(f) 해변에서 부딪치는 파도

(g) 나뭇가지에 부는 바람

마리오는 녹음기를 들고 파도소리를 채취한다. 바닷물이 만들어내는 교향악 같은 소리는 사람들에게 편안한 일상이기도 하지만, 때로는 지상의 것이 아닌 특별한 것이 될 수 있다. 특히 간절한 마음이 들어가면 더욱 그러하다.

바람소리 역시 마찬가지이다. 마리오는 자신의 주변에 맴도는 소리들이 특별할 수 있다는 생각을 한다. 우리가 사용하는 언어가 시에 사용되지만, 결코 일상의 언어가 아닌 것이 없는 것처럼 말이다. 소리를 채집하려는 생각은 더욱 발전해서 비단 자연의 소리만이 아닌 것까지 확장된다.

어부의 그물질 소리는 비루한 소리일 수도 있다. 노동의 힘겨움이 담겨 있고, 인생의 고통을 대변할 수 있기 때문이다. 하지만 마리오는 그러한 노동과 고통 속에 담겨 있는 미세한 숨결을 별도로 감지한다. 노동 역시 삶의 일부이고, 고통 역시 살아 있다는 징후이기 때문이다. 모든 것은 인간의 삶과 아름다움을 증명하는 것들이 아닐 수 없다.

(h) 어부의 그물질 소리

(i) 태어날 아들의 심장소리

 소리에 대한 생각은 보이지 않는 존재로까지 확산된다. 아들은 태어나지 않았지만, 분명 세상에 존재하는 어떤 것이었다. 아들이 거기에 있다는 것은 마리오와 베아트리체의 사랑이 여기에 존재한다는 징후이고, 그들의 삶이 가치 있다는 징표이다. 마리오는 이러한 아들의 목소리를 듣고 싶어 했고, 또 시를 통해 표현하고 싶어 했다. 물론 다른 사람, 특히 네루다에게 자신의 심정을 전달하고 싶어 했다.

 마리오는 섬의 아름다움을 묘사해 보라는 네루다의 질문에 대해 답하는 과정은 비유와 시의 본질을 이해하는 단계를 거쳐 베아트리체에게 자신의 마음을 시로 표현하는 단계를 넘어 아름다움과 경이로움에 대한 열망을 담아내는 단계로 확대되었다. 시는 마리오의 삶을 바꾸었고, 세상의 아름다움에 대해 눈뜨게 만들었다. 세상이 아름다운 것들로 가득 차 있으며, 이러한 아름다움을 이해할 때 자신의 마음도 풍요로울 수 있다는 깨달음도 일깨워 주었다.

## 4. 네루다의 귀환과 마리오의 죽음

오랜 시간이 흐른 후에야 네루다는 이탈리아 나폴리 외딴 섬으로 돌아온다. 네루다가 다시 마주한, 높은 단애를 이루며 겹겹이 쌓인 지층처럼, 네루다와 그가 머문 공간에는 크고 작은 흔적이 남아 있다. 그래서 그의 귀향은, 그의 흔적을 따라 남겨진 '겹벽'의 시간과 체험을 쌓아 만든 삶으로의 귀향에 비유될 수 있다.

(j) 자신의 과거를 방문한 네루다

하지만 네루다를 기다리는 것은 슬픈 소식이었다. 마리오가 죽었고, 그 죽음이 실은 네루다로부터 연유한 것이라는 소식이었기 때문이다. 네루다의 감화를 받아 마리오는 시의 의의와 본질을 이해한 이후, 세상을 변혁하려는 의지를 품게 되었다. 당시 이탈리아 역시 정치적 억압에 시달리는 민중들로 인해 어지러웠고, 마리오는 그러한 민중들의 집회에 참여하여 자신이 쓴 '네루다에게 바치는 시'를 낭송하려고 했다. 하지만 시위는 공공연하게 탄압되었고 그 와중에서 마리오는 죽고 말았다.

마리오는 네루다를 동경하여 시를 배웠고, 시를 통해 세상의 아름
다움을 배웠으며, 그 아름다움을 지키는 사람이 되어야 한다는 명분
과 의의를 배웠다. 네루다의 시가 실천의 시였던 것처럼, 마리오 역시
문학(시)을 통해 현실에서 실천하는 사람이 되고자 했다. 결국 마리
오는 시를 통해 자신의 삶을 바꾸었고, 이러한 삶의 변화에 네루다는
시인 마리오를 추모하지 않을 수 없게 된다.

네루다를 만나 이후, 마리오의 삶은 다음과 같이 요약될 수 있다.

| 분할 | 시간 | 내용과 특징 |
|---|---|---|
| ~ 1/4 지점 | 33분 까지 | 네루다에게 접근하는 마리오 |
| | | 네루다의 인기를 선망하는 마리오에서 시의 본질을 깨달아 가는 마리오의 변환 |
| | | 은유와 운율에 대해 이해하기 시작 |
| ~ 2/4 지점 | 52분 까지 | 베아트리체를 만난 마리오 |
| | | 여인을 위해 시를 준비하고 읽어주는 마리오 |
| | | 베아트리체의 마음과 교류하기 시작한 마리오 |
| 3/4 지점 | 82분 까지 | 주위의 반대를 물리치고 결혼에 성공하는 마리오 |
| | | 마리오의 결혼식 날 귀국 허가 통지를 받는 네루다 |
| | | 네루다와의 작별 |
| 4/4 지점 | 끝까지 | 네루다를 위해 시를 쓰는 마리오 |
| | | 네루다의 가르침에 따라 인민을 위한 집회에 나서는 마리오 |
| | | 네루다의 귀환과 마리오의 죽음 |
| | | 시를 통해 마리오의 삶이 변화하고, 변화된 마리오를 통해 주변 사람들이 변화하는 치유의 광경 |

## 5. 해양의 비유와 아름다움을 담은 영화 〈일 포스티노〉

〈일 포스티노〉에서 바다는 아름다움의 원천으로 작용한다. 파블로 네루다가 많은 망명지 중에서 마리오의 섬을 고른 이유도 아마 이러한 바다의 아름다움을 곁에 둘 수 있었기 때문일 것이다.

마리오는 그 섬에서 태어났고 바다를 평생 보아왔지만, 네루다를 만나기 이전에는 그 아름다움을 포착할 수 있는 말과 언어를 배우지 못했다. 비유를 이해하고 시를 이해하기 시작하면서, 그는 바다와 아름다움을 연결할 수 있는 통로를 찾을 수 있었다.

아름다움에 대한 이해는 베아트리체라는 여인을 만나면서 크게 요동치는데, 이것은 사랑의 즐거움이 곧 미의 원천이라는 또 다른 인식으로 통할 수 있다. 아름다운 것은 소중한 것이며, 이를 표현할 수 있는 통로로서의 문학은 요긴한 것이자 본질적인 것이 된다.

네루다와의 이별은 마리오의 삶을 슬프게 만들었지만, 마리오 삶을 변화시키는 중요한 요인이 되었다. 그는 소리와 아름다움을 채집할 수 있다는 중대한 깨달음에 도달했고(그는 편지를 쓰고자 했다), 이러한 깨달음은 바다를 다시 미의 원천으로 돌려놓는 인식적 혁명을 가능하게 했다.

그는 바람과 파도 소리를 채집하고 기록하는 것이 시의 외형이며, 그 안에 담겨 있는 인간의 노동과 고통을 읽어내는 것이 시의 속뜻일 수 있다는 생각에 도달했으며, 나아가서 아직 오지 않은 것들을 위한 발견과 보존에 힘써야 한다는 책무를 이해하기 시작했다.

세상에 존재하지만 미약한 것들을 위해 무언가를 하는 것이 문학일 수 있다는 생각은 마리오의 삶을 노동 현장과 소외자의 삶 속으로 밀어 넣었다. 그는 세상을 바꾸고 아름다움을 보존하고 아직 오지 않은 것들을 위해, '자신-시인'이 무언가를 해야 한다는 막연하지만 절실한 의무를 실천하고자 했다. 아름다움을 인식한 자가 세상을 위해 돌려주어야 할 책무였던 것이다.

〈일 포스티노〉는 네루다의 시선으로 이러한 마리오의 삶을 점검하면서, 궁극적으로 물음을 던지게 된다. 마리오가 한량같은 한심한 삶에서 숭고한 무언가를 위해 노력하는 삶으로 자신의 삶을 변화시킨 이유가 무엇인가라고.

그것은 마리오가 시를 배웠기 때문이고, 문학이 무엇이고 무엇이어야 하는가에 대해 고민했기 때문이다. 그 시와 고민은 바다에서 잉태되었고, 바다와 인접해서 살아왔던 자신의 삶과 여전히 그 바다와 소통하며 살아야 하는 자신의 미래(아이와 아내)를 겨냥하고 있었다. 마리오는 자신의 삶이 비루할지언정, 이러한 삶을 감싸고 지키는 삶은 숭고할 수 있다는 문학의 본질적 의의를 깨달은 자가 된 것이다. 그 깨달음 앞에서 대시인 네루다는 경의를 표하지 않을 수 없었다. 그것은 바다에 대해 그 어떤 시인도 경이로움을 표하지 않을 수 없는 것과 근본적으로 동일하다고 해야 한다.

# 제8장

## 바다를 배경으로 삼은 희곡에서 바다에서 일어나는 사건을 다룬 영화로
### : 희곡 각색 '문예영화'의 양상 비교

## 1. 문예영화의 한 양상으로서 바다 소재 희곡의 각색

문예영화는 일제 강점기부터 한국영화의 첨예한 화두였다. 시나리오의 창작법과 중요성을 정확하게 인지하지 못했던 근대영화 초창기에, 영화를 제작하는 편리한 방법 중 하나가 문예영화였기 때문이다. 기존의 소설 같은 문학작품의 얼개를 이용하여, 대강의 콘티를 만들고, 이를 영화 촬영의 기본 수단으로 삼는 것이 당대의 관행이었다. 하지만 점차 문예영화의 역할은 증대되기 시작했다. 문예영화가 당대 영화의 수준을 향상시키고 문화적 파장을 증대시키는 근원적 힘이자 예술적 자산으로 인정되기 시작했기 때문이다.[1]

---

1) 「이태준(李泰俊) 박기채(朴基采) 양 씨 대담(상) 문학과 영화의 교류」, 『동아일보』, 1938년 12월 13일, 5면 참조.

　1930년대에 들어서면서 현재의 시나리오 형식과 유사한 시나리오가 산출되기 시작했고, 특히 1938년에 『삼천리』에 발표된 〈토-키·씨나리오, 무정〉(이광수 원작, 박기채 각색)은 '배역표', '씬 구분', '씬 넘버', '카메라 지시문', '광학효과 표기', '영화적 문법' 등의 사항을 골고루 포함하고 있었다.[2] 이러한 형식적 완비를 통해 시나리오가 갖추어야 할 최소한의 요건을 자각하기 시작했음을 확인할 수 있다. 흥미로운 점은 이 〈토-키·씨나리오, 무정〉이 문예영화라는 점이다.

　현대에 접어들면서도 문예영화에 대한 관심과 인기는 계속되었고, 문예영화는 더욱 활발하게 제작되었다. 특히 1960년대에 접어들면서, 문예영화는 호황을 누렸다. 한국 영화의 제 1 르네상스 시기라는 1960년대는 문예영화의 등장으로 인해 가능했다. 르네상스라는 제작 환경의 근간에는 완성도 높은 시나리오의 공급이 자리 잡고 있었다. 특히 1960년대는 빼어난 단편소설을 각색하여 시나리오로 전환하고, 이를 바탕으로 영화를 제작하여 작품성이 높은 문예영화를 생산한 대표적인 시기로 꼽힌다.

　문예영화의 융성과 그 성과에도 불구하고, 문예영화에서 희곡 원작이 차지하는 비중은 그다지 크지 않다. 다시 말해서 한국 영화 현장에서 희곡 작품의 각색은 상대적으로 두드러지지 않았다. 문예영화로 호황을 누렸던 1960년대에도 희곡 작품을 원작으로 하여 문예영화를 제작한 경우는 매우 드물었다. 대표적인 경우를 꼽아보자.

　우선 유현목이 감독이 1956년에 영화화한 〈인생차압〉(오영진의

---

2) 김남석, 「1930년대 시나리오의 형식적 특성과 변모 과정 연구」, 『현대문학이론연구』(44집), 현대문학이론학회, 2011, 125~126면 참조.

〈살아있는 이중생 각하〉)을 꼽을 수 있고, 1960년대 들어서면서 산출되기 시작한 1963년 김수용 감독이 영화화한 〈혈맥〉(김영수의 동명 희곡), 1966년 역시 김수용이 감독한 〈만선〉(천승세의 동명 희곡)과 〈산불〉(차범석의 동명 희곡)을 들 수 있다.[3] 1988년 박광수 감독의 〈칠수와 만수〉(오종우의 동명 희곡), 1999년 김유진 감독의 〈약속〉(이만희의 〈돌아서서 떠나라〉), 2005년 이준익 감독의 〈왕의 남자〉(김태웅의 〈이(爾)〉)나 박광현 감독의 〈웰컴 투 동막골〉(장진의 동명 희곡) 혹은 장진 감독의 〈박수칠 때 떠나라〉 등도 이러한 계보에 포함될 수 있다.[4]

이러한 희곡 작품의 문예영화화 현상에는 2000년대에 들어서면서 괄목할 만한 성과를 거두게 된다. 특히 김광림의 희곡 〈날 보러 와요〉를 각색한 영화 〈살인의 추억〉(2003)은 한국 영화를 대표하는 2000년대 영화로 손꼽히고 있으며, 2014년에도 주목할 만한 영화 〈해무〉(김민정의 동명 희곡)가 발표되어 비평적 관심을 받았다.

이 중에서 〈해무〉는 바다(배)를 중요한 공간적 배경으로 삼는 흔하지 않는 사례라고 하겠다. 하지만 원칙적으로 희곡을 영화로 각색한 경우에 해당하기 때문에, 자유로운 공간 창조를 중시하는 영화적 제약이 심각하게 고려된 경우이다. 즉 연극 공연이 감수하는 공간적 제

---

3) 김남석, 『문예영화이야기』, 살림, 2004.

4) 김만수, 「희곡과 시나리오의 차이에 대한 사례 연구」, 『한국극예술연구』(13집), 한국극예술학회, 2001 ; 박명진, 「희곡의 영화화에 나타난 의미 구조 변화」, 『한국극예술연구』(13집), 한국극예술학회, 2001 ; 김남석, 「〈웰컴 투 동막골〉의 장면 배열 양상 연구」, 『한국문학이론과비평』(11권 3호), 한국문학이란과비평학회, 2007 ; 김윤정, 「연극의 영화화에 따른 텍스트의 변용 연구 : 장진의 〈박수칠 때 떠나라〉를 중심으로」, 『한국언어문화』(38집), 한국언어문화학회, 2009, 101~127면.

약과는 달리, 영화적 상상력은 이러한 공간적 제약으로부터 가급적 벗어날 수 있는 방안을 찾기 때문에 이러한 희곡을 각색 저본으로 삼는 경우는 흔하다고 하기 힘들다. 그럼에도 〈해무〉는 일정한 미학적 성공을 거두고 있어, 이러한 제약과 특성에 대한 관찰이 요구된다고 하겠다.

## 2. 공간의 활용과 집약성의 수용

김민정의 희곡 〈해무〉의 공간적 배경은 다음과 같이 정리될 수 있다.

【표1】

|  | 1 | 2 | 3 | 4 | 5 | 6 | 7 | | |
|---|---|---|---|---|---|---|---|---|---|
| 갑판 | — |  | — | — | — | — |  | — | — |
| 선실 |  | — |  |  |  |  |  |  |  |
| 조타실 (선장실) |  |  |  |  |  |  | — |  |  |
| 기관실 |  |  |  |  | — |  |  | — |  |

|  | 8 | 9 | 10 | 11 | 12 | 13 | 14 | 15 | 16 | 계 |
|---|---|---|---|---|---|---|---|---|---|---|
| 갑판 | — | — |  |  |  | — |  |  | — | 13 |
| 선실 |  |  |  |  |  |  |  |  |  | 1 |
| 조타실 (선장실) |  |  |  |  | — |  | — |  |  | 3 |
| 기관실 |  |  | — |  |  |  |  |  | — | 4 |

희곡 〈해무〉는 16개의 장으로 구성되는데, 그 중에서 13개의 장

이 갑판을 공간적 배경으로 삼고 있다(7장과 12장은 내부의 공간 변화 포함). 그리고 조타실을 공간적 배경으로 삼고 있는 장이 모두 3개(7/12/14장)이고, 선실이 1개, 그리고 기관실이 총 4개이다.

이러한 공간적 배경의 분포 상황을 참조하면, 1장에서 6장까지는 대체적으로 선원들이 한 자리에 모이는 장소를 갑판으로 설정하여(2장은 '선실'이 이러한 모임 장소로 설정), 본격적인 사건 전개를 대비하여 극적 상황을 조성하고 있다. 반면 작품의 중반부로 접어드는 7장부터는 공간의 교체가 빈번하게 시도되고 있다. 특히 7장은 4번의 공간 교체가 일어나는 장이고, 12장도 1번의 공간 교체가 일어나고 있다. 7장과 12장 내부에서 공간 교체를 비롯하여 중반 이후에 일어나는 공간의 변화는 갑판/기관실/조타실이라는 개별 공간의 의미와 그 차이를 창출한다.

기관실은 동식과 홍매가 머무는 곳으로, 갑판에 모여 있는 집단으로부터 분리되고자 하는 두 남녀의 개인적인 공간으로 설정된다. 기관실은 영화 〈해무〉에서 집중적으로 조명 확대하여 수용하고 있는 주요 배경으로 격상된다. 조타실은 선장 강성진의 공간이다. 이곳에서 그는 외부의 정보를 청취하거나, 자신의 내면을 드러내게 된다. 이 중에서 7장과 12장은 조타실에서 갑판으로 공간적 배경이 변화하는 과정을 포함하고 있다. 이 중에서 12장의 공간 변화를 보자.

갑판에서 발길질 소리와 주먹다짐하는 소리가 들린다. 조타실 어두워지고 갑판이 밝아진다. 동식을 매질하고 있는 사람은 호영이다.[5] (12

---

5) 김민정, 〈해무〉, 『해무(김민정 희곡집 1)』, 연극과인간, 2011, 148면.

장, 밑줄:인용자)

위의 지문 정보를 참조하면, 희곡 〈해무〉의 무대 공간은 갑판과 조타실이 동시에 실현될 수 있는 배여야 함을 확인할 수 있다. 즉 세트 전체의 변화 없이 조명만으로 공간 교체가 가능할 수 있어야 한다. 그래야만 12장 도입부의 공간적 배경을 조타실로 설정하고, 조명의 변화를 통해 12장 중반부 이후의 공간적 배경을 갑판으로 옮길 수 있기 때문이다. 12장의 공간 변화는 이 작품의 전체 배경이 갑판을 중심으로 축조되어야 하며, 다른 여분의 공간(선실, 조타실, 기관실)이 갑판의 부속 공간으로 간주될 수 있어야 한다는 점을 자연스럽게 시사한다.

희곡 〈해무〉의 공간 변화를 두 가지 측면에서 관찰할 수 있다. 하나는 미시적 측면에서의 관찰이다. 일단 7장에서 11장으로 이어지는 공간의 변화를 살펴보면, 홍매가 밀항자 무리(조선족)에서 분리되어 독립된 공간(기관실)에 위치하고, 조선족 밀항자들이 어창(직접적인 무대 공간으로 실현되지 않음)으로 이동하여 몰살당하면서, 홍매가 조선족 밀항자 무리의 유일한 생존자가 되는 플롯을 뒷받침하게 된다. 그러면서 홍매와 동식의 사이에서 연애 감정이 생겨나고, 이를 통해 작품 후반부의 갈등(홍매를 둘러싼 선원들의 대립)을 이끌어내는 서사적 근거가 마련된다.

12장에서 홍매를 숨긴 사실이 밝혀지면서, 선원들 내부에는 분란이 촉발된다. 13장에서는 시신을 훼손한 완호가 자책감에 못 이겨 자살하고(갑판), 14장에서는 강선장이 죄책감으로 인해 죽은 자들의 환각에 시달린다(조타실), 그리고 15장에서는 강간당한 홍매를 찾아와

동식이 울부짖는다(기관실). 이러한 13~15장의 공간 변화는 인물들
의 감정과 극적 정황을 보여주기 위한 미시적 분할에 해당한다고 하
겠다.

반면 공간 배치를 거시적으로 관찰하면, 희곡 〈해무〉는 어떠한 상
황에서도 '전진호'라는 배의 공간을 벗어나려 하지 않았음을 확인할
수 있다. 선실, 조타실, 기관실은 모두 배의 하부 공간으로 설정되어
있는데, 이러한 하부 공간은 '배'라는 전체 공간의 일부로 설정되었
다.[6]

> 무대
> 망망대해 중의 배 한 척! 끝없이 넓은 바다 한 복판의 배는 밀폐되고
> 막힌 그래서 꼭 낭떠러지나 절벽과 같은 위태로운 느낌을 준다. 이 공
> 간은 그러나 한 때는 유희하는 낚시 배요, 한 때는 어부들의 삶의 현장
> 이요, 또 한 때는 잡히지 않는 꿈을 잡으려는 밀항자들의 꿈을 실은 여
> 객선이다. 배에는 조타실을 겸한 선장실과 갑판, 선실, 기관실, 그리고
> 어창이 있다.(밑줄:인용자)[7]

희곡 〈해무〉의 무대 세트는 배로 상정되어 있고, 그 세트 내에 갑판
과, 선실, 기관실이 배치된다. 위의 배경 해설은 이러한 무대 배치를

---

6) 연극은 선조적 플롯(linear plot)을 관습적으로 중시했다. 연극 작품에도 더블 플롯
   이나 평행 편집의 영향이 강하게 나타나는 작품들이 발견되고 있지만, 연극과 영
   화를 비교할 때 연극적 관습 내에서 시간, 장소, 극적 행동의 일치의 전통이 비교적
   강하게 나타나고 있다고 해야 한다(이형식, 「무대 위의 할리우드 : 연극에 사용된
   영화적 장치」, 『문학과영상』(8권 1호), 문학과영상학회, 294~295면 참조).
7) 김민정, 〈해무〉, 『해무(김민정 희곡집 1)』, 연극과인간, 2011, 112면.

명확하게 지시하고 있으며, 텍스트 상의 공간 활용도 무대의 이러한 구조에 의거하고 있다. 따라서 거시적인 측면에서 희곡 〈해무〉의 무대는 배라고 통칭할 수 있다.

배라는 거시적 무대 공간은 1장부터 16장까지 변화하지 않는다. 가령 3장은 외부로부터 전진호로 조선족 밀항자가 옮겨 타는 장인데, 이러한 장에서도 무대 배경은 전진호 바깥으로 확산되지 않는다. 그러니까 밀항자들이 타고 온 배의 사정을 보여주지도 않았고, 두 배 사이의 장소(가령 바다)로 공간적 배경이 확산되지도 않았다. 외부로부터 유입되는 등장인물 4명(길수, 오남, 율녀, 홍매)이 이전에 어디에 거처해야 하는지에 대해서는 언급조차 하지 않는다. 이만큼 희곡 〈해무〉에서 주목한 공간은 오직 '전진호' 위이다.

외부 세계와의 접촉 시에도 공간적 배경이 변화하지 않는 점은, 전진호라는 공간의 '밀폐감'을 고조시킨다. 희곡은 그 무대적 환경으로 인해, 공간 변화의 측면에서 시나리오에 비해 제약이 많은 장르이다.[8] 따라서 희곡 〈해무〉는 거시적 공간을 변화시키지 않는 전략을 통해, 오히려 연극 장르가 지닌 밀폐감을 최대한 구현하려 했다. 이것은 희곡과 연극이 일반적으로 지니는 공간적 특징이기도 하지만, 희곡 〈해무〉는 유달리 공간적 폐쇄성에 초점을 맞추는 전략을 구사했다고 하겠다. 따라서 희곡 〈해무〉의 이러한 공간 집약성을 영화 〈해무〉는 어

---

8) 극작가나 연극연출가는 고정된 세트를 바탕으로 미장센을 구현해야 하므로, 시나리오 작가나 영화감독에 비해 무대 배치에 대한 양보와 협의가 더욱 요구된다고 하겠다(이수경, 「영화언어 '미장센'으로 읽어보는 연극무대의 시각적 텍스트」, 『공연과이론』(34집), 공연과이론을위한모임, 2009년 6월, 139~140면 참조).

떠한 방식으로든 선택/수용/변화/발전시켜야 할 임무가 생겨나고 만다.

영화 〈해무〉의 오프닝 씨퀸스(opening sequence)는 '병어 잡이'에 나섰던 전진호가 고장을 일으키고 귀항하는 내용을 담고 있다. 동식은 그물에 발목이 엉키면서 배에서 다리를 잃을 뻔했는데, 강선장(강철주)의 기지로 살아난다. 덕분에 조업은 더 이상 불가능해졌고, 전진호의 선장과 선원들은 여수로 귀항할 수밖에 없었다.

선원들은 뭍에서 지내자, 일시적으로 각자의 생활로 돌아간다. 동식은 할머니와 함께 살고 있는 집에 들르고, 선장은 선주를 만나 가불을 한 이후에 오랜만에 자신의 집으로 돌아간다. 선원 경구는 다방에서 '티켓'을 끊어 여자와 하룻밤을 보내려 하는데, 두 남녀가 전진호에 도착하니 이미 많은 사람들이 배에 머물고 있는 상태이다. 선장은 아내의 불륜을 보고 배로 돌아와야 했고, 동식은 숨어 사는 완호와 술을 마시기 위해서 갑판에 머물고 있다. 창욱은 침대칸을 차지하고 빈둥거리다가, 경구가 데리고 여자를 추근거리다.

이러한 오프닝 시퀸스는 영화 〈해무〉가, 배가 아닌 공간적 배경을 영화 내로 끌어들이는 계기를 마련한다. 선장은 아내와의 문제를 겪고 있고, 동식은 할머니를 편하게 모시기 위해서 돈을 벌어야 할 상황이고, 나머지 선원들은 딱히 갈 데가 없는 처지이다. 하지만 이러한 사연들이 소개된 시점부터 공간적 배경은 다시 전진호로 모아진다. 조선족 밀항자를 수송하기 위해서 출항한 전진호는, 오프닝 시퀸스와 달리 이후 서사의 본격적인 공간적 배경으로 활용된다.

배의 공간 중에서도 가장 중심이 되는 공간은 갑판과 기관실이다. 희곡 〈해무〉는 갑판을 주요 공간적 배경으로 삼고, 선실, 조타실, 기관실이라는 하부 공간을 일부 활용하는 공간적 분할을 고수했다. 반면 영화 〈해무〉는 갑판뿐만 아니라 기관실의 비중을 크게 격상시키고, 희곡 〈해무〉에서 본격적으로 구현하지 않았던 어창을 주요 공간으로 추가했다. 특히 기관실에 새로운 사건과 의미가 부연되면서, 이 공간은 영화 〈해무〉에서 주요 공간으로 격상된다.

영화 〈해무〉의 씬들은 갑판 대 기관실의 대비 구조를 상정하고 있다. 갑판이 분쟁과 살인과 시체 유기의 현장이 되었다면, 기관실은 사랑과 구조 그리고 양심의 장소가 된다. 이로 인해 동식의 사랑과 선원들의 애욕, 완호의 진실과 선장의 허위가 대비된다. 이것은 동식이 홍매를 숨겨 목숨을 구하고, 완호의 진심이 드러나며, 선장의 잔인함에 맞서 동식이 인간다움을 지키려고 노력하는 공간으로 기관실이 기능했기 때문이다. 희곡 〈해무〉에서 비단 밀회의 장소로만 간주되는 공간이 영화 〈해무〉에서는 다채로운 공간으로 격상될 수 있었다. 이것은 영화로의 각색 과정에서 희곡 〈해무〉의 공간적 활용 특히 7장부터 본격화되는 공간의 교차 반복의 효과를 적극적으로 수용한 결과로 볼 수 있다.

## 3. 성적 모티프의 추출과 확대

희곡 〈해무〉에서 성적 모티프는, 그 비중이 그다지 크지 않았다. 하지만 선원들의 성적 욕망을 드러내는 장면과, 이러한 성적 욕망이 분출되는 장면을 포함하고 있을 따름이었다.

저녁 무렵 선실. 완호가 홀짝 홀짝 소주를 비우고 있다. 경구는 바닥
에 누워 있다. 창욱과 동식이 오래된 잡지를 보며 낄낄댄다.

**동식**   성, 은제 이런 야샤시런 잡지를 다 꼬불쳐두고.
**창욱**   꼬, 꼬불치긴 누, 누, 누가. 원, 원체 여, 여기 서, 선실이 뒤, 딩
         굴던 거여.
**동식**   에이, 근디 왜 얼굴이 빨개지고 그러는디.
**창욱**   빠, 빨개지기는, 나, 나가 은제?
**동식**   에이! 뭐 더 찐한 거 있는 거 아녀? 여긴 좌악 찢어졌구만. 어
         디 숨겼어?
**창**    도, 도, 동식이, 너, 너, 왜, 왜 그려?

잡지를 두고 벌이는 창욱과 동식의 옥신각신.

**동식**   인줘 봐! 나가 좀보고 줄탱께.
**창욱**   아이, 아이, 돼, 돼, 됐어.
**경구**   (신경질적으로 몸을 일으키며) 확 그냥!…… (잡지를 낚아채
         며) 인줘 봐!
**창욱**   아, 아이, 서, 성!
**경구**   새끼덜이, 이런 건 성님헌티 먼저 갖고 오는 게 예의지. (잡지
         를 보며) 캬, 죽인다. 죽여. 쭉쭉이 빵빵이 덜이다이.

동식과 창욱이 경구 곁으로 붙어 셋이서 잡지를 보며 낄낄거린다.[9]

---

9) 김민정, 〈해무〉, 『해무(김민정 희곡집 1)』, 연극과인간, 2011, 115~116면.

위 2장에서 동식과 창욱은 야한 잡지를 두고 경쟁하고 있다. 창욱의 야한 잡지를 함께 보면서, 동식 역시 젊은 남자 선원이 가지고 있는 성적 욕망을 드러내고 있다. 흥미로운 점은 이러한 동식과 창욱의 옥신각신하는 경쟁에 경구가 틈입하는 사실이다. 경구는 두 사람의 잡지를 강압적으로 뺏으면서, 동식과 창욱이 벌이는 경쟁을 주도하는 입장으로 올라선다. 그래서 동식과 창욱이 오히려 경구 곁으로 와서 잡지를 보게 된다.

이러한 2장의 사건은 이후 사건 전개의 중요한 암시이자 복선 구실을 한다. 홍매를 사랑하게 된 동식은 홍매를 기관실에 숨기고 그녀의 안전을 위해 노력한다. 특히 조선족 밀항자들이 죽고 그 시체를 유기된 사실을 알게 된 후 홍매는 불안한 심리를 억누르지 못하고, 역시 불안에 떠는 동식을 '멍하니 받아드리'게 된다[10](10장).

그래서 10장의 공간적 배경인 기관실은 은밀한 정사 현장이 될 수 있었다. 문제는 기관실에서의 정사가 강간의 형태로 다시 한 번 일어나면서 불거진다. 홍매의 존재를 불안하게 여긴 경구는 창욱으로 하여금 홍매를 강간하도록 사주한다. 홍매의 강간 장면은 오프 스테이지(off-stage)에서 일어나고, 강간당했다는 사실만 '사자의 보고' 형태로 13장(갑판)에 전달된다.[11] 그리고 15장에서 동식을 홍매를 달래기 위해, 기관실로 향하게 된다.

희곡 〈해무〉는 10장에서의 정사 사건과, 13장에서의 강간 사건을

---

10) 김민정, 〈해무〉, 『해무(김민정 희곡집 1)』, 연극과인간, 2011, 145면.
11) 연극에서는 무대에서 직접 처리하기 곤란한 장면을 대사로 전달하는 관습에 익숙한데 반하여, 영화에서는 이러한 장면을 직접 화면으로 구현하는 데에 강점을 지니고 있다.

정당화하기 위해서, 2장에서 동식과 창욱과 경구의 성적 욕망을 미리 언급한 것이다. 또한 동식과 창욱의 옥신각신하는 경쟁을 통해 홍매를 둘러싼 두 남자의 경쟁을 시사하고자 했고, 동식과 창욱을 조정하는 경구를 미리 보여줌으로써 강간 사건의 배후에 경구가 있음을 암시하고자 했다. 성적 모티프와 연계 구성은 극중 인물의 불안을 극대화하고, 비밀 보호(강간을 통해 신고를 저지하려는 계획)를 위한 인물들의 계략을 보여준다는 점에서 필요했다고 할 수 있다.

영화 〈해무〉는 이러한 성적 모티프를 수용하고 적극적으로 확대하고자 했다. 이를 위해 몇 가지 변화를 도모했다. 우선, 경구의 성적 욕망을 처음부터 분명히 하는 사건을 도입했다. 배가 항구에 기항했을 때, 경구가 섹스파트너를 데리고 전진호로 돌아오는 사건이 배치되었다. 그리고 경구의 행동은 창욱의 경쟁 어린 시선을 받게 된다.

성적 욕망의 측면에서 경구와 대비되는 인물이 강선장이다. 강선장은 귀가했다가 아내가 외간 남자와 성교를 나누는 것을 목격한다. 하지만 일반적인 통념과 다른 반응을 보인다. 강선장은 아내와 정사를 나누는 남자에게 화를 내거나 나무라지 못한다. 타인과 성교를 나누다가 남편에게 목격 당했음에도 불구하고 아내 역시 전혀 부끄러워하거나 두려워하지 않는다. 오히려 남편의 성적 불능을 나무라는 말로 응수한다. 이러한 상황은 성적 불구 상태에 빠져 있는 선장의 모습을 부각시킨다.

경구와 창욱이 팽배한 성적 욕망을 드러내는 인물이라면, 강선장은 성적 욕망을 잃어버린 인물로 등장한다. 성적 모티프는 인물 군상의 대비를 초래하며, 영화 〈해무〉의 주요 모티프로 확대되고 있다. 한편 희곡 〈해무〉에서는 경구, 창욱과 함께 성적 관심을 표출했던 동식이,

영화 〈해무〉에서는 이들과 상반되는 성향, 즉 육체적 욕망보다는 내적 사랑을 갈구하는 인물로 변모한다.

또한 영화 〈해무〉에서 조선족 밀항자 중 율녀 캐릭터가 변화되어, 경구와 성교를 나누는 여인으로 각색된 점도 주목된다. 희곡 〈해무〉에서 율녀는 남편을 찾아 나선 지고지순한 여인이었는데, 영화 〈해무〉에서는 따뜻한 잠자리를 위해 몸을 허락하는 여인으로 등장한다. 세상 물정에 밝고 남자와의 성교를 쉽게 생각하는 여인으로 율녀가 변화되면서, 율녀의 몸을 탐하는 경구의 성적 욕망도 다시 확인된다.

경구가 여자와 성교를 나누고 적극적으로 구애를 하는 성격이라면, 창욱은 늘 여자와의 성교에 실패하고 이에 대한 불만을 쌓아가는 성격이다. 창욱의 내적 불만은 계속 누적되고, 급기야는 홍매를 찾아 강간하려는 사건을 일으키고 만다. 희곡 〈해무〉에서의 순진한 창욱이 아니라, 내적 욕망에 시달리는 창욱이 만들어졌고, 경구에 의해 조정되어 강간을 일으키는 창욱이 아니라, 경구에 불만을 품고 스스로 강간을 결정하는 창욱이 생성된 셈이다.

이러한 창욱 캐릭터의 변화는 홍매를 둘러싼 동식과의 대립을 격화시킨다. 즉 창욱과 동식은 홍매를 둘러싸고 대립할 수밖에 없는 사이가 된다. 인물 사이의 욕망이 첨예화되고, 이 욕망이 부딪치면서 영화적 갈등이 생성되는 구조로 개편된 것이다.

성적 모티프와 이를 둘러싼 갈등으로 영화 〈해무〉의 초점이 옮겨지면서, 희곡 〈해무〉에서 드러내고 있었던 당대 사회상이 소거된다. 가령 희곡 〈해무〉에는 홍매가 승선자(밀항자와 선원들)를 위해 노래를 부르는 장면이 삽입되어 있다. 홍매가 부르는 노래는 〈모두 다 갔다〉(최승화 작)로, 돈과 직업을 찾아 전 세계로 흩어져야 하는 조선족의 비애와 설움을 담고 있는 곡이었다. 코리안 드림을 꿈꾸며 한국을 찾는 처지를 담고 있는 이 노래는, 밀항자들의 번민을 보여주는 효과적인 장치가 된다. 하지만 영화에서는 노래 부르는 장면 자체가 생략된다.

뿐만 아니라 희곡 〈해무〉의 율녀는 남편('나그네')을 찾아 나선 가련한 여인이고, 길수는 밀린 임금을 받기 위해서 악덕 고용주를 찾아 다시 밀항하는 노동자이다. 홍매 역시 돈을 벌고자 한국으로 떠난 오빠를 만나기 위해 밀항을 시도하는 중이었다.

이러한 조선족 밀항자들의 사연은 그들 각자의 처지를 보여주면서 당시 조선족의 사회적 현실과 그 문제를 시사하는 기능을 수행했다. 즉 희곡 〈해무〉는 밀항자들의 모습을 통해 코리안 드림의 허실과 중국 조선족의 처지를 묘사하려는 목적을 강하게 드러낸 작품이었다.

하지만 영화 〈해무〉는 이러한 목적을 일축하고 있다. 그들은 밀항자로 주로 묘사되고, 그들이 밀항이 지니는 사회적 파장은 대폭 축소되었다. 앞에서 언급했지만, 그 대신 율녀의 섹스나 홍매에 대한 쟁탈이 영화의 주요 관심사로 대체되었다.

이러한 섹스에의 욕망을 통해서 영화 〈해무〉는, 창욱이 경구를 죽이거나 동식과 대립하여 끝까지 홍매를 차지하려고 하는 집착을 설명할 수 있게 된다. 또한 경구가 '티켓 다방 걸'이나 율녀를 성적 대상으로 삼고, 마지막에 홍매에게까지 마수를 뻗치려고 하는 행동의 일관성을 설명할 수 있게 된다. 성적 욕망을 상실하고 가정에 대한 관심마저 놓아버린 강선장이 전진호에 대해 유달리 큰 집착을 품게 되는 이유도 성적 모티프와 관련지어 해석할 수 있게 된다.

여기서 잊지 말아야 할 점은, 원작 〈해무〉에 이러한 성적 모티프에 대한 단서가 깔려 있었다는 점이다. 영화 〈해무〉 각색자는 원작의 기본 설정을 확대하고 이를 전면화하여 희곡 〈해무〉의 중심 사건을 성적 모티프를 통해 재조정하는 각색 작업을 시행했다. 연극적 관심사를 영화적 관심사로 바꾸는 과정에서 나타난 갈등과 사건의 변모 과정이라고 하겠다.


## 4. 극적 상황의 압박에서 인물의 선악 대비로

희곡 〈해무〉의 서사는 요약하면 다음과 같다. 공미리 채취 어선 전진호는 거듭되는 어업 실패로 인해 곤란을 겪자, 조선족을 국내로 밀항시키는 일을 맡게 된다. 선장의 갑작스러운 결정에 경구는 강하게 반발하지만, 집단의 암묵적인 합의로 인해 이 일을 수용한다. 조선족이 배에 옮겨 타고 한동안은 평온한 시간이 흘러간다. 밀항자들과 선원들은 의기투합하고 이야기를 나누면서, 상대의 딱한 사정에 귀 기울이게 된다. 이 과정에서 동식과 홍매는 서로에 대한 관심을 품게 된다.

문제는 해양경찰을 피해 전진호가 풍랑 속으로 진입하면서 발생한다. 선원들은 밀항자들을 어창에 숨기고 배를 조정하여 위험 지대를 통과하기 위해서 필사적으로 매달린다. 하지만 어창 환기구가 고장나는 바람에 밀항자들이 그만 숨지는 사고가 발생한다. 당황한 선원들은 바다에 시체를 유기하지만 시체가 바다에 떠다는 통에 시체 훼손을 감행해야 할 처지에 놓인다. 당황한 선장은 얼떨결에 시체 훼손

(절단) 명령을 내리지만, 불안에 떠는 선원들은 이 명령을 쉽게 이행하지 못한다. 이때 완호가 나서서 선원들을 대신하여 시체를 훼손하는 일을 도맡아 처리한다.

여기까지 대강의 줄거리는 영화 〈해무〉에서도 동일하게 나타난다. 영화 〈해무〉 역시 경제적 곤란으로 인해 폐선 위기에 처한 전진호를 보여주고, 이를 살리기 위해서 남들이 꺼려하는 밀항 일을 자원하는 강선장의 모습을 보여준다. 그리고 그들은 조선족 밀항자들을 태우면서, 성공적으로 일을 마치는 것처럼 보였다. 하지만 해경 지도선의 순시 때문에 밀항자들을 어창에 숨겼다가, 프레온 가스가 누출되면서 그만 밀항자들이 죽고 만다. 당황한 선원들은 선장의 인솔 하에 시체 유기와 훼손에 뛰어든다.

희곡과 영화의 차이는 이 훼손 과정에서 두드러진다. 희곡 〈해무〉에서는 완호가 다른 이들의 죄책감을 대신하여 시체 훼손을 맡게 되지만, 영화 〈해무〉에서는 강선장의 강력한 지시에 의해 모든 선원들이 공범으로 이 일에 매달리게 된다. 이후 희곡 〈해무〉에서 완호는 죄책감을 이기지 못하고 자살을 택하게 되고, 영화 〈해무〉에서는 죄책감에 시달리는 완호를, 강선장이 살해하여 입막음을 하게 된다.

이러한 차이는 영화 〈해무〉에서 강선장의 성격을, 희곡 〈해무〉에 비해 잔인한 인물로 변모시킨다. 강선장의 잔인한 살인 행각과 배에 대한 집착이 강하게 표현되면서, 영화 〈해무〉에서 전진호는 살인과 폭력의 현장으로 변모한다. 선원들은 서로를 믿지 못해 상대를 죽이게 되고, 그 와중에서 동식은 다른 선원(선장 포함)을 죽이면서까지 홍매를 살려야 하는 절박한 처지에 빠진다.

선장이 완호를 죽이고, 동식이 우발적으로 호영을 죽이고, 여자에 대한 욕심으로 창욱이 경구를 죽이고, 결국에는 창욱과 선장마저 배와 함께 죽게 된다. 동식은 자신을 죽이려는 창욱이나 경구와 싸우면서 마지막으로 선장과 대결하게 된다. 이것은 영화 〈해무〉가 더욱 극단적인 상황을 전제하고 그 안에서 일어나는 폭력과 살인을 더욱 첨예하게 그려내고자 했기 때문이다. 영화 〈해무〉는 시체 처리를 둘러싸고 일어난 선원들의 갈등이 폭력과 살인으로 이어져 결국에는 서로를 죽이는 극단적인 살인자들의 이야기로 변모하고 만다.

하지만 희곡 〈해무〉의 애초 설정은 이와 달랐다. 완호가 자살하고 난 이후, 선원들은 점차 정신 이상 징후를 보이지만 그렇다고 서로를 무차별하게 죽이는 광란의 현장이 연출되지는 않는다. 가장 대표적인 경우가 강선장인데, 선장은 조타실에서 죽은 자들의 환영을 만나게 된다. 이것은 강선장이 죄책감으로 고통 받는 존재임을 보여준다. 기관실에 숨어 있던 홍매가 발견된 모티프도 영화와 희곡의 차이를 보여준다. 영화에서는 홍매를 죽이기로 결정하고(결정하는 사람은 강선장) 이를 주저 없이 실행에 옮기는 장면이 연출된다. 강선장은 이미 잔혹한 인물로 변모된 이후이고, 수단과 방법을 가리지 않고 배와 자신의 안위를 지키려는 욕심을 드러내었기 때문에 가능한 결정이었다. 주위의 선원들도 홍매를 죽여서라도 밀항자들과 관련된 자신의 비밀을 지키고 싶어 한다.

희곡 〈해무〉에서의 강선장은 다른 결정을 내린다. 강선장은 선원들의 반대에도 불구하고 홍매를 죽이지 않기로 결정한다. 비록 이 결정에 반대한 경구에 의해 홍매에 대한 강간 사건이 발생하지만(직접적인 강간자는 창욱), 강선장은 이러한 결정을 통해 최소한의 인간적인 면모를 유지하는 인물로 그려진다. 선장을 비롯한 선원들은 전진호가 처한 절박한 상황에 처하지만 최소한의 양심을 지닌 인물로 살아남는다. 따라서 희곡 〈해무〉에서 선장과 선원 일동은 악한 인물이라기보다는, 극단적인 상황으로 인해 불안에 떠는 나약한 인물들이 된다.

하지만 영화 〈해무〉에서는 강선장을 위시한 몇몇 선원들을 악인에 가까운 인물로 변모시켰다. 강선장의 변화는 일찍부터 예고되어 있었다. 육지에 기항했을 때, 강선장의 주변 환경은 악화 일로로 치닫고 있었다. 가정은 붕괴되었고, 주위의 신망은 땅에 떨어진 상태였다. 과거의 영화를 꿈꾸지만, 폐선이라는 절박한 결말이 예고되고 있었고, 기사회생의 길이 보이지 않는 상태였다. 선원들을 살려야 한다는 일념으로 밀항 일을 택하지만, 이 일 역시 녹녹치 않다. 밀항자들을 옮겨 싣는 과정에서 한 명의 밀항자가 바다에 빠지는 사고가 벌어지고, 처우에 불만을 품은 밀항자들이 집단으로 반발하는 사건도 일어난다.

이 과정에서 강선장은 처우 개선을 요구하는 밀항자를 광포하게 진압하면서 살기를 드러내는데, 이러한 살기는 강선장이 처한 절박한 상황에서 연원한 것이기는 하지만, 근본적으로 영화 후반부의 살풍경을 초래하기 위한 예비 장치에 가깝다. 영화 〈해무〉는 선원들의 다툼과 홍매를 둘러싼 갈등을 본격화하기 위해서 선장의 살기를 미리부터 설정하고 있다.

영화 〈해무〉에서 강화된 '경구의 성욕'이나 '창욱의 욕망'도 이러한 살기를 북돋우는 요인에 포함된다. 경구와 창욱은 조선족 밀항자들을 배에 태울 때부터 여성을 향한 성적 욕심을 숨기지 않고 있다. 그들의 친절은 자신의 욕심을 채우기 위한 수단이 되고, 결국 경구는 율녀의 몸을 빼앗는데 성공한다. 창욱 역시 성교에는 실패하지만 계속해서 기회를 엿보게 된다.

영화 〈해무〉는 인물의 성격을 선/악의 구도로 몰아간다. 강선장의 살기 혹은 경구와 창욱의 성욕은 인간의 부도덕한 품성으로 취급되면서 이들은 점차 악한의 모습을 닮아간다. 반면 완호의 죄책감이나 동식의 사랑(희생)은 인간의 선한 면모로 부상하면서, 강선장/경구/창욱과 대비를 이루게 된다. 밀항자들의 죽음이라는 동일한 상황에서 영화 〈해무〉의 인물들은 극단적인 대비를 이루게 된 것이다. 강선장(호영 포함)과 경구 그리고 창욱이 비인간적인 면모를 숨기지 않고 악한 일도 서슴지 않고 자행하는 인물로 변모한다면, 완호와 동식은 이러한 상황의 압력에서도 선한 의지와 이타심을 버리지 않는 인물로 남는다. 인물의 극단적인 선택을 도용하여 선악 대비를 분명하게 하고자 하는 각색 의지를 드러냈다고 할 수 있다.

반면 희곡 〈해무〉는 인물의 선악 대비보다는 상황이 주는 압력과 그 압력 하에서 나타나는 인간의 나약함을 그려내고자 했다. 어눌하지만 순박하기 이를 데 없는 창욱이 강간이라는 끔찍한 일을 저지르거나, 애초부터 밀항 일에 끼기 싫어했던 경구가 불안 심리에 강간을 종용하거나, 강력한 카리스마를 지녔을 것 같았던 선장이 의외로 나약한 면모를 보이는 행동은 모두 선/악의 대비보다는 극한적 상황에서 보이는 인간의 내면에 초점을 맞춘 설정이다.

또한 희곡 〈해무〉에서 동식은 처음부터 지고지순한 마음을 가진 청년이 아니었다. 그는 능글맞게 홍매에게 다가가서 장난처럼 그녀를 손에 넣고자 했다. 하지만 그는 최소한의 인간적인 배려를 잊지 않았기에 위기에 처한 홍매를 버리지 않는 인물이 되었다. 반면 영화 〈해무〉에서는 일면식도 없는 상태임에도 위험한 바다에 뛰어들어 홍매를 구할 정도로 처음부터 의협심에 넘치는 동식으로 묘사되고 있다.

물론 성적 관심이 아닌 진정한 사랑으로 홍매에게 다가가는 구혼자의 모습으로 일관되게 묘사되고 있다.

이러한 비교를 통해 영화 〈해무〉가 선인 대 악인의 구도를 명확하게 도입하고, 살기와 악행의 일관성을 부여하고자 했음을 확인할 수 있다. 반면 희곡 〈해무〉에서 인물들은 선하지도 악하지도 않은 상태로 등장하고 있으며, 극단적인 상황 하에서 분명한 성격을 고수하기보다는 당황하고 혼란에 빠진 상태를 드러내는 인물에 가깝게 묘사된다.

이러한 차이는 결국 연극과 영화의 기본적인 입장 차에서 비롯되었다고도 할 수 있다. 희곡 〈해무〉는 상황과 인간의 대결을 그리는 데에 역점을 두고 있다. 그래서 차례로 인물들이 죽어가는 플롯이 반드시 요구되지도 않았고, 무리한 선택을 감수하면서까지 인물들의 대결을 추진할 필요도 없었다.

반면 영화 〈해무〉는 인간 대 인간의 대결에 초점을 맞추고 있다. 악한 인물 강선장과 선한 인물 동식의 대결이 그것이다. 그 과정에서 선한 인물(완호)이 살해당하고, 악한 인물들이 차례로 처벌 받는 구조를 취하고 있다. 어떤 인물의 죽음은 아쉽게, 어떤 인물들의 죽음은 정당하게 느껴지도록 인물의 성격을 분리하여 확정한 것이다. 이러한 변화는 인물 사이의 대립으로 중심 갈등을 옮겨 온 영화적 각색에서 기인한다고 하겠다. 물론 이러한 각색 방향은 영화의 내용을 쉽고 명쾌하게 정리하는 결과를 낳기도 했다.

## 5. 희곡적 구심력과 영화적 원심력의 융합

앙드로 바쟁은 "연극으로부터 스크린으로의 텍스트 이행이 불가능한 일은 아니"라고 결론지으면서도, "무대 위의 배우들을 자연스러운 배경 속으로 무조건 옮겨 놓는 방식으로 희곡을 촬영하는" 행위로는 적절한 영화를 만들 수 없다고 전제하고 있다.[12] 즉 영화를 만들기 위해서는 그에 맞는 시나리오가 필요한데, 그 시나리오를 희곡으로 대체할 수는 없다는 뜻이다.

하지만 그렇다고 해서 연극과 영화가 서로 관련이 없거나 상호 방해 요소만을 가지고 있다는 뜻은 아니다. 영화가 최초로 세상에 출현한 후 약 10여 년 동안은, 연극의 문법과 구조를 적극적으로 차용하여 자체 형식을 이루기 위해서 노력했다. 많은 학자들이 가장 대표적인 연극적인 영향을 '미장센'으로 간주하고 있는데, 이러한 미장센은 점차 고정된 시점에 의한 일방적 구도에서 벗어나 자유로운 프레임의 설정을 창조하면서 연극의 그것으로부터 벗어날 수 있었다.[13]

미장센의 상상력이 발전하면서, 희곡을 원작 대본으로 삼아 제작된 영화라고 해도 희곡의 장면 구상과 스크린의 최종 장면 완성 사이에는 차이가 발생했다. 특히 공간의 배치나 공간성의 재조정, 시각적 자극을 통한 흥행적 요소의 확대, 인물과 플롯의 상관성을 바탕으로 한 구성 방식 등은 큰 차이를 보이게 된다.

---

12) 앙드로 바쟁, 박상규 옮김, 『영화란 무엇인가』, 시각과언어, 1998, 235~237면 참조.
13) 주경미, 「프랑스 영화에 나타난 회화적, 연극적 요소」, 『한국프랑스학논집』(4), 한국프랑스학회, 2003, 488~491면 참조.

영화 〈해무〉 역시 희곡을 각색한 작품 답게, 원작 희곡을 세 가지 측면에서 주로 변화시켰다. 공간, 소재, 플롯(인물)의 측면에서 영화 〈해무〉는 연극적 설정, 즉 애초의 원작 희곡의 영향력을 더 폭넓게 수용하였다. 공간적 배경은 오프닝 시퀀스를 제외하면, '전진호'라는 배의 공간에 한정되고 있다. 물론 중국 어선의 접근이나 해양 지도선과의 만남 혹은 에필로그 격인 육지에의 상륙을 전진호 바깥 배경의 틈입으로 볼 수 있다. 하지만 이러한 씬들의 영향력은 전체적으로 부수적 수준에 그치고 있고, 상대적으로 미미한 것이라고 할 수 있다.

작품의 응집성은 영화로서는 이례적인 사례라 할 것이다. 대신 영화 〈해무〉는 기관실, 조타실, 어창 등을 공간적으로 재조명하고 이를 확대 수용하는 방식을 선택했다. 이로 인해 기관실은 의미심장한 공간적 배경으로 설정될 수 있었다. 따라서 희곡 〈해무〉가 지닌 미시적 측면에서의 공간 변화는 인정하되, 거시적 측면에서의 공간 집약성은 이어받았다고 결론 내릴 수 있다.

성적 모티프의 각색에서도 원작 희곡의 애초 설정을 부분적으로 활용하는 방식을 도입하였다. 성적 관심사를 둘러싼 태도로 인해 인물들은 선/악의 구도를 한결 명확하게 부여받을 수 있었다. 선과 악의 뚜렷한 대결 혹은 분할 구도는 상업 영화가 취하는 대표적인 전략에 해당한다. 이러한 대결 구도는 영화 자체의 내용을 쉽게 전달하는 장점이 있는 대신, 극적 정황의 압력 속에서 번민하는 인간의 모습이 약화되면서 작품의 문제의식이 희석되는 한계를 낳곤 한다. 영화 〈해무〉에서 간과된 사회적 문제의식이나, 집단과 인간의 대립 상황은 이러한 한계에 해당한다.

영화 〈해무〉는 소재적 측면에서의 '성적 모티프'나 인물의 측면에서의 '선/악 성격 대비'로 인해 영화적 문법, 특히 상업영화로서의 특성을 대폭적으로 수용했다는 결론을 얻을 수 있다. 하지만 그 이면에는 공간적 활용에서 원작 희곡이 지닌 집약희곡으로서의 특징을 고수하려 한 점이 발견되는데, 이러한 특징은 대체적으로 연극적 관습과 맥락을 존중했기 때문에 발생한 결과라고 하겠다.

집약희곡의 전통은 기원 전 5세기 그리스로 거슬러 올라간다. 소포클레스의 〈오이디푸스〉로 대표되는 일련의 작품들은 시간, 공간, 행동의 일치를 준수했다. 이러한 삼일치 현상을 17세기 고전주의 연극 이론에서는 삼일치의 법칙으로 정리한 바 있다.

집약희곡은 제약된 공간과, 선형적으로 흐르는 시간, 그리고 단일하고 선조적인 플롯을 요구한다. 불필요하게 늘어나는 공간이나, 병렬적 혹은 역행적으로 흐르는 시간, 그리고 부플롯(플롯의 보충지선)을 대체로 허락하지 않는다. 그러니 작품의 서사는 연속적으로 흐르는 시간을 바탕으로 전개되어야 하고, 공간은 사건의 테두리로서 사건을 뒷받침해야 하며, 인물은 사건의 진행과 밀접한 상관성을 갖도록 창조되어야 한다. 이러한 성향은 무대라는 제한된 조건을 활용하는 연극에서, 그리고 이를 창조해야 하는 서사적 근거인 희곡에서 우선적으로 고려되는 형식 조건이라고 할 수 있다.

희곡을 시나리오로 각색하는 과정에서, 대체적으로 이러한 집약희곡의 특성은 방해 요인으로 간주되기 일쑤였다. 영화는 무대라는 제한 조건에 갇혀 있는 희곡을 해방시킨 장르로 여겨졌고, 이로 인해 희곡의 폐쇄성은 극복되어야 할 형식적 조건으로 치부되곤 했다. 하지만 심성보는 이러한 희곡의 폐쇄성, 즉 집약희곡의 전통을 손쉽게 외면하지 않았다.

영화 〈해무〉는 희곡 〈해무〉에서 단초로만 설정된 성적 모티프를 확대하여 전체 서사의 주요 갈등으로 그 비중을 늘렸고, 인물의 특성에 대입하여 선/악의 대비 구도를 만드는 근거로 삼았다. 이로 인해 관객들은 영화적 상상력이 극대화 된 소재와 인물을 만날 수 있었다. 하지만 공간의 차원에서 영화 〈해무〉는 원작 희곡의 공간적 폐쇄성을 대폭 수용하여 연극적 특징을 수용하려 했다. 영화의 자유로운 공간적 이동력을 스스로 제약한 것이다.

〈해무〉는 공간적 단일성을 최대한 살려 폐쇄된 장면 내에서의 심리적 압박감을 살리려고 했다. 동시에 이러한 연극적 전통을 고수하면서도, 영화가 지닌 실제감, 호기심, 상상력을 동시에 극대화할 수 있는 방안도 함께 고민하고 있었다. 희곡이 지니는 공간 구심력을 강화하는 각색 방향은 희곡에서 스크린으로 나아가는 과정에, 동시에 스크린이 희곡을 돌아보아야 하는 이유도 함께 용해되어 있다고 하겠다.

# 제9장
# 지중해 영화에 대한 단상
## : 지중해를 포랑했던 여행자들의 운명과
## 그 길에서 펼쳐진 영화

## 1. 바다와 시간을 거슬러 오르는 여행

터키를 여행하다가 보스포루스 해협(Bosphorus Straits)에 매료된 적이 있었다. 그래서 이스탄불에서 배(통근배)를 타고 흑해 연안까지 거슬러 올라가 보았다. 흑해의 관문을 지키던 요새를 방문했다가, 늦은 점심을 먹고, 해가 지는 이스탄불 시내를 훑어보면서 귀항하는 한 나절의 여정이었다. 처음에는 흑해로 향하는 일이 다소 불안한 일로 여겨졌는데, 보스포루스 해협을 거슬러 오르는 일은 실제로는 그다지 어려운 일은 아니었다. 언어와 문화의 차이는 큰 문제가 되지 않았고, 거리 역시 그다지 멀다고 할 수 없었으며, 예상했던 위협은 보이지 않았다.

한 나절의 여행에서 지중해를 횡단했던 고대(신화)의 영웅들을 자연스럽게 떠올렸다. 오디세우스(Odysseus)는 전쟁을 위해 트로이

(터키)로 건너갔다가, 좀처럼 에게해(Aegean Sea)를 넘지 못하고 지중해 곳곳을 떠돌았던 대표적인 표류자였다. 아마도 그의 모험으로 알려진 일련의 여행(혹은 그 문학적 기록물 〈오디세이(아)(Odyssey, Ὀδύσσεια)〉)은, 그리스 혹은 지중해 연안 도시인들의 해상 체험이 누적된 공통의 기억에 연원을 두었을 것이다. 그런 의미에서 오디세우스는 개인으로서의 유랑자였다기보다는, 지중해 연안을 탐험했던 많은 여행자들의 대표 단수였다고 보는 편이 옳을 것이다. 그러한 여행자 중에는 이아손도 포함된다. 이아손(Iason)의 모험은 더욱 환상적이었다. 황금 양털을 구하기 위한 목숨을 건 여정은, 현재에도 계속되고 있는 지중해 연안 국가들의 보이지 않은 경제 전쟁을 상기시킨다.

이수원의 '영화표류기'『하루의 로맨스가 영원이 된 도시』를 처음 대한 느낌은 오래된 고지도 한 장을 얻은 기분이었다. 마치 미래의 표류자가 지니게 될 운명을 예감하는 듯 한 느낌. 그 안에는 '지중해'라는 미지의 영역이 펼쳐져 있었고, 그곳을 탐험하거나 표류했던 인간들의 자취도 함께 담겨 있을 것 같았다. 과거의 영웅들이 지중해를 떠돌던 기억이 여기까지 미치고 있다는 생각이 들 정도로, 이 책은 신선하고 흥미로웠다. 가장 흥미로운 지점은 지중해라는 물리적 지도 내에, 영화라는 현대 신화의 정신적 지도가 내장되어 있다는 점이다.

이수원이 보고 기록한 영화는, 인류 정신사의 발자취에 해당한다. 지중해를 배경으로, 혹은 지중해라는 소재를 활용하여 특수한 종류의 인간들이 걸어 간 모험의 한 증거이며, 그 안에서 생존과 불멸을 위해 다툰 다툼과 길항의 흔적이다. 이러한 흔적은 그 길을 제대로 걸어본 적이 없지만, 그 길을 한 없이 갈망하는 이들에게 정신적 감응을 베풀어 줄 것으로 기대된다. 이 글은 이러한 감응을 느끼고자 했던 한 여행 답습자의 글이라고 해도 좋을 것이다.

## 2. '욕망을 가득히'

이수원이 언급한 영화중에서 가장 인상적인 영화는 〈태양은 가득히〉(Purple Noon, 1960)였다. 이 작품이 이 책의 콘셉트와 가장 잘 부합된다고 여겨지는 이유는 '태양의 햇살' 때문일 것이다. 톰의 벗은 몸과 강렬한 대조를 이루며 내려 쬐는 햇볕은, 푸른 물결을 등에 진 오후의 오수를 너무나 정확하게 포착하고 있다. 그 햇살은 항해자가 느끼는 지중해의 햇살, 그 자체의 질감을 효과적으로 전한다. 막연하게 이 영화를 동경하던 이들에게도, 그 햇살은 희망과 갱생의 의지를 담은 하나의 가능성으로 여겨질 정도이다.

알랭 드롱(Alain Delon)이 출연한 것으로 더욱 유명한 〈태양은 가득히〉는 지중해의 넓은 물결을 보여주는 여러 차례의 장면을 포함하고 있다. 현대판 노예였던 그는 '상전'인 친구를 섬겨야 했고 그로부터 갖은 수모를 견디면서, 막막한 바다를 목표로 나아갈 수밖에 없었다. 막막한 인생을 헤쳐 나가야 한다는 점에서 주인공의 삶은, 좌표를 잃고 지중해를 떠도는 오디세우스의 운명과 무척 닮았다. 비록 그들이 당장은 목표를 성취할 방법을 찾지 못하고 시간을 낭비하고 있는 것처럼 보이지만, 결국 그들에게는 확고한 목표가 있다는 점에서 그들의 표류와 방황은 낭비만은 아니었다.

지금도 변함 없이 〈오디세이〉에서 발견할 수 있는 중요한 미덕은 '집으로의 귀환'이다. 김우창은 '집(고향)이 행복의 원형'이라고 말한 바 있는데, 이 말은 집으로 향하는 길은 행복으로 들어서는 도정이며 결국에는 자신을 찾는 과정이라는 뜻으로 이해될 수 있을 것 같다. 호메로스의 〈오디세이〉는 지중해를 떠돌았던 방랑자가 그 힘을 어디에서 얻고 있었는가를 가르치는 교본이기도 하다.

〈태양은 가득히〉의 청년 톰 리플리(Tom Ripley, 알랭 드롱 분)는 부자 친구이자 물주인 필립(Philippe Greenleaf, 모리스 로넷 분)을 따라 대양 한 가운데로 나오게 된다. 필립은 자신을 따르면서도 자신을 증오하는 톰의 내면세계를 들여다보고, 은근히 톰을 자극하거나 경계하는 중이다. 톰 역시 억제할 수 없었던 본능을 스스로 일깨워 결국에는 필립을 죽이는 선택을 감행한다.

톰과 필립은 바다라는 외부의 괴물에 휩싸여 있어, 때로는 이에 함께 대항해야 하지만, 그곳에서 살아남기 위해서 서로를 파괴해야 하는 존재들로 거듭날 수밖에 없었다. 긴 항해를 겪는 영웅들은 결국에는 자신 혼자만이라도 살아남는 것에 만족해야 했던 것과 같은 상황이다. 그래서 많은 신화들은 그 바다가 실제로는 그들의 삶과 내면이라고 가르치고 있다. 바다에서의 표류는 실제로는 삶과 내적 욕망에서의 표류이며, 그 표류에서 벗어나는 길은 나름대로 인생을 선택하는 하나의 길로 여겨졌다.

톰과 필립의 운명 역시 마찬가지이다. 〈태양은 가득히〉의 태양이 내려쬐는 바다는 건너야 할 인생의 다른 모습이다. 무시무시한 욕망의 거대한 물결 앞에서 톰은 자신이 할 수 있는 선택을 감행해야 했다. 그 결과가 참담하고 부정적인 것이라고 해도, 우리가 이 영화를 오래 기억할 수밖에 없는 이유는 어떤 의미에서는 그 선택이 우리의 선택과 별반 다르지 않기 때문이다. 욕망과 소유를 향한 집착. 그 집착은 현대의 신화인 영화에도 그대로 남아 있다.

오디세우스가 그토록 갈망했던 최종 목적(지)은 집이었고, 집으로 돌아간 자신을 찾는 일이었다. 톰 역시 자신의 것이기를 바라마지 않는 집을 찾아, 그 험한 대양을 건너겠다고 결심한다. 톰의 집은 필립의 애인 마르쥬(Marge Duval, 마리 라포넷 분)로 형상화되어 있다. 오디세우스가 페넬로페(Penelopeia)를 그리워했던 것처럼 톰은 마르쥬를 그리워하면서, 자신이 귀향해야 할 공간으로 상정한다. 사실 톰과 오디세우스는 바다를 표류하고 동료를 희생시킨다는 점에서도 동일하지만, 결국 자신이 머물 집과 여인을 찾아 그 험난했던 방황을 끝내고자 한다는 점에서도 동일인이라고 할 수 있다.

이러한 관찰을 잇다 보면, 막막한 심정에 도달하기도 한다. 오디세우스야 자신이 원하는 이타케(Ithake)로 돌아갈 수 있었다고 하지만, 톰은 고즈넉한 자신의 생을 온전히 맡길 만한 곳을 끝내 얻지 못했기 때문이다. 더 따지고 보면 오디세우스 역시 완전한 귀향 이후에 자신이 꿈꾸는 삶을 잃었다고 할 수 있다. 집으로 돌아온 그는 행복을 얻었지만, 모험을 잃었기 때문이다.

유럽인들에게 지중해는 모험의 도정이었고 시련의 연속이었지만, 어쩌면 그 자체가 목적일 수 있는 공간이기도 했다. 집과 고향이라는 행복의 원형을 따라가는 도정으로 치부되었고 때로는 하루빨리 벗어나야 할 고난으로 인식되었지만, 의외로 그 길 위에서 벗어나는 순간, 즉 모험을 끝내고 안착을 기대하는 순간, 그토록 염원했던 행복이 허물어지는 느낌을 받는다는 사실마저 인정해야 했기 때문이다. "자신에게 전화가 걸려왔다는 전갈에 느긋하게 몸을 일으키는 톰"의 마지막 모습은 여행의 끝이 안착이 아니고, 또 다른 몰락이거나 경우에 따라서는 새로운 출발이 될 수밖에 없다는 강렬한 메시지를 남기고 있다. 과연 행복이 가능한가, 라는 자문도 함께 말이다.

## 3. 옛 지도의 전설, 현재 영화의 역사

이수원의 『하루의 로맨스가 영원이 된 도시』는 네 개의 권역으로 나뉘어져 있다. 이러한 권역 구분은 책을 편찬하기 위해서 임의로 구획된 것으로 보이지만, 그 구획을 들여다보고 있으면 은근한 재미를 찾을 수도 있다. 그것은 마치 오래된 지도 속에 숨겨진 비밀스러운 생각을 찾아낸 느낌 같은 것일 게다.

첫째 권역(1장)은 그리스와 터키 지역이다. 이 지역은 동지중해 지역으로 주로 에게해(Aegean Sea)를 끼고 있는 구역이라고 할 수 있다. 이수원은 그중에서도 '이스탄불'에 초점을 맞추고 있었다. 그래서 1장에는 이스탄불을 촬영 근거지로 삼고 있는 영화 〈007 위기일발〉, 〈천국의 가장자리〉, 〈토프카피의 보물〉 등이 집중되어 있다(나머지는 그리스 관련 영화). 사실 지금도 이스탄불을 배경으로 하는 영화는 계속 양산되고 있는 편이어서 이러한 경계 구분은 의미 있어 보이고 시의성도 갖추고 있다고 하겠다. 가령 〈테이큰 2〉는 이스탄불의 좁고 꼬불꼬불한 시장과 미로를 중심으로 아내의 행방과 범인 추격전을 전개한 영화이다. 이 영화의 마스터 쇼트는 대개 블루모스크로 상징되는 이스탄불 내의 문화유산과 그 사이로 흐르는 보스포루스 해협의 물결이다. 보스포루스 해협에서 바라본 궁전이자 종교 제단은 이스탄불에서 융합된 동양과 서양, 이슬람과 기독교, 과거와 현재의 문화적 용광로를 대변하고 있어, 어느새 백인들만큼 영화에 열광하기 시작한 아시아인들에게 그만큼의 친근감을 더하게 된다. 이스탄불은 비단 서양만의 도시는 아니라는 점을 은근히 강조하는 표식인 셈이다.

첫 번째 권역으로 이스탄불과 그리스(섬)를 꼽고 있는 점은, 지중해 문명의 근원 중 하나인 그리스와 터키의 가치를 내다보는 작가의 안목에서 비롯되었다고 보아야 할 것이다. 또 하나 주목되는 것은 그녀가 선택한 영화들이다. 프랑스와 유럽 영화에 정통하고 작가주의 영화를 우선적 가치로 여기는 비평가로서 〈007〉 시리즈나 수준 낮아 보이는 탐정영화를 거론하는 태도는 신선하기 그지없다. 모름지기 영화라면 차별이 없어야 하며 궁극에는 취향만이 남는다는 누군가의 말을 실천하는 행위 같아 보여 긍정적이기까지 했다.

1장에서 유달리 주목되는 영화는 〈그리스인 조르바〉(Alexis Zorbas, 1964)였다. 이 영화는 그 원작의 무게만큼 흥미로운 전갈을 다루고 있는데, 무엇보다 그리스인이 가진 특유의 사고방식과 낙천성을 인상적으로 포착했다는 점이 그 이유가 될 수 있을 것이다. 그리스에 널려 있는 유적이, 그들의 정신사에는 어떻게 남아 있는가를 확인시키는 영화라고 할 수도 있다.

연인들의 만남과 헤어짐을 다룬 영화 〈비포 선라이즈〉(Before sunrise, 1995)는 〈비포 선셋〉Before Sunset, 2004) 을 지나 〈비포 미드나잇〉(Before Midnight, 2013)으로 이어졌다. 그래서 '비엔나'에서 '파리'로 결국에는 '그리스' 섬으로 영화의 배경을 옮기고 있는데, 이러한 이동은 20대의 풋풋한 낭만과, 30년대의 설레는 재회 그리고, 40대의 담담한 견딤에 각각 어울리는 배경을 찾기 위해서였을 것이다. 이중에서 흥미로운 지점은 〈비포 미드나잇〉의 배경이었다.

　이미 만나고 헤어지는 것에 통달하여 그들이 얻은 '살집'만큼 유연해진 부부(제시와 셸린)은 제시의 아들을 보내고, 두 사람이 함께 낳은 쌍둥이를 재운 다음, 오랜만에 둘만의 산책길에 나선다. 둘만의 시간을 위해 오붓한 호텔로 나선 길은 평범한 일상의 이야기로 가득했지만, 그 평범함의 뒤의 배경에는 어떤 나라에서는 눈을 씻고 찾아도 찾을 수 없는 고대의 흔적들로 메워져 있었다. 그들의 어깨 너머로 포착되었다가 발걸음과 함께 멀어지는 유적은 그들 부부의 지난 세월처럼 허물어지고 망가진 채 여기저기에 서 있었고, 이러한 유적을 사이에 두고도 이렇게 평범한 이야기를 나눌 수 있는 사이가 부부라는 사실에 관객들 역시 경악하지 않을 수 없었다. 대신, 결혼이 결국 삶을 화석처럼 멈추게 하고 유적처럼 박제하는 작업이라는 전언은 확실하게 전달할 수 있었다. 그리스의 이미지는 이 영화에서 허물어진 채 등장했지만, 그 허물어짐은 삶의 비의가 되어 '우리'의 삶에 바싹 다가서게 되고, 그 어떤 완전한 건물보다도 그들의 내면세계를 충실하게 담아내고 있다. 결국 고대의 유적은 시간의 흔적이고 삶의 잔해이며 결국에는 인간의 남은 영역이 된다.

　〈비포 미드나잇〉에서 유적을 통해 삶의 궤적을 보여주는 방식과, 〈그리스인 조르바〉는 정반대의 방식을 취하고 있는 영화이다. 〈비포 미드나잇〉이 무너진 잔해를 통해 인간의 성정에 이르는 길을 제시하고자 했다면, 〈그리스인 조르바〉는 화석처럼 남은 그리스인을 통해 그리스 문화의 전통을 상기시키기 때문이다. 그리스인 조르바를 통해 우리는 그리스인의 사고뿐만 아니라 그들 문화와 예술의 한 단면도 들여다볼 수 있다는 점에서 이 영화는 친근하고 또 흥미롭다. 사실 〈영원과 하루〉(Eternity And A Day, 1998)처럼 심오한 영화도 지중해에서 탄생해야 했겠지만, 이수원도 솔직하게 인정한 것처럼 영원을 이해하는 과정에서 파생되는 지루함을 미처 참아낼 수 없는 이들에게는 〈그리스인 조르바〉야 말로 '하루'에 담긴 가치를 설명하기에 적절한 영화가 아닐까 싶다.

한편, 둘째 권역은 이탈리아를 중심으로 지중해의 중앙 지대이다. 앞에서 말한 〈태양은 가득히〉에 담겼던 이탈리아 섬들은 이 권역에 해당한다. 2장에서는 베니스와 나폴리가 호출되고 로마와 시칠리아도 다루어진다. 특히 〈일 포스티노〉의 배경이 된 이탈리아 '프로치다'를 소개한 점은 기억에 남을 것 같다. 문학과 삶의 관계, 나아가서는 연애와 권력, 삶의 언어와 문학의 언어 사이의 미묘한 중첩(성)을 다룬 이 영화에서 낮게 깔린 배경은 절대적인 역할을 담당했다. 좁은 선착장, 굴곡진 카페, 바다를 타고 오르내리는 배달부의 길, 낮은 담장이 인상적인 네루다의 거처. 그곳에서 네루다는 시와 삶의 은근한 유사성을 보여주었는데, 이 모든 장소가 인공(영화 세트)이 아닌 자연(실제 거처)과 어울린다는 생각 때문에 이 영화의 메시지가 주는 자연스러움도 증폭될 수 있었다.

막연하게 지중해, 혹은 이탈리아의 어느 섬이겠지 하는 마음을 품고 있었던 영화의 배경에 대해, 부러울 정도로 해박한 지식을 드러내며 이수원은 상세한 설명을 덧붙이고 있다. 그녀가 했던 모든 말들을 기억할 수야 없겠지만, 막상 이 지역을 여행하게 되면 이수원의 설명이 되살아날 것 같은 예감을 받았다. 실제로 〈하루의 전설이 영원이된 도시〉는 관광 안내 책자의 역할도 할 수 있을 정도로, 해당 지역의 역사적 기원과 작금의 상황에 대해 소상하게 다루고 있다. 이것은 실제로 그곳을 보지 못한 사람에게 정보를 주고, 이러한 정보 없이 영화

를 본 사람들에게 다시 영화를 볼 것을 권유한다는 점에서 유용한 정
보(information)인 것만은 틀림없다.

하지만 삐딱하게 말하는 것을 허락한다면, 이러한 설명이 영화
의 참다운 해석을 가로막을 수 있는 위험도 가중시키는 것이 사실
이다. 영화는 그 자체로 신화에 가깝고, 경우에 따라서는 완전히 해
독되지 않은 암호로 남을 수도 있어야 한다. 왜냐하면 완전하게 해
독(knowledge)되는 순간-사실 '완전한 해독'은 있을 수 없지만-
영화는 영화 그 자체보다 더 깊게 혹은 더 오래 담아두어야 할 지혜
(wisdom)를 강탈당할 수 있기 때문이다.

고대의 신화는 직접적인 가르침이 불가능한 상황에서, 인간이 갖
추어야 할 지혜의 집적을 가능하게 한 '앎의 누적'에 해당한다. 지혜
(wisdom)의 축적을 겨냥하다 보니, 경우에 따라서는 체계적인 지식
(knowledge)이나 유용한 정보(information)가 도외시하기도 한다.
호메로스의 〈오디세이〉를 펴고 현재의 지중해를 탐험할 수는 없으며,
설령 이 불가능한 모험에 도전해서 성공한다고 해도 이러한 모험이
〈오디세이〉의 최종적인 모험을 뜻한다고는 할 수 없다.

조셉 켐벨은 '신화의 힘'이 영화를 통해 현세에 전해진다는 의미심
장한 말을 남긴 바 있다. 신화는 그 낱낱의 경우를 상정할 수 없을 정
도로 다양한 인간들의 삶에 대한 개별적인 지침을 겨냥하기보다는,
그러한 개인의 삶을 뭉뚱그릴 수 있는 인류의 삶과 성장 그리고 미래
와 역사에 대한 총체적인 가르침을 겨냥한 가르침이었다. 일종의 압
축된 지혜의 보고이고, 축약된 지식의 원형에 가까웠다. 신화의 가르
침이 그 이후에 인간의 사회를 조율하는 '종교의 가르침'이나 '과학의
가르침'에도 끝내 그 유효성을 상실하지 않고 현재까지 이어올 수 있

었던 것도, 다양한 상황에 개별적으로 대항하는 어떤 사실성에 매달리기보다는 그러한 상황들을 전체적으로 종합하여 연계할 수 있는 통합적 진리의 영역에 접근하고자 했기 때문이다.

신화는 그 힘의 일정 부분을 '종교'와 '과학'에게 넘겨주기도 했지만, 결국 20세기 이후 '예술'을 적자로 삼아 그 힘을 되살려내고자 하고 있다. 그러면 그 저력은, 예술의 갈래 중에서도 가장 각광받는(현재로서는) 영화로 이어지는 것은 어찌 보면 당연한 결과일 것이다. 따라서 신화의 힘이 어떻게 영화에 담길 수 있는가를 탐색하는 것은 지중해처럼 삶 속에 갇힌 대양의 에너지를 갈구하는 이들에게 반드시 필요한 일이 아닐까 한다.

이수원은 이러한 가르침을 다소 침해할 수 있을 정도로, 지나치게 직접적인 정보를 이 책에 노출하고 말았다. 그 정보가 잘못되었다는 것이 아니라, 자칫하면 정보가 지식의 체계로만 활용되고, 결국에는 지혜의 지점에 도달하는 길을 차단하지 않을까 걱정된다고 말하는 편이 더욱 정확한 표현일 것이다. 관광 안내서의 장점은 그곳에 갈 수 있도록 돕는 것에 있다. 더 나은 안내서는 그곳의 역사와 가치까지 알려줄 것이다. 하지만 궁극의 여행은 그곳의 중요한 미덕과 궁극적 요체를 스스로 찾는 것에 달려있다. 이러한 측면에서 이수원의 책은 책 속의 길과 영화로 향하는 요로를 너무 쉽게 정리하여 전달했다는 아쉬움을 남겼다. 사실 이것은 그녀의 책이 가지는 한계이기보다는, 그녀만큼 영화를 알지 못하고 지중해의 삶을 이해할 수 없는 독자('나'를 포함한 관객)의 한계이다. 실물을 보지 못한 이에게 정보조차 줄 수 없다면, 어떻게 알 수 없는 현실의 길을 넘어 웬만해서는 찾을 수 없는 영화의 길로 들어설 엄두라도 내겠는가. 친절이 만든 길이니, 어떤 의미에서 그것을 타박하는 자의 태도가 그른 것일 수도 있을 것이다.

## 4. 가보지 못한 길

세 번째 권역과 네 번째 권역에는 가보지 못한 길이 많이 널려 있었
다. 상대적으로 익숙하지 않은 북아프리카나 스페인의 숨겨진 영화가
그것이다. 페드로 알모도바르(Pedro Almodovar)의 영화 역시 그녀
의 감각으로는 인해 새로운 영화처럼 문면에 현현했다. 그래서 그녀
의 길을 따라 영화들을 돌아다니는 것은 그 자체로 흥미로운 일이었
고, 또 모험에의 도정과 다를 바 없는 일이었다. 오디세우스가 열렬하
게 원한 것은 아니었지만 결국에는 수용할 수밖에 없었던 '지중해의
모든 것'처럼, 이 책을 읽는 이들은 영화와 신화 그리고 그 둘을 만나
게 하는 지중해라는 자연을 접해야 했다.

가보지 못한 길을 가도록 종용하고, 그 사이로 난 길에 대해 상상하
게 만든다는 점에서, 이수원의 길은 미지의 시간을 내다보도록 허용
하고 있다. 그래서 이 책을 바라보는 흥미로운 시선 중에 탐색과 모험
의 시선이 포함될 수밖에 없다. 그럼에도 몇 가지 불평을 내놓는 것을
허락했으면 한다. 우선, 이러한 지역과 모험을 꿰뚫는 근원적인 행로
가 있었으면 했다. 네 권역이 지중해의 명소이고, 또 그곳은 개별적인
창작의 영감이겠지만, 이 책이 겨냥해야 할 지향점 중 하나는 네 권역
이 지중해 문명과 자연을 대변할 수 있는 근원적인 공통점이자 논의
의 출발점을 제시하는 일이다. 이러한 문명과 자연의 근원과 공통점
이 설명되지 않고는, 이러한 권역을 아우르는 힘을 찾기란 힘들 것이

다. 그래서 개별적으로는 충실하나 그 모든 충실함이 모여야 하는 한 지점에서는, 생각이 멈추고 만다. 그리고 의문이 든다.

"그렇다면 (우리에게) 지중해는 무엇이어야 하는가?"

이 말은 부분의 자립성은 충분하니, 그 전체를 아우르는 유기적 원리를 보고 싶다는 말로 바꾸어서 이해해도 괜찮을 듯 하다. 그리고 '원리'라고 지칭한 사유가, 지중해라는 지역에 대한 최종적 이해가 되지 않을까 싶다. 그리고 이러한 이해에 도달할 수 있다면, 우리는 다시 동일한 한 지점에 대한 생각을 이어갈 수 있을 것 같다. 이른바 '극동의 지중해'라고 불리는 한국을 둘러싼 극동 아시아의 해양 루트가 그곳이다. 이 해양루트는 비단 정치, 경제, 군사, 외교적인 채널에서만 중시되는 루트가 아니었다. 근대 이전부터 아니 어쩌면 근대 이전에 더욱 활발하게, 이 해양루트는 문화와 예술의 상호 영향을 가능하게 하는 근원의 루트였다. 우리에게조차 개별적으로 여겨지는 동아시아의 문화, 그러니까 '중국'과 '일본'과 '유구(오끼나와)'와 '대만'과 '사할린'과 '만주' 그리고 '한반도'의 문화가, 다른 누군가에게는 근원적인 유사성을 가진 어떤 문명체로 보이는 현상을 보다 심도 있게 탐구할 수 있는 사유의 출발점일 수 있다.

사실 이수원의 관심은 지중해의 문명과 영화에 있지, 그것의 연장 형태인 '극동 아시아'의 지중해에 염두에 두고 있지 않다. 그런 의미에서 나는 '무리한 요구'를 하고 있는지도 모르겠다. 다만 신화의 모든 모험이 집으로 연결되는 것처럼, 영화상의 크고 작은 모든 모험(서사) 역시 집이라는 안온한 공간을 향한 탐구의 도상에 놓일 수 있다.

그 결과가 참담한 실패이거나 근원적 거절로 나타날 수도 있겠지만, 인간은 귀환이라는 본능적 욕구를 통해 문학과 영화 그리고 신화의 모든 전언을 한 곳으로 집결시키고자 해왔다.

극동 아시아의 문화와 그 교류 역시 이러한 귀환 욕구 위에서 이루어졌고, 무엇보다 먼 삶이 아니라 가까운 지역과 시대를 공유한다는 측면에서 우리들에게 지니는 의미는 결코 가볍지 않다. 유럽의 지중해 영화를 보면서, 이러한 지중해 문명과 영화에 대한 고찰과 숙고가 결국 그 귀결 지점을 상정하지 않을 수 없었는데, 당장 '나'에게는 그 지점이 한국영화나 우리의 문화가 되어야 하지 않을까 하는 소박한 전제 밖에는 떠오르지 않았다.

지중해를 둘러싼 영화 선진국의 모험이 결국 돌아오는 곳은 어디일까. 혹은 그러한 영화들을 개별적으로 분석하여 얻는 최종 결론은 어떤 영화와 문화를 겨냥해야 하는 것일까. 가보지 못한 길이기 때문에, 그 길, 혹은 그 지점은 무척 기대된다. 그리고 그 기대 속에서 '하루의 로맨스가 영원이 되는' 지점을 마음대로 찾아 나선다면, 그것은 잘못된 독법일까. 그 길을 찾아 나섰기 때문에, 지중해에서의 혼란과 방황이 부담스럽지 않았고, 그 방황의 끝이 있다고 믿었기에 그 길에서 살아남을 수 있었던 것은 아니었을까. 재독하면 그 길과 지점을 다시 눈여겨보겠다. 혹 다른 사람은 이미 보고 있는데, 나만 보고 있지 못할 수도 있을지 모르니 말이다. 그런 면에서 보면, 오독도 하나의 길이고, 어느 시인의 말대로 '잘못 든 길이 결국 지도를 만'들어 낼 것이다.

# 제10장
# 나는 너의 조각들로 이루어진다

## 1. 가난한 청년과 부유한 청년

가난한 청년은 모처럼 흥미진진한 일거리를 얻었다. 부유한 친구의 아버지가 친구 필립을 샌프란시스코로 데려오면 거액을 주겠다는 제안을 한 것이다. 가난한 청년은 이러한 부탁을 흔쾌히 수락했고, 친구에게 자신의 사정을 털어놓으면 친구 역시 자신을 도울 것이라고 생각했다.

하지만 이탈리아에서 만난 친구는 가난한 청년의 처지나 부탁 따위는 안중에 두지 않았다. 자신이 로마를 오가면서 즐기는 생활에 하인 하나를 둔 것처럼 굴었고, 때로는 자신이 할 수 없는 일을 대신하는 비서 정도로 간주했다. 가난한 청년은 어느 시점까지는 그러한 대우가 당연하다는 듯 행동했다.

그래서 부유한 청년이 제왕처럼 굴고, 자신을 놀리거나 하찮게 여겨도 굴종했다. 주인의 정사를 위해서 바다에 던져져야 했고, 그래서 바다를 떠돌며 생과 사를 오가야 했을 때까지 가난한 청년에게 자존심따위는 없는 것처럼 보였다.

하지만 이야기는 갑자기 반전한다. 가난한 청년은 자신이 자랑하는 영리함으로 필립의 모든 것을 빼앗기 시작한다. 애인과 사이를 이간질하고, 필립을 살해한 이후, 필립의 옷과 신발, 타자기와 요트, 심지어는 애인까지 집어삼키려고 한다.

이러한 가난한 청년의 계획은 아슬아슬했지만, 성공하는 듯했다. 수리소로 이동한 보트 마르쥬호에서 필립이 시체로 발견되기 전까지는 말이다. 하지만 떠오른 시체로 인해 가난한 청년의 꿈과 계획은 수포로 돌아간다. 적어도 이야기상으로 그러하다. 가난한 청년 톰 리플리의 꿈은 그렇게 깨졌다.


## 2. 청년의 모방 욕구

리플리가 필립이 되려고 했던 이유는 간단하게 설명된다고 하겠다. 그것은 가난에서의 탈출, 혹은 돈에 대한 탐욕이라고도 할 수 있다. 필립이 자행했던 오만방자한 행동을 감안하면, 정신적 복수 혹은 부유한 자에 대한 응징으로 볼 여지도 있다.

필립의 애인 마르쥬가 드러내는 놀라운 미모와 정숙함을 포함하면, 한 여인을 얻기 위한 몸부림이거나 필사의 질투라고도 해석할 수 있다. 어쩌면 살아남기 위한 불가피한 선택이라고 볼 여지도 있다. 리플리와 필립은 어차피 양립하기 어려웠기 때문에, 배 안에서의 살인은 뭍으로 올랐을 때 당할 수 있었던 필립의 보복으로부터 자유롭기 위한 선택으로 볼 여지도 있다.

　이러한 모든 해석은 〈태양은 가득히(Plein soleil, Purple Noon)〉에 무리 없이 적용된다. 그만큼 리플리와 필립 사이의 대결은 숙명적이었고, 다양한 관계망을 포함하는 의미 심장한 대립이었다고 해야 한다. 그리고 이러한 대립을 정묘하게 포착한 〈태양은 가득히〉는 당연히 인간 본성의 깊숙한 차원을 묘파한 수작으로 평가될 수 있다.

　하지만 리플리의 욕망을 다른 차원에서 볼 수 있다면, 이 작품은 색다른 의미를 포함하는 작품으로 더 깊은 심도를 유지할 수 있다. 그것은 리플리의 살인과 모방 욕구가 '자신'을 찾는 과정일 수 있다는 통찰이 그것이다. 한 인간을 살해해야 할 정도로 자신에 대한 질문은 절박한 것이었을 수도 있다.

　르네 지라르는 욕망의 삼각형 이론을 제창하면서, 한 인간이 지니는 욕망이 실제로는 자신의 것이 아닐 수 있음을 넌지시 암시했다. 필립을 다시 만나기 전까지 리플리는 자신에 대해 별로 아는 것이 없었다. 스스로 영리하다는 자부심을 가지고 있었을지언정, 무엇을 위해 인생을 살아야 하는가에 대해서는 깊게 생각하지 않는 눈치이다. 그것은 무의도식하면서 필립을 데리고 오라는 필립 아버지의 청에 응하는 자세에서 읽을 수 있다.

　무엇을 해야 하는지에 대해서는 필립 역시 제대로 알지 못하고 있다. 필립이 하는 일은 애인 마르쥬와 섹스하고 즐기는 것, 다른 지역으로 놀러나가 사람들을 희롱하는 것, 자신의 또 다른 친구인 프레디 등과 어울려서 파티를 하는 것, 애지중지하는 요트를 타고 지중해 일대를 유람하는 것 등이다. 결과적으로 돈을 펑펑 쓰며 무위도식하는 것을 거의 유일한 삶의 방향으로 결정하고 있다.

정확하게 파악할 수는 없지만, 필립의 아버지가 필립을 미국으로 돌아오게 하려는 것도 이러한 필립에게 삶의 자세를 알려주고 싶어서였을 것이다(필립의 아버지는 마르쥬의 평가에 따르면 좋은 사람이었다).

이러한 두 사람이 로마의 밤거리를 거닐면서 장님 흉내를 내는 대목은 인상적이다. 필립은 길 가는 장님의 지팡이를 멋지다는 이유로 고가로 사들인다. 그리고 그 지팡이를 이용해서 길을 가는데, 눈을 감고 장님 흉내를 내던 리플리가 지나가는 차에 치일 뻔한 아찔한 사고를 겪는다. 그들의 인생은 앞을 제대로 보지 못하고 돌진하고 있으며, 리플리는 그중에서도 눈앞의 것마저 보지 못하는 최악의 운명을 향하고 있다는 암시이다.

장님 흉내는 한 여인을 희롱하는 장난으로 번진다. 필립은 특유의 배짱으로 한 여인을 유혹하고, 두 사람은 여인을 사이에 둔 채 자동차를 타고 로마 시내를 누비기 시작한다. 이 대목에서 카메라는 여인을 희롱하는 필립의 옆에 샴쌍둥이처럼 붙어 있는 리플리를 집요하게 보여준다. 리플리의 손은 필립의 손처럼 여인을 더듬었고, 필립의 여인을 희롱할 때 이를 본받으려는 듯 그 희롱에 동참했다.

어느새 리플리는 필립의 욕망과 행동을 복사하고 있었다. 필립의 집에서 필립의 옷과 구두를 입고 그의 말투를 흉내 내는 거울 씬은 이러한 리플리의 변화를 단적으로 보여준다. 여유롭게 관대했던 필립은 리플리에게 싸늘한 목소리로 자신의 흉내를 중단시킨다. 필립이 보기에도 경악할 정도로 리플리는 자신을 닮아오고 있었던 것이다.

리플리가 베끼기 시작한 욕망은 마르쥬에 대한 사랑도 포함된다.

앞에서도 말했지만, 리플리의 살해 동기 중 마르쥬에 대한 집착이나 소유욕은 중요한 이유가 될 수 있을 정도로 그의 행동을 이끌고 있다. 모방의 욕구에서도 리플리는 마르쥬를 소유하고 싶어하는(사랑한다고 보기는 어려운) 필립의 욕망을 본받고 있다.

다시 르네 지라르의 이론으로 돌아가면, 주체는 대상을 자율적으로 욕망하는 것이 아니라, 주체와 대상 사이에 존재하는 매개자의 그것-욕망을 복사하여 운영하는 것이라고 한다. 여기서 주체의 자리에 리플리를 넣고, 대상의 자리에 마르쥬를 넣는다면, 리플리가 마르쥬를 욕망하는 것은 두 사람 사이에 존재하는 필립의 그것을 베꼈기 때문이라고 볼 수 있다.

마르쥬가 사랑의 주체이고 사랑이라는 감정을 자율적인 것으로 이해하려는 측은, 이러한 해석에 이의를 제기할지도 모른다. 그렇다면 대상의 자리에 필립의 요트, 필립의 옷과 신발, 필립의 타자기와 필체, 필립의 재산, 심지어는 필립의 여유와 사회적 위치 등을 대입하면 이러한 문제는 보다 수월하게 풀릴 수 있을지 모른다.

그토록 집요하게 리플리가 필립의 셔츠를 입고 신발을 신고 세상으로 나아가려고 하는 것은 필립이 가진 거의 모든 것으로서의 욕망을 자신이 베꼈기 때문이다. 한동안 그는 어느새 필립의 것을 갖고 그것을 자신의 것으로 바꾸는 일이 아니라, 그 자신이 필립이 되는 일에 열중한 것이다.

## 3. 필립의 자기 인식

리플리는 가난한 청년이었고, 그 가난은 리플리에게 자신이 무엇일 수 있는가라는 질문을 줄기차게 되뇌게 만들었다. 함께 무위도식하는 처지이지만 필립은 이러한 자의식에서 보다 자유로울 수 있다. 자신이 누구인지는 확실히 모르지만 지금의 자신을 굳이 바꿀 필요는 없기 때문이다.

하지만 리플리는 "과연 나는 누구인가"라는 질문의 끝에 "내가 누가 되어야 하는가"라는 또 다른 질문도 포함하고 있게 마련이다. 그는 자신이 부자가 되고, 마르쥬의 애인이 되고, 사회적으로 고귀한 존재가 되어야 한다고 믿었다. 그리고 그 욕구의 출발점으로 필립을 상정했다. 그는 필립이 됨으로써, 동시에 리플리로서 자신이 꿈꾸던 자신도 되찾을 수 있다고 혹은 창조할 수 있다고 믿었다.

르네 지라르가 말하는 모방 욕구는, 자신이 남이 아닌 자신이 되는 과정이었다. 적어도 리플리에게는 그렇게 인지되고 있었다. 그의 자부심은 스스로 정당화시켰다. 그래서 그는 '나'를 '너(필립이나 마르쥬)'의 조각으로 채우려 한다. 세상의 널려 있는 자신을 찾는 작업을 시도한 것이다.

그 과정은 비교적 원만하고 수월하게 이루어졌다. 다소 일이 얽히는 바람에 프레디를 제거해야 했고, 그 과정에서 필립을 세상에서 지워야 하는 새로운 임무도 생겨났다. 본래는 필립을 리플리와 공존시켜 자신이 필립일 수도 있고 리플리일 수도 있는 상황으로 몰고 가려고 했지만(할리우드 리메이크작 〈리플리〉는 그러한 각색 방향에 방점을 두고 있다), 프레디의 개입(음모의 폭로)으로 이러한 동시적 상황을 포기해야 했다. 그는 자신 안에 있는 필립을 죽여 리플리를 안전하게 만들어야 하는 고충을 겪어야 했다.

　몇 번의 아슬아슬한 위기가 찾아왔지만, 리플리는 이를 기지와 지혜로 헤쳐나갔다. 점차 필립은 사라졌고 리플리는 새로운 자아로서의 리플리를 세울 수 있었다. 그것은 마르쥬의 사랑을 쟁취하는 사건으로 절정에 달한다. 리플리는 필립의 행세를 하지 않고도 결과적으로 마르쥬를 손에 넣을 수 있었다. 마르쥬는 떠나간 필립을 대신하여 자신의 애인으로 리플리를 선택한 것이다.

　이러한 선택은 할리우드 리메이크 영화에서는 부정되는 사건이다. 필립의 애인은 리플리를 필립을 대신할 수 있는 대상으로 수용하지 않는다. 그러한 측면에서 마르쥬는 평소 필립의 욕망, 즉 리플리를 자신의 곁에 두고 함께 있으려고 했던 행동을 본받아 행동했다고도 할 수 있다.

　리플리의 자아는 리플리로서 세상에 다시 나서는 일에 자신감을 갖게 된다. 마지막 장면에서 해변으로의 선탠은 이러한 리플리의 내적 자신감을 힘껏 드러내고 있다. 리플리는 스스로 세상의 주체가 될 수 있다고 믿었다. 아이러니한 점은 이러한 자신감이 용인될 수 있다고 믿는 순간, 그의 자신감과 세계가 무너졌다는 것이다. 리플리는 스스로 리플리임을 당당히 밝히게 되었다는 믿는 순간, 필립의 살해와 기만에 대한 대가를 치루는 존재로 전락한다.

## 4. 아이의 성장과 자신에 대한 믿음

아이들은 자신만의 세계에서 동경하는 누군가를 상정하기 마련이다. 사실 동경하는 누군가는 아이들의 또래모임에만 있는 것은 아니다. 세상에는 선망의 대상이 되는 인물이 존재하기 마련이고, 영화는 이러한 선망의 대상을 주인공으로 삼는 대표적인 장르로 진화했다.

마르쥬와 리플리에게 그 선망의 대상은 필립이었다. 필립이 부자였고 여유가 넘쳤기 때문만은 아니었다. 필립은 세상에 대한 확고한 철학이 있었다. 한 여자에게 몰두하지 않았고 자신의 이기심을 마음껏 드러냈지만 결과적으로 그는 자신이 선택하고 책임지는 독자성을 지니고 있었다. 그러한 측면에서 자신의 힘으로 서지 못하는 리플리와 마르쥬에게는 보호자나 다름없었다.

마르쥬가 난폭한 필립의 행동에도 불구하고 그를 떠나지 못하는 이유는 그의 보호를 필요로 했기 때문이다. 마르쥬는 필립에게 대항한 것이 아니라 투정을 부렸고, 그러한 마르쥬를 필립은 애인이 아니라 장난감이나 애완동물처럼 다루었다. 자신의 소유물이었던 것이다. 리플리 역시 그러한 측면에서 다를 바 없었다.

리플리가 필립을 죽이는 것은 욕망 때문이고, 그를 모방하여 자신의 정체성을 찾을 수 있다는 선택 때문이었지만, 동시에 자신이 성장하고 그의 그늘로부터 벗어나기 위해서였다. 리플리는 현실적으로 필립이 주는 안온한 삶의 거처에서 뛰어나갈 힘이 없었다. 세상으로부터 자신을 보호해 줄 누군가를 마련하지 못하고 있었고, 자기 자신이 그 역할을 할 수밖에 없는 처지였다. 스스로 동경하는 자신을 만들지 않으면 안 되었는데, 그러한 자신은 어른이고 삶의 주체라고 할 수 있다.

리플리는 성장하기 위해서 필립을 죽여야 했고, 또 죽여야 한다고 무의식이 가르쳤다. 이러한 진실은 끔찍하지만 중요한 사실을 상기시킨다. 아이들은 어른이 되기 위해서 마음 속의 아버지를 떨쳐버려야 한다. 자신을 지배하고 조율하는 타자로부터 벗어나야 하면, 그러한 측면에서 정신적인 살해 욕구를 지니고 있다. 이러한 살부의식의 발현이 리플리였다. 그렇다고 리플리의 행동이 현실에서 정당화될 수는 없지만, 적어도 정신(사)적인 측면에서 그의 행동은 아이의 정체성에서 어른의 정체성으로 발돋움하려는 기미를 함축하고 있다.

그래서 '나'를 알기 위해서는 '너'를 어떻게든 넘어야 하며, 그래서 '나의 본체'는 '너의 조각들'로 구성되어야 한다는 외면하기 힘든 성장과 각성의 비밀을 어쩌면 통렬하게 보여주고 있는지도 모른다.

# 제11장
# 2000년대 한국영화에 나타난 '부산 바다'의 이미지

## 1. 들어가며

과거부터 한국영화에는 부산과 부산의 바다 풍경이 주요한 공간
적 배경으로 포착되곤 했다. 이러한 역사는 상당히 오래되었다. 가령
1924년 부산에서 설립된 조선키네마주식회사가 제작한 〈해의 비곡〉
이 그 실례이다.[1] 이 영화의 주요 촬영지는 제주도였다. 하지만 관련
문헌을 찾아보면 부산도 촬영지 중 하나였다. 따라서 이 영화에는 부
산의 바다 풍경도 포함되었을 것으로 추정된다.

1960년대 영화의 걸작이자 한국영화 제 1의 르네상스시기를 연 영
화 중 하나로 평가되는 〈갯마을〉[2]은 부산(기장) 앞바다의 모습을 담

---

1) 안종화, 『한국영화측면비사』, 춘추각, 1962, 60~66면 참조.
2) 김수용, 「영화적 시간·공간-〈갯마을〉의 공간구성과 〈안개〉의 시간구조 연구」,
　『예술원논문집』(32) 예술원, 1993 ; 정종화, 『자료로 본 한국영화사 2』, 열화

은 대표적인 로컬 영화(local film)로 볼 수 있다. 지금도 필름이 남아 있는 〈갯마을〉에는 기장 앞바다의 생생한 모습과 삶의 풍경이 담겨 있다. 이것은 당시 바다와 바다의 풍경을 연구하려는 이들에게 보고와 같은 역할을 할 것이다.

이 영화가 주목되는 것은 단순히 공간적 배경으로서의 바다가 아니라, 어부들의 삶의 애환이 담긴 정서적·일상적 공간으로서의 바다가 담겨 있다는 점 때문이다. 〈갯마을〉에 포착된 '바다'는 작품의 주제·정서와 밀착된 공간으로서의 전형적인 모델을 제시한 사례이다.

이후에도 부산 바다는 영화상에서 '휴양지로서의 공간'으로 주로 다루어지다가, 한국의 영화산업이 본격적인 궤도에 오르면서 '촬영지로서의 공간'으로 각광받기 시작했다. 90년대 중반 이후 한국영화에 등장하는 부산과 부산 바다의 이미지는 대단히 다양하고 풍부하다.

하지만 이미지의 다양함에는 상대적인 박탈감도 포함되어 있다. 그것은 의미의 위축 현상 때문이다. 최근 영화 속에 나타난 부산의 바다는 아름다운 경관으로만 기능할 뿐, 삶의 공간 혹은 정서적 의미를 담아내지 못하고 단순 배경으로만 기능하는 경우가 상당하다는 혐의를 받곤 했다.

이 지점에서 중대한 문제의식이 발생한다. 왜냐하면 부산의 로컬리티나 문화적 배경을 담아내지 않고, 단순히 경관의 아름다움이나 촬영의 편리함 때문에 부산의 바다를 선택하는 경우가 이미 상당하기 때문이다. 더구나 이러한 사례가 증가하는 추세이다. 이러한 현상은

---

당, 1997, 44~106면 참조 ; 김종원·정중헌, 『우리 영화 100년』, 현암사, 2001, 259~359면 참조.

단순한 문제가 아니며, 주목해서 다루어야 할 사안이다. 왜냐하면 부산 바다의 특성이 관광지나 물리적 아름다움으로만 평가될 뿐, 그 이면에 담긴 삶과 문화의 정서적 토대가 외면당하거나, 제대로 반영되지 못했다는 실태이기 때문이다.

부산의 바다가 부산 바다만의 고유한 특성을 상실한 채 영화의 단순 배경으로 삽입되는 사례가 증가하는 현상은 문제적 고찰을 필요로 한다고 하겠다. 따라서 본 연구는 2000년대 이후 부산의 바다를 중점적으로 다룬 영화를 선정하여, 작품 내용과 부산 바다의 관련성을 분석하고, 이러한 분석 결과를 토대로 그 성패를 점검한 후, 그 대안을 고민하고자 한다.


## 2. 접근 방법

우선, 한국 영화 가운데 부산의 바다를 창작 모티프나 공간적 배경 혹은 주요 소재로 삼고 있는 작품들을 선별해야 한다. 선행 작업을 통해 추출된 작품으로는 다음과 같은 것들이 있다.

〈해의 비곡〉(1924년, 필름 남아 있지 않음)
〈낙동강〉(1952년)
〈갯마을〉(1965년)
〈눈물젖은 부산항〉(1970년)
〈돌아와요 부산항〉(1977년)
〈돌아와요 부산항 80(속)〉(1980년)

〈정염의 갈매기〉(1983년)

〈친구〉(2001년)

〈첫사랑 사수 궐기대회〉(2003년)

선행 연구에서 주로 부산과 경남 지방의 문화적 양상이 어떻게 한국 영화(혹은 시나리오)에 반영되어 나타나는지 논의된 바 있다.[3] 하지만 바다의 양상과 그 의미를 집중적으로 논의하지는 않았다. 따라서 이번 연구를 통해 이 작품들에 나타난 바다의 의미와 이미지를 집중적으로 보완 검토하려고 한다. 이러한 작업은 부산의 이미지에서 부산 바다의 이미지가 차지하는 역할과 비중과 위상을 점검하는 방향으로 이루어질 것이다. 이것은 과거의 연구를 보완하고 새로운 관점을 제시한다는 점에서 기존 연구의 발전적 보완 및 수정 작업에 해당한다.

다음, 2000년대 이후에 나타난 영화들에 담긴 부산 바다의 이미지와 의미를 찾아 이를 분석할 것이다. 과거의 영화보다 2000년대 중반 이후 제작된 영화에서 부산 바다의 모습은 한층 다양하게 나타나고 있다. 단순 촬영지로서의 부산 바다를 담은 영화를 포함하여(일정한 촬영 분량을 갖춘 경우를 대상으로 할 때), 부산 바다의 로컬리티와 문화적 맥락을 반영하여 제작된 영화 목록을 추출하면 다음과 같다.

〈태풍〉(2005)

〈사생결단〉(2006)

---

3) 김남석, 「한국 영화에 나타난 부산·경남과 그 문화적 양상」, 『한국영화의 미학과 경계』, 집문당, 2009 참조.

〈마이 뉴 파트너〉(2007)
〈마린보이〉(2009년)
〈해운대〉(2009년)


하지만 이 중에서 〈태풍〉과 〈마이 뉴 파트너〉는 단순 촬영지로서의 부산을 다루고 있으므로 본고의 고찰 대상에서는 제외하기로 한다. 남은 세 영화 〈사생결단〉, 〈마린보이〉, 〈해운대〉는 '부산 바다'가 작품의 내적 구성과 결합하여, 관련 이미지와 의미를 형성하는 경우이다. 본 연구는 2005년 이후 한국 영화에 반영된 부산 바다 중에서, 단순 촬영 공간으로서의 부산 바다를 제외하고, 로컬리티와 문화적 맥락을 답지한 부산 바다를 나누어 연구할 것이다.

따라서 실제 연구에서, 분석 대상 작품은 층위를 달리하는 두 개의 작품 군으로 나눌 수 있다. 부산을 마약과 범죄의 도시로 상정하고 '부산의 바다'를 그 배경지로 포착한 영화가 〈사생결단〉·〈마린보이〉라면, '부산의 바다'를 부산의 지역성과 문화적 맥락을 담지한 바다로 선택한 영화가 〈해운대〉이다. 본고는 이러한 영화들을 논의의 대상으로 삼아, 영화에 포착된 부산 바다의 이미지를 분류·분석·정리하고, 그 의미와 특장점 그리고 한계를 논구하고자 한다. 이를 위해 부산 바다를 포착한 화면을 직접 인용하고, 화면 구도의 미학적·형식적·주제적 의미를 집중적으로 고찰할 것이다.

## 3. 부산 바다의 유형과 의미

### 3.1. '마약의 도시 부산'을 상징하는 바다

#### 3.1.1. 어두운 사회를 대변하는 바다 : 〈사생결단〉

영화 〈사생결단〉(2006, 최호 감독)은 부산을 '마약의 도시'로 규정한 후, 이야기를 전개하고 있다. 일단 이 작품에서 부산은 IMF의 최고 피해 도시로 설정되어 있고, 이로 인해 시민들이 느끼는 상실감이 최고에 이른 것으로 전제되어 있다. 이러한 전제와 설정은 부산을 '마약이 만연한 도시'로 만드는 영화적 근거가 된다.

영화의 주요 배경은 유흥업소가 밀집한 '연산동'이다. 연산동은 소규모 상권이 발달한 지역으로, 영세업자들이 주로 활동하는 경제 지구이다.[4] 연산동을 근거로 활동하는 마약 딜러 이상도(류승범 분)가 활동하고 있다. 이상도는 소위 말하는 '잘 나가는 마약 딜러'로 활동하다가, '미친 경찰' 도경장(도진광, 황정민 분)에게 체포된다.

도경장은 마약조직을 전문적으로 수사하는 경찰관이었지만, 그의 행동이나 사고방식은 다소 정상적인 상황에서 벗어나 있다. 거칠고 비정상적인 행동을 일삼고, 범죄자와의 교류나 타협도 꺼리지 않기 때문이다.

그 연원은 과거에서 비롯된다. 도경장은 마약 보스 장철(이도경

---

4) 부산울산지방 중소기업청, 『소상공인을 위한 부산의 상권 분서』(2), 부산울산지방 중소기업청, 2002 참조.

분)을 체포했었지만, 장철은 교묘한 수단으로 외국으로 탈출하고, 자
신의 파트너만 잃는 참담한 사건을 겪어야 했다. 지금도 그는 그 사건
에 대해 복수심을 품고 있고, 마약조직을 일망타진하는 것에 필요이
상의 애착을 보이고 있다.

  도경장이 이상도를 이용해서 마약조직을 소탕하려는 첫 번째 계획
은 실패로 돌아가고 말았다. 이에 잃어버린 사업 기반을 회복하려는
이상도와, 장철의 세력을 소탕하려는 도경장이 다시 협력하여 두 번
째 계획에 돌입한다. 이렇게 되면서 영화의 후반부는 장철을 이용해
서 사업 기반을 되찾으려는 이상도, 이러한 이상도를 이용해서 장철
을 체포할 수 있는 결정적인 근거를 찾으려는 도경장, 그리고 부산의
마약조직을 한 손에 넣으려는 장철의 삼각 대결로 압축된다.

  영화는 이 과정에서 하역장 혹은 해안가 또는 방파제 등을 즐겨 공
간적 배경으로 삼고 있다. 따라서 부산의 주요 바닷가가 화면에 포착
되기에 이른다. 다음은 마약계의 보스로 떠오른 장철이, 이상도를 잡
아 고문하는 장소이다. 이 장소는 장철의 본거지이기도 하다.

  위의 화면을 보자. 멀리 부산 부두의 정경이 보인다(원경). 장철의

본거지는 일종의 하역장과 이곳에 정박한 배이다(근경). 부산의 하역
시설이 집중된 부산항 주변인 것이다. 여기서 장철 조직원들은 이상
도의 발에 닻을 매달고 이상도를 협박하고 있다.

　위의 장면은 이상도의 발에 닻을 묶고(실제로는 연결되지 않았지
만, 이상도는 연결되었다고 믿고 있다), 닻을 바다에 던져 넣은 상황
이다. 마약세력을 이끄는 장철이 이상도를 협박·회유하는 대목인 것
이다. 이때 마약세력과 조직폭력배들이 융합된 세력을 보여주는 장치
로 어두운 부산의 부두와 바닷가가 선택되었다.

　위의 화면은 부산의 명물 중 하나인 영도다리이다. 영도다리 아래
로 부산의 바다가 흐르고 있고, 그 너머로 영도의 불빛이 바다 표면에
반사되고 있다. 화면 오른쪽으로 옛날 유행했던 형태의 선술집이 초
라하게 위치하고, 선술집과 다리 사이의 골목(아래)에 두 형사가 포
착된다. 도경장과 그의 부하는 이상도를 이용해 부산의 마약조직(특
히 장철의 세력)을 일망타진하려는 계획을 숙의 중에 있다.

　영도다리와 그 밑으로 흐르는 바다 그리고 바닷가 선술집의 풍경이
이채롭다. 이것은 오래된 세월의 흔적이 묻어나는 풍경이 아닐 수 없

다. 부산의 바닷가 주변 중에는 이처럼 오래된 도시의 모습을 간직하고 있는 경우가 종종 있다. 이러한 장소는 영화의 아우라를 형성하는 데에 도움을 주는 경우가 상당하기 때문에, 부산의 바닷가 주변은 즐겨 영화의 공간적 배경으로 선택되곤 한다.

위의 화면은 자갈치 시장 내에 있는 작은 방파제 위이다. 자갈치 시장에서 바라보는 바다는 영도에 막혀 잔잔한 내해처럼 보인다(중경). 천연의 항구 조건을 가진 지역이라고 할 수 있다. 오른쪽으로도 송도 일대가 불쑥 튀어나와 거친 파도를 가로막는 지형이다. 화면상의 오른쪽(불빛이 있는 지역)이 송도 방면이다. 원경으로 부산 송도 주변의 불빛이 보이고 있고, 근경에 마약 딜러 이상도가 포착되고 있다. 중경 우측 부분에 도경장이 '발광'하고 있는 모습이 희미하게 보인다.

아래의 화면은 두 사람의 관계를 역사(reverse shot)로 포착한 쇼트이다. 도진광이 근경에 위치하고, 중경에 이상도가 위치하며, 원경에 바닷가에 면한 건물(횟집)과 방파제가 보인다. 뒤편으로 늘어선 건물은 자갈치 시장 내 상가이다. 도진광의 왼쪽으로는 방파제에 갇힌 바다가 보인다.

　도경장과 이상도는 자신들의 운명과 목숨을 걸고 일생일대의 내기를 하고 있다. 이상도는 잃어버린 사업 기반을 찾기 위해서, 도경장은 그 옛날 원한을 갚기 위해서, 공동의 적 장철을 잡아야 한다. 따라서 두 사람은 일시적으로 동지의 관계로 접어든다.

　하지만 이 작품에서 두 사람은 라이벌이고, 서로의 안타고니스트이다. 현재는 동지이지만, 곧 경쟁자로 변할 것이다. 화면은 이러한 두 사람의 관계를 어두운 바다와 멀리 빛나는 도시의 불빛을 배경으로 삼아, 한 화면 내에 담아두었다. 두 사람의 미묘한 대결과 심리적 관계가, 바다 이미지에 힘입어 상징적으로 발현된 경우라 할 수 있다.

　위의 두 쇼트에서 제시되는 바다는 영도와 자갈치 사이에 있는 좁은 물길 형태의 바다이다. 광활한 시야를 확보한 바다는 아니다. 이 좁은 물길 형태의 바다는 다른 지역으로 출항하는 여객선과, 고기잡이 어선이 주로 다니는 물길이다. 또 천연의 섬과 인공 방파제로 인해 바다가 갇혀, 풍랑이나 태풍에도 안전한 지역이다. 따라서 많은 배들이 정박해 있기 일쑤이고, 바닷가에는 횟집과 부두가 밀집해 있다.

　그러다 보니 좁은 골목과 후락한 집들이 여기저기 눈에 띈다. 조명도 그리 밝지 않고 인적이 드문 곳도 상당하다. 장사나 생업을 마친 이후에는 취객을 제외하고는 오고가는 사람들도 거의 없다. 이렇게 남의 눈에 잘 띄지 않은 곳에서 두 사람은 밀담을 주고받는데, 이러한 장소로 자갈치 시장의 후미진 뒷골목은 묘한 아우라를 제공한다고 할 수 있다. 따라서 〈사생결단〉이 그리고 있는 사회의 어두운 일각, 보이지 않는 세상의 이면을 그리는 데에는 적합한 설정이라고 할 수 있겠다.

〈사생결단〉에서 부산의 바다는, 어두운 사회의 일각을 대변하는 공간으로 제시된다. 주로 어두운 밤바다로 포착되고, 은밀한 거래나 밀담 혹은 모종의 음모가 진행될 때 주로 배경으로 활용된다. 그런 의미에서 마약의 도시 부산의 이미지를 축조하기 위해서 선택된 공간이라고 할 수 있다.

하지만 영화를 전반적으로 고찰할 때, 이러한 부정적 공간으로 기능하는 몇몇 사례를 제외하고는, 이 영화에서 바다 이미지는 효율적으로 기능하지 못하고 있다. 〈사생결단〉에 반영된 바다는 그 자체로 의미를 지니지 못하고, 단순한 촬영 배경으로만 기능하는 경우가 더욱 많다.

위에서 제시한 사례를 제외하면, 시간적 흔적을 드러내거나, 공간적 배경으로 사용되거나, 극중 분위기를 조율하는 부차적 기능에 머무는 정도이다. 대부분의 촬영지로서의 바다는 상황에 따라 얼마든지 대체될 수 있는 유동적인 공간으로 포착되었다. 다시 말해서 바다의 고유한 지역성이나 특징이 아니라, 단순 배경에 가까웠다고 보아야 한다. 따라서 이 작품에서 부산의 바다는 필요불가결한 요소로 기능했다고는 판단할 수 없다.

### 3.1.2. 어둠과 희망이 교차하는 바다 : 〈마린보이〉

영화 〈마린보이〉(2009, 윤종석 감독) 또한 부산을 '마약의 도시'로 설정하고 이야기를 전개하고 있다. 마약조직이 등장하고, 마약조직을 일망타진하기 위해서 뒤쫓는 형사(개코, 이원종 분)가 등장하며, 마약조직의 보스(강사장, 조재현 분)와 형사 사이에 과거의 원한이 개입되어 있다는 설정도 〈사생결단〉의 그것과 동일하다.

형사의 성격이 괴곽해서 선과 악의 양 측면을 모두 가지고 있는 설정도 동일하고(개인적인 복수를 위해서 수사를 한다는 점도 흡사하다), 주인공이 마약조직의 보스에게 고용되어 보스의 명령을 들어야 한다는 설정도 동일하며, 결국에는 주인공이 동시에 형사의 '끄나풀'이 되어 마약조직을 일망타진하는 데에 협조해야 한다는 설정도 동일하다. 심지어는 마약조직이 누군가를 협박할 때, 고문하는 수법도 동일하다(발에 무언가를 묶어 바다에 던져 넣는 방식). 다시 말해서 〈마린보이〉나 〈사생결단〉은 비슷한 장르의 영화이고, 유사한 소재와 설정을 선택한 작품이며, 그 내부 줄거리 역시 크게 다르지 않은 내용을 담고 있다.

하지만 두 영화는 상당히 다른 느낌을 자아내고 있다. 그것은 여러 가지 이유 때문이지만, 그 중에는 영화 속 '바다'의 기능도 단단히 한 몫 하고 있다. 이 영화는 바다 속 내부 풍경을 자주 포착하여, 마약이라는 어두운 세계를 다루면서도 시원하고 깨끗한 느낌을 잃지 않도록 유도하고 있다. 특히 밝은 푸른색 바다 물은 맑고 투명한 인상을 부여하여, 보는 이로 하여금 유려한 느낌을 전달 받도록 종용하고 있다.

이 영화는 오프닝 시퀀스에서 맑고 깨끗한 바다의 이미지를 형성하는 데에 초점을 맞추고 있다. 이를 위해 이른바 '팔라우'라는 남태평양의 섬을 꿈꾸는 주인공 천수(김강우 분)의 자유로운 유영을 오랫동안 보여준다.

　위의 화면은 오프닝 시퀀스에서 포착된 자유로운 유영 장면이다. 하지만 이 유영지가 어디인지는 분명하게 알려주지 않는다. 물의 색깔이나 어류의 형태로 보았을 때는 남태평양의 팔라우일 수도 있지만, 의외로 부산 인근의 깨끗한 바다 속일 수도 있다. 영화는 두 개의 공간을 일부로 변별하지 않고, 고의적으로 혼동되도록 '계산된 애매성'을 지닌 공간으로 제시하고 있다고 보는 편이 정확할 것이다. 실제로 영화가 진행되면 부산 인근 바다 속을 유영하는 천수의 모습이 간헐적으로 등장하는데, 그때 바다 속 풍경은 위의 두 쇼트와 크게 다르지 않다.

　영화는 오프닝 시퀀스를 통해 천수의 꿈을 보여준다. 꿈의 배경이 팔라우인지, 부산의 바다인지는 고의로 구별하지 못하도록 만들었지만, 투명하고 아름다운 바다 속을 자유롭게 유영하고자 하는 욕망이 천수의 욕망임을 사전에 보여주고자 했다. 그리고 그 꿈의 대표 격으로 팔라우라는 섬을 거론한다. 그러니 팔라우는 천수가 꿈꾸는 이상향이자 삶의 목표라고 할 수 있겠다.

하지만 천수의 인생은 급반전하면서, 팔라우는 순식간에 멀어져간다. 단번에 일확천금을 얻어 팔라우로 가려는 그의 성급함이 화를 부른 것이다. 그는 도박장에서 거액의 빚을 지고, 신체 장기를 팔아야 하는 처지에 놓인다. 간신히 위기에서 벗어나는가 싶었지만, 곧 그의 몸을 빌려 마약을 운반하려는 강사장 조직의 수하로 떨어진다. 천수는 수영 실력을 발휘하여 일본에서 부산으로 운항하는 배를 잡아타고 이동하다가, 부산에 도착하기 직전에 배에서 뛰어내려 목표지점까지 헤엄쳐야 돌아오는 임무를 맡는다. 이런 임무를 맡은 이들을 '마린보이'라고 부르는데, 마린보이의 생존율은 0%이다.

천수에게 닥친 위험은 비단 마약운반 과정에만 도사리고 있지 않다. 마린보이의 존재를 눈치 채고, 마린보이를 통해 증거를 확보하려는 김반장('개코')이 천수를 위협하여 협조하도록 종용한 것이다. 위에서 말한 대로 개코는 강사장의 조직을 일망타진하기 위해서 혈안이 된 채 오래 전부터 사전조사를 해 온 바 있다.

천수는 두 사람의 이중 첩자가 되어, 한 편으로는 협조하면서도 다른 한편으로는 살아날 확률이 없는 '게임'에서 살아남아야 하는 중대한 위험에 처한다. 흥미로운 것은 천수가 두 사람을 만나는 장면이다. 그 장면에는 바다가 빠지지 않고 삽입되어 있다.

왼쪽 화면(41분 52초)은 천수가 강사장을 만나고 있는 장면이다. 강사장은 사업 준비를 지시하면서, 천수에게 몸을 만들라고 요구하고 바다와 친해지라는 묘한 말을 남긴다. 이때 두 사람의 표정은 볼 수 없도록, 화면이 짜여졌다. 두 사람을 둘러싼 어둠이 표정을 가렸기 때문이다. 반면 이 화면에서 뒤편 바다는 청명하고 아름다운 빛깔로 빛나고 있다.

이 대목에서 강사장은 사업의 전모를 알려주지 않았다. 그는 자신이 일본으로 출장을 가게 되었다고 알리고, 그 동안 바다에서 적응하라는 지시를 내리고 있다. 다만 최종 목적지가 여기(부산 앞 바다)라는 암시는 남긴다. 사업에 대한 정보가 부족한 상태에서 엿듣게 되는 두 사람의 대화는, 마치 얼굴을 가린 두 사람의 모습처럼 어렴풋하다. 그러나 결과적으로 판단할 때, 강사장이 말했던 목적지가 바다라는 언급은 천수에게도 희망이 있음을 이중으로 암시한다고 할 수 있다. 현재의 상황은 암울하지만, 바다 속에는 천수의 희망이 존재하고 있다. 이러한 희망은 어두운 현재 상황 넘어, 미약하게나마 청명하게 빛나고 있다.

오른쪽 화면(51분 11초)은 천수가 개코를 만나고 있는 장면이다. 역시 주위가 어둡고 인물들의 표정이 잘 보이지 않는다. 멀리 고층빌딩의 야경이 아름답지만, 답답한 천수의 마음처럼 바다 빛깔이나 주위 풍경은 어둡기 이를 데 없다.

개코는 천수에게 강사장과 마약 사업의 숨겨진 비밀을 들려준다. 그것은 과거 강사장이 동업자들을 배신하고 마약계를 휘어잡기까지의 전모에 해당한다. 이러한 정보 가운데에는 천수가 해야 할 '마린보이'의 임무도 포함되어 있다. 상황만 놓고 보면, 천수는 이 만남을 통해 자신에게 닥친 위험과 주변 상황, 강사장과 조직의 실체, 그리고 비밀 임무에 대한 정보를 얻고 있다.

하지만 결과적으로 보면, 이 만남은 더 큰 위험이다. 왜냐하면 개코는 자신이 과거 강사장의 동업자였다는 사실을 밝히지 않기 때문이다. 이로 인해 천수는 자신이 왜 개코에게 이용당하고 있는지를 제대로 파악할 수 없게 된다. 정보들은 휘황한 불빛처럼 화려하고 명확하게 제시되지만, 정작 밤의 어두움과 악의 사악함을 제대로 볼 수 없도록 만들고 있다. 밤바다의 실체를 제대로 볼 수 없는 것과 같은 상황이라고 할 것이다.

천수의 처지는 어두운 바다를 헤치고 불빛을 향해 나아갈 수밖에 없지만, 그 불빛은 반드시 광명의 세상을 약속하지는 못한다고 할 수 있다. 이러한 천수의 처지는 다음과 같은 화면으로 상징화되기도 한다.

어두운 바다, 멀리 보이는 불빛, 그리고 외로운 항해. 이러한 요소는 마린보이가 되어야 할 천수의 처지를 상징한다. 그리고 그 안에 도사린 위험과 아픔도 암시한다고 할 수 있다. 영화 〈마린보이〉는 이러한 심정과 처지를 표현하기 위해서, 부산 앞 바다에서 외롭게 떠서 바라본 고층빌딩 숲을 배경으로 삼았다.

어둡고 불투명한 바다의 이미지는 천수의 험난한 임무에서도 그대로 적용된다. 다음은 마린보이가 해야 할 임무를 보여주는 화면이다. 어두운 바다 속에서 대기하고 있다가, 지나가는 화물선에 올라타고, 화물선이 부산 근처에 오면 바다에 뛰어들어 목표지점으로 향한다. 다음의 세 화면은 마린보이의 이동 과정을 각각 대표하는 장면인데, 어두운 바다를 배경으로 하고 있다는 공통점이 있다. 이것은 시간적으로 밤이기 때문에 불가피하게 귀착된 결과이기도 하겠지만, 미학적으로는 천수의 심리적 위기와 가중된 어려움을 드러내는 방법이기도 하다.

ㄱ) 캄캄한 바다 속을 유영하는 마린보이

ㄴ) 밤바다를 배경으로 배 위로 기어오르는 마린보이

ㄷ) 어두운 바다에서 바라본 목표지점(부산)

세 장면의 공통점은 부산 앞 바다(멀리 일본까지 연결된)를 공간적 배경으로 하고 있다는 점과, 그 바다는 불투명하고 어둡다는 점이다. 이러한 어두운 바다의 이미지는 마약, 음모, 배신, 뒷거래 등 '사회 음지'를 대변하는 삶의 방식을 대변하고 있다.

반면 천수에게 희망으로 작용하는 '유리(박시연 분)'나 '팔라우' 등은 맑고 깨끗하고 유려한 이미지로 그려지고 있다.

ㄹ) 유리와 함께 하는 외출

ㅁ) 희망을 쟁취하고 바다 속을 탈출하는 마린보이

ㅂ) 팔라우로 가는 길

위의 세 화면은 밝고 맑고 투명하고 유려한 이미지로 가득하다. ㄹ)
은 수영만 요트 선착장이다. 이곳에서 천수는 유리를 친구에게 소개
시키고, 배를 타고 뜨거운 오후 한 때를 보낸다. 그들이 웃으면서 이
야기를 나누는 장면은, 이 영화에서는 보기 드물게 웃음이 삽입된 장
면이기도 하다.

ㅁ)은 천수가 마약을 들고 바다 위로 떠오르는 장면이다. 천수는 마
린보이의 임무에는 실패했지만, 유리를 얻고 목숨을 잃지 않는 성과
를 거둔다. 또한 전임 마린보이가 남긴 마약을 통해 팔라우로 갈 수

있는 자금을 마련하게 된다. 이 자금은 천수가 말했던 '바다 밑 고래' 처럼 그들(천수와 유리)에게 자유와 평화를 가져다 줄 것이다.

ㅂ)은 그 자금을 가지고 팔라우로 향하는 두 사람의 모습이다. 멀리 보이는 팔라우의 환상적인 저택은 두 사람의 사랑과 행복을 약속하는 듯하다. 세 장면 모두 밝고 맑은 바다 빛깔과 그것을 배경으로 하는 희망의 메시지가 담겨 있다는 공통점을 지닌다.

### 3.1.3. 두 영화에 반영된 바다의 차이

〈마린보이〉는 〈사생결단〉과 달리, '부산과 마약과 사회악'의 연계를 낭만적인 시각으로 다루고 있다. 〈사생결단〉이 이상도의 죽음과 사회 에 만연한 마약의 실태를 고발하려는 포즈를 취했다면, 〈마린보이〉는 마약의 문제를 철저하게 개인적인 문제로 다루고 있고 오히려 마약을 통해 욕망을 쟁취하는 긍정적인 결말까지 유도하고 있다.

이것은 두 영화가 추구하는 스타일이 다르기 때문이다. 〈사생결단〉 은 마약 문제에 대해 고발자와 비판자의 시각으로 다가가고 있고, 〈마 린보이〉는 같은 문제에 대해 방관자와 유희자의 시각으로 다가가고 있기 때문이다. 그렇다고 해서 스타일이 다른 두 영화를 일괄적으로 비교할 수는 없다. 〈사생결단〉은 진지한 고발 의식과 리얼리즘 시각 을 고수하려고 애썼지만, 억지스러운 설정을 만들어내는 한계를 드러 냈다. 반면 〈마린보이〉에서는 진지한 작가의식을 찾기는 어려웠지만, 명징한 비유와 상징적인 화면 구성을 통해 보는 이에게 미학적 대비 효과를 전하는 데에는 어느 정도 성공했기 때문이다.

이러한 차이는 구축된 바다의 이미지에서도 비롯된다. 〈사생결단〉

에 포착된 바다는 어둡고 더럽고 음습하고 후미지고 후락한 인상을 주었다. 주인공들은 부두나 하역장 혹은 방파제의 한 구석에서 바다를 등지고 다투고 싸우고 음모를 꾸미고 때로는 협박하고 좌절하곤 했다.

그리고 이러한 결과로 얻어지는 결말은 죽은 시체가 떠 있는 바다의 이미지이다. 죽은 이상도를 바다 속에서 보여주는(ㅅ) 카메라는, 물 위로 떠올라 부유하는 시체(d)를 넘어, 멀리 펼쳐져 있는 부산 밤바다의 야경(ㅈ)으로 향한다. 마약과 살인 그리고 허망한 꿈과 실패한 욕망이 모두 부산 바다의 이미지와 접합되는 셈이다.

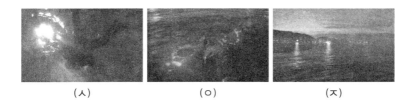

(ㅅ)　　　　　(ㅇ)　　　　　(ㅈ)

　이러한 어두운 바다의 이미지는 〈마린보이〉에서도 발견된다. 이 영화 역시 마약과 사회악의 문제를 전혀 외면한 것은 아니었기 때문에, 〈마린보이〉 역시 어둠의 세력을 가시적으로 구현할 방법을 필요로 했다. 그래서 그들(주인공의 안타고니스트)이 등장할 때 배경으로 선택되는 바다는 차고 거칠고 어둡고 불투명했다. 하지만 한 가지 다른 점이 있다. 그것은 이러한 바다 옆에 맑고 밝고 안온하고 투명한 바다가 존재하고 있었다는 점이다. 이러한 바다는 대조적인 의미와 영상미학적인 대비 효과를 야기한다.

　두 작품은 바다의 이미지로 인해 작품 전체 기조와 이미지 상의 대조를 보인다. 이것은 바다를 포착하고 표현하는 방식에서 비롯된다. 밝고 맑은 이미지를 통해 투명한 속성을 제공한 〈마린보이〉에 비해, 〈사생결단〉은 어둡고 탁한 이미지를 통해 불투명한 암담함을 강조했다고 볼 수 있다. 대부분 부산 바다의 이미지는 양자 가운데 어둡고 탁한 편에 속했다고 볼 수 있는데, 이것은 마약의 도시라는 설정에 힘입은 바 크다.

## 3.2. 자연적 위협과 삶의 위기로서의 바다 : 〈해운대〉

### 3.2.1. 공간적 배경으로서의 바다

영화 〈해운대〉(2009, 윤제균 감독)에서 '해운대'는 이 영화의 소재이자 공간적 배경이다. 따라서 영화의 도입부부터 해운대를 효과적으로 보여줄 필요가 있다고 하겠다. 본격적으로 플롯이 진행되기 이전에, 해운대 곳곳을 소개하고 그 특징을 소개할 방법이 필요했다. 그래서 위의 쇼트는 무빙 카메라(moving camera)로 구성된다. 카메라는 해운대 방파제 위에서 오열하는 딸과, 이를 달래는 남자(아버지의 친구)를 넘어, 고층 건물이 즐비한 해운대로 접근해 간다(위의 화면에서 보이는 원경으로). 그러면서 잔잔해진 바다가 화면 안으로 자연스럽게 유입된다.

무빙 카메라는 파노라마처럼 펼쳐지는 풍경을 훼손하지 않은 상태로, 광활한 공간을 보여주는 데에 적합한 촬영 방식이다.[5] 이러한 촬영 방식은 해운대의 전모를 보여주는 데에 효과적으로 사용된다. 그리고 다음 쇼트는 거친 파도와 아버지를 잃은 오열이 언제 있었냐는 듯 잠잠해진 바다이다. 이른바 해운대의 한가로운 한 여름 오후의 피서지 해운대가 펼쳐지는 것이다.

원경으로 달맞이 언덕이 자리 잡고 있고, 근경에는 잔뜩 몰려든 인파로 발 딛을 틈 없는 해운대 해수욕장의 풍경이 펼쳐져 있다. 여름 휴가철이 되면 뉴스나 화보에 흔히 소개되는 풍경이다. 잔잔하게 고

---

5) 스테판 샤프, 이용관 옮김, 『영화구조의 미학』, 영화언어, 1991, 259면 참조.

여 있는 물처럼 평온한 물결이 인상적이다.

　　이러한 화면 전환을 통해 인도양 쓰나미의 격렬한 움직임이나 아버지를 잃은 슬픔(오열)으로 이어지는 격정적인 물의 이미지를, 침착하게 가라앉히는 효과가 발생한다(평온한 시작). 산더미 같은 파도의 수직적 · 동적 이미지와, 아버지를 잃은 딸의 눈에서 떨어지는 눈물의 하강적 이미지를, 평면으로 펼쳐진 바다의 수평적 · 정적 이미지로 전환시키는 장면인 것이다.

　　영화 문법으로 볼 때, 이 장면은 마스터 쇼트(master shot)에 해당한다. 앞으로 영화의 주요 배경을 소개하는 동시에, 미래의 격전장을 한 눈에 조망하도록 유도하는 기능도 동시에 담당하고 있다. 인도양의 해역과는 크게 대조를 이룬다는 점에서 이미지 상의 대조를 보여주고 있고, 영화 전체 전개의 공간적 배경을 제시한다는 점에서는 '설정화면'(establishing shot)에 해당한다.

　　설정 화면이란 스토리나 배경을 쉽게 인지할 수 있도록 돕는 쇼트이다. 대개 넓은 각도로 공간적 배경을 포착하여 영화의 전체적인 윤곽을 제시하는 방식을 가리킨다. 단순히 공간적 배경만을 지칭하는 것이 아니라, 서사적 측면을 요약적으로 보여주는 쇼트도 있다. 스테판 샤프는 설정 화면이 대체로 "주어진 상황 전체를 객관적이고 안정된 넓은 시야로 포착하는 모화면으로 시작"한다고 말하면서, 이러한 시작법을 '모화면 촬영(Master shot discipline)'이라고 정의한 바 있다.[6] 위의 해운대 정경에는 원경으로 달맞이 고개와 미포, 중경으로 고층빌딩(호텔)과 백사장, 그리고 근경으로 운촌과 동백섬(화면의 가장 가까운 부분으로 직접 제시되지는 않았다)이 모두 포함되어 있다.

　이후 이러한 모화면은 크게 두 개의 공간으로 양분된다. 카메라가 다시 해운대로 근접해 들어가며, 두 개의 공간을 각기 담아내기 때문이다. 하나는 관광객이 점령한 '유원지로서의 해운대'이다. 다른 하나는 '유원지로서의 해운대' 모퉁이에 자리 잡고 있는 '삶의 터전으로서의 해운대'이다. 이 지역은 '미포'라고 불리는 지역으로, 해운대의 과거 모습을 담고 있다. 해운대가 도시화되고 관광지로 탈바꿈되기 이전부터 미포는 존재했으며, 그곳은 예부터 지금까지 어업과 상업 지구로 활용되고 있다.

(a) 해운대 해수욕장의 풍경

(b) 미포 지역 방파제와 횟집

　(a)는 밀려든 인파로 부산한 해운대 해수욕장의 모래사장과 그 앞

---

6) 스테판 샤프, 이용관 옮김, 『영화구조의 미학』, 영화언어, 1991, 159면 참조.

바다 풍경이다. 바다가 보이지 않을 정도로 사람들이 가득 차 있는 모습이 인상적이다. 가로수 뒤로 솟아 있는 고층건물이 즐비하게 늘어서 있다. 외형적으로 화려한 도시의 풍광을 담고 있다.

반면 (b)은 상대적으로 후락한 인상의 어촌 풍경이다. 바다를 바라보고 섰을 때 해운대 해수욕장 좌측, 그러니까 달맞이 고개로 들어서기 직전에 있는 방파제와 그 위에 세워진 허름한 '횟집' 모습이다. 이 지역은 고기잡이를 하는 어촌 주민들이 상가를 형성하고 살아가는 삶의 터전으로서의 해운대이다.

〈해운대〉는 두 개의 이질적인 공간이 공존하는 해운대의 풍경을 연이어서 보여주면서, 두 공간의 대비적 성향을 영화의 도입부에 정보 형태로 가공하여 전달하고자 했다. 두 공간을 포착하는 카메라의 성격도 이질적이다. (a)는 살짝 앙각의 형태로 촬영되어 높은 해운대의 고층 건물과 밀려든 인파를 한층 더 화려하게 보이도록 유도하고 있고, (b)는 극단적인 부감을 통해 허름한 건물과 치열한 삶의 터전을 더욱 왜소하게 보이도록 유도하고 있다.[7] 영화 전체에서 두 개의 공간은 끊임없이 교차되고 반복적으로 제시되어, 해운대를 둘러싼 부산 바다와 그 주변 풍경 그리고 그 공간을 점유하는 인간들의 삶을 이원화하는 역할을 하고 있다.

특히 (b)의 공간은 주목된다. 이 작품의 주인공 최만식(설경구 분)과 강연희(하지원 분)가 살아가는 공간이기 때문이다. 방파제 위에 세워진 횟집 안에서부터 두 사람의 이야기는 다시 시작된다. 최만

---

7) 조셉 보그스, 이용관 옮김, 『영화보기와 영화읽기』, 제 3문학사, 1991, 144~147면 참조.

식은 인도양 해역에서 보여주었던 참담한 모습과는 달리, 착하고 인
자하고 재미있는 인물로 살아가고 있다. 반면 인도양 해역에서 아버
지를 잃은 강연희는 길가에서 생선을 팔면서 주변 상인들의 눈총을
받는 천덕꾸러기이자 억척어멈형 인물로 성장해 있다.

(c) 아들과 노래를 부르는 만식          (d) 연희를 나무라고 모욕하는 만식 모

   (c)는 아들인 성현의 이빨을 뽑기 위해서 노래를 부르는 만식의 모
습이다. 만식은 과거의 어두운 기억을 전혀 찾아볼 수 없는 행복한 표
정이다. 반면 (d)에 나타난 연희의 표정은 무표정하고 경직되어 있다.
(d)에서 연희는 만식의 모친으로부터 모진 구박과 구타를 당한다. 상
가 앞에서 장사를 했다는 이유 때문이다. 만식과 연희가 연인이라는
점을 감안할 때, (c)와 (d)의 두 쇼트는 대조적인 두 사람의 입장을 보
여준다고 하겠다. 인도양 해역에서 벌어진 쓰나미 사고가 가져 온 두
사람의 달라진 운명이라고도 할 수 있다. 다시 말해서 두 주인공의 운
명은 일단 쓰나미에 의해서 현재의 상황에 도달한 것이다.
   하지만 만식과 연희가 점유한 공간이 어촌으로서의 해운대이고, 후
락한 해운대의 한 쪽 변두리라는 점에서는 동일하다. 그리고 이러한
특징과 비교되는 다른 인물축이 제시되면 이러한 공통점은 하나의 공
통 인물군이 된다. 그 다른 인물축이 김휘(박중훈 분)와 이유진(엄정

화 분)이다. 두 사람은 고등교육을 받고(외국유학까지 했다), 전문 직종에 종사하는 엘리트 계층이다. 그리고 현대적인 도시의 이미지를 배경으로 활동하는 인물이다. 그들이 영화에서 처음 점유한 것으로 제시된 공간은 '누리마루'이다.

'누리마루'는 잘 알려진 대로, 해운대를 대표하는 건축물이다. 만식과 연희가 거주하는 방파제와 어촌 조합의 반대편인 운촌 방향 동백섬 끝자락에 위치한다. 누리마루를 향하는 카메라는, 멀리 펼쳐진 광안대교도 함께 포착하고 있다. 현대식 건축 양식과 인공미가 물씬 풍기는 풍경이며, 부산의 도시적 면모를 뽐내는 구도라 할 것이다. 김휘와 이유진은 누리마루에서 열리는 '쓰나미' 관련 회의에서 만나고, 건물 로비에서 사적인 대화를 나눈다.

김휘와 이유진은 이혼한 사이이다. 두 사람 사이에는 딸이 있지만, 딸은 두 사람이 부부라는 사실도 모르고 있다(딸은 아버지가 누구인지 모른다). 김휘는 해양 현상인 쓰나미를 연구하는 일에 몰두해, 부인이 이유진과 딸에 무관심했기 때문이다.

과거에는 사랑했지만 점차 각자의 일에 전념하면서 헤어졌던 두 사람은 해운대라는 특수한 조건 하에서 재회한 것이다. 김휘는 쓰나미의 가능성과 위험성을 설명하는 세미나에 참석했고, 이유진도 해운대 문화엑스포 행사를 맡게 되면서, 한 자리에 동석하게 되었다.

이렇게 두 사람을 연결하고 있는 매개도 바다이다. 그 바다는 화면의 오른쪽에 있는 출구 너머에 존재하고 있다. 비록 화면상으로는 바다가 분명하게 제시되지는 않지만(출구 너머로 희미하게 펼쳐져 있다), '동백섬'이라는 지형적 특수성이 동반하고 있는 바다의 이미지는 분명하다고 할 것이다. 주목해야 할 것은 김휘와 이유진의 바다는 인공과 도시적 풍경 속에서 관망된 바다라는 점이다. 화려한 외관의 건물 안에서 바다 쪽을 향해 앉아 있는 두 사람의 풍경은, 만식·연희 커플과는 사뭇 다른 인물 축을 시사한다고 하겠다.

여기에 세 번째 바다의 이미지가 첨가된다. 세 번째 인물축이 배경으로 담아내는 바다가 그것이다.

(e) 해변의 김희미        (f) 김희미와 친구들        (g) 김희미를 구하는 형식

(e)는 해변의 관광객으로 찾아온 김희미(강예원 분)의 모습이다. 김희미는 친구들과 해변에서 선탠을 즐기고 있다가, 젊은 남자들의 방문을 받고 요트로 초대된다. (f)는 김희미와 그녀의 친구들(모두 셋)이, 방문한 남자들(세 명)과 함께 요트에서 술잔을 기울이며 대화를 나누는 모습입니다. 이러한 풍경은 휴양지·피서지 부산에서 연출될 수 있는 광경이다.

(g)는 김희미가 물에 빠지자 수상 안전 요원인 최형식(최만식의 동생, 이민기 분)이 뛰어들어 구해내는 광경이다. 위기에 처한 미녀를 용감한 청년이 구해내는 상투적인 설정이기는 하지만, 부산과 바다 그리고 요트라는 다소 이질적인 설정과 유머러스한 상황 설정으로 새롭게 인상을 준다. 두 사람이 만나는 장소가 바다이며, 그 계기가 바다라는 점을 주목할 필요가 있다. 이 커플 역시 바다라는 매개로 연결되어 있는 셈이다.

그 결과 두 사람은 사랑에 빠지게 된다. 만식·연희 커플, 김희·이유진 커플이 이미 애정 관계를 이루고 있었던 커플이라면, 김희미·최형식 커플은 바다에서 맺어진 연인이라고 할 수 있다. 영화는 두 사람의 관계를 오륙도를 배경으로 하는 배 위에 설정하고 있다. 부산의 명소인 오륙도는 아름다운 전망을 자랑하는 대표적인 부산의 해양 관광지이다.

　형식과 희미가 첫 데이트를 하는 장소도 부산을 대표하는 관광지다. 태종대, 해운대, 몰운대 등과 함께 빼어난 경관을 자랑하는 이기대(二妓臺)가 그곳이다. 이기대의 지명 유래 중에는 두 명의 기생의 무덤이 있기 때문이라는 설이 있다. 영화에서는 형식이 희미에게 이기대의 지명 유래를 설명하는 대목이 있다.

　형식은 희미에게 부산 앞바다와 광안대교가 바라보이는 이기대를 안내한다. 이기대는 해운대나 태종대에서 비해서는 외부인에게 잘 알려진 지역은 아니지만, 경관의 아름다움은 전혀 뒤지지 않는 장소이다. 한동안 군사보호구역이었기 때문에 일반인의 출입이 통제되어 있었고, 최근에서야 일반인과 관광객에게 개방되기 시작했다. 그래서 외부인들은 이기대의 아름다움에 대해서는 아직 잘 모르고 있다고 해도 과언이 아니다.

윤제균 감독은 부산 출신이었기 때문에, 이기대에 잘 알고 있었던 것 같다. 그래서 그는 생소한 이기대를 소개하면서 그 빼어난 아름다움을 영상으로 포착하고자 했다. 또한 이기대의 지명 유래를 형식과 희미의 대화를 통해 알리고자 했다. 두 사람이 서로에게 호감을 가지면서 티격태격하는 모습이 정겹게 펼쳐진다.

> **희미**  야~ 경치 죽이네, 여기 이름이 뭐라구요?
> **형식**  이기대요!
> **희미**  이기대? 사람 이름이예요? 이름이 특이하네.
> **형식**  사람 이름이 아니구요. 옛날 임진왜란 때 기생 두 명이 적장을 껴안고 여기서 뛰어내렸다 해서, 이기대요.
> **희미**  근데요?
> **형식**  (답답하다) 둘 이! 기생 기! 이기!
> **희미**  그게 뭐요?
> **형식**  (답답하다) 둘 이! 기생 기! 이기! 기생 두 명! 원래 말귀를 잘 못 알아들어요?
> **희미**  (여전히 이해를 못한다. 전화를 받으며 딴청을 부린다) 네?

하지만 형식과 희미의 대화가 단순히 아름다움만을 묘사하기 위해서 진행된 것은 아니다. 형식은 희미를 살리고, 희미를 두고 경쟁하는 준하(여호민 분)를 살리기 위해서 스스로 바다에 뛰어드는 행위를 선택한다. 물에 뛰어들고 대의를 위해 자신을 희생한다는 점에서, 이기대의 전설 속 기생과 형식을 닮은꼴의 삶을 살게 된다고 할 수 있다.

따라서 이기대에서 나누는 대화는 앞으로 일어날 사건을 미리 보여주는 전조이자 복선이라고 할 수 있다.

주목해야 할 점은 유원지, 관광지로서의 바다를 희미와 형식에게 부여하면서도, 부산의 로컬리티를 소개하고 작법 상의 장치로도 활용한다는 점이다. 이러한 점은 영화 〈해운대〉의 구성을 한층 견고하게 만드는 역할을 한다. 암시가 부여된 전조로서의 사건은, 대중들의 영화 감각에 부합되는 작법이 아닐 수 없다. 결과적으로 볼 때, 김희미·최형식 인물 축에서 설정된 바다는 휴양지·피서지로서의 바다라고 할 수 있겠다.

이처럼 이 영화는 처음부터 인물 군에 따라 서로 다른 바다를 달리 설정하고 있었다. 삶의 터전으로서의 바다(만식·연희), 인공 이미지와 도시 미관으로서의 바다(김휘·이유진), 그리고 휴양·피서지로서의 바다(관광객들)가 그것이다. 이것은 부산의 해운대 바다가 '어촌적 속성'·'도시적 속성'·'관광지로서의 속성'을 모두 가지고 있기 때문에 가능한 설정이라고 할 수 있겠다.

### 3.2.2. 위험의 근원으로서의 바다

#### 3.2.2.1. 물리적 위험과 바다

영화 〈해운대〉에서 위기(요인)는 크게 두 가지로 나누어 고찰할 수 있다. 하나는 대마도 근해에서 일어나는 해저 지진과 이어지는 쓰나미이고, 다른 하나는 해운대 개발을 둘러싼 조합원과 억조의 대립이

다. 하나는 자연적 · 물리적 재해에 해당하고, 다른 하나는 인위적 ·
정서적 갈등에 해당한다.

먼저 해운대를 엄습하는 쓰나미의 위협을 보여주는 일련의 쇼트들
을 정리해 보도록 하겠다. 처음에는 대마도 근해에서 미약한 지진으
로 시작해서 점점 한반도 쪽으로 가까워지면서 발생하는 해저 지진의
동태를 보여주는 쇼트가 제시되었다(h). 이후 영화 〈해운대〉에는 해
저 지진과 쓰나미의 위험을 다양한 방식으로 보여주고 있다. 그 일련
의 쇼트를 차례로 정리해 보도록 하겠다.

(h) 21분 4초 : 대마도 근해

(i) 40분 41초 : 라돈 가스 방출

(j) 52분 22초 : 게들의 이동

(k) 1시간 14분 : 새떼들의 이동

(l)1시간 24분 : 일차 쓰나미

(m) 1시간 47분 : 이차 쓰나미

   영화 시작하고 21분 쯤 소요된 지점에서, 일본과 한국 사이의 바다와 해저 지진을 연구하던 김휘는 연구원으로부터 진앙이 한반도 쪽으로 이동해오고 있다는 보고를 받는다. 이것은 물리적 · 자연적 재해의 출발 장면이다. 이 장면에서부터 대마도 근처 해역의 해저 지진의 모습(h)은 반복적으로 〈해운대〉에서 다루어진다.

   (i)는 김휘가 해운대 인근 바다의 이상 변화를 점검하기 위해 조사 나온 모습을 포착한 장면이다. 오륙도 등대가 있는 섬에서 촬영하였는데, 해운대 인근 해역에서 '라돈 가스'가 방출되고 있다는 보고를 접하는 대목이다. 라돈가스는 지진이 일어나기 전에 방출되는 가스로 알려져 있다. 따라서 바다에서 라돈가스가 계속 방출된다는 소식은 해저 지진이 임박했을 가능성이 높다는 뜻으로 해석될 수 있다.

   비록 이 장면 이후, 김휘는 해운대 해역을 조사하는 활동을 미루고 홀로 미아보호소에 맡겨진 딸(지민)을 찾으러 가게 되지만, 쓰나미의 위험성이 높아지고 있음을 정보 형태로 관객들에게 전달하는 설정에 해당한다(이것은 물리적 재해의 위험을 즉각적으로 인지할 수 없도록 만들어, 영화상의 위기를 지연시키는 역할을 한다). 여기서 김휘의 주변을 감싸고 있는 파도는 평화롭게 보이지만, 실제로는 그 안에 강력한 힘을 숨기고 있음을 암시한다고 하겠다.

   (j)는 가중되는 위기를 동물들의 이동을 통해 암시한 장면이다. 연희가 고민에 빠져 있던 방파제 아래로 게들이 대거 이동하고 있다. (j)에 인접해 있는 쇼트도 (h)와 거의 비슷한 형태의 대마도 해저 이상 징후이다(h'). 다시 말해서 대마도 해저에서 일어나는 이상 현상을 게들의 이동과 관련지어 생각하도록 유도하고 있는 셈이다. 바다의 이상 징후를 감지한 바다 생물을 통해, 쓰나미의 위협이 가중되는 상황

을 표현하고자 마련된 설정이라고 할 수 있다.

(k)는 쓰나미가 해운대를 덮치기 직전의 위험을 보여주는 상징적인 쇼트이다. 대마도 해저에서는 이미 해저 화산이 폭발하기 시작했고, 김휘는 이 사실을 감지하고 있다. 하지만 부산의 시민들은 곧 쓰나미가 밀려온다는 사실을 정확하게 인지하지 못하고 있다. 다만 그 안에서 살아가는 사람들에게 닥쳐오는 '삶의 위기'가 다양하게 묘사되고 있다((k)와 관련된 장면이라는 점에서 (k-숫자)의 형태로 정리해 보겠다).

만식은 연희에게 청혼을 하지만, 연희는 아버지의 죽음이 만식과 관련 있다는 사실을 알게 된 후 해운대를 떠나기로 결심한다(k-2). 만식은 연희가 과거 원양어선 안에서 일어난 사건의 전모를 알게 되었다는 사실을 듣고, 실의에 빠져 연희를 기다리지만 연희는 좀처럼 돌아오지 않는다(k-1).

만식의 동생 형식은 희미와 헤어진다. 희미가 다른 사람과 약혼한 사이라고 오해했기 때문이며, 희미의 신분이 형식 자신과는 어울리지 않는다고 생각했기 때문이다. 두 사람은 서로에게 호감을 가지고 있으면서도, 오해와 자격지심 때문에 헤어지게 된다(k-3, k-4).

이밖에도 많은 이들이 삶의 문제로 고민하고 있다. 해운대가 많은 이들의 생활 터전이기 때문에 개발 사업을 중단해야 한다는 연희의 충고를 듣고, 억조는 깊은 시름에 빠져든다(k-5). 김휘는 쓰나미 경보를 발령해야 한다고 주장하지만 주변 사람들은 아무도 이 말을 믿지 않는다. 전처는 오히려 자신의 일을 망치기 위해서 김휘가 거짓 정보를 흘리고 있다고 원망하기까지 한다.

오동춘은 하는 일 없이 놀고먹는 한량 신세를 일거에 그만두고자 하지만, 이를 위해서는 다른 이들이 경원시 하는 억조의 편을 들어야 한다. 더구나 억조는 만식이 연희에게 청혼했다는 소식을 듣고 발끈 하여 과거 원양어선에서 일어난 일을 연희에게 실토하고 만다. 오동 춘의 모친은 아들이 번듯한 직장을 가졌으면 하는 바람에, 면접에 신 고 갈 아들의 구두를 사기 위해서 야유회도 포기하고 신발을 사기 위 해서 해운대에 남는다(k-6).

(k-1) 방파제에서 연희를 기다리는 만식

(k-2) 배 안에서 울음을 참는 연희

(k-3) 요트경기장에서 형식에게 전화를 거는 희미

(k-4) 희미의 전화를 무시하고 출동하 는 형식

(k-5) 해운대를 바라보며 시름에 잠긴 억조

(k-6) 광안대교 위의 오동춘

(k-7) 황급히 회의석장을 떠나는 각국
대표들

(l') 밀려오는 파도

　흥미로운 것은 이들 모두가 바다와 직간접적으로 관련 있는 영상들을 배경으로 하고 있다는 점이다. 방파제와 등대, 배, 요트 선착장, 수상안전요원, 고층빌딩에서 보이는 바다, 동백섬과 누리마루 등은 부산 바다와 밀접한 연관성을 지닌 시설이자 장소라는 점이다. 또한 부산이라는 지역의 지리와 로컬리티를 이해하면 더욱 의미 깊은 공간으로 기능하는 것들이다. 따라서 이러한 오브제나 공간이 카메라에 포착될 때, 인간 군상들이 처한 삶의 위기들은 바다의 이미지와 자연스럽게 맞물릴 수밖에 없다.

　이처럼 〈해운대〉의 상영 시간 1시간 무렵은, 위험에 처한 인간들의 모습과 엄습하는 물(바다)의 이미지로 가득 차 있다. 마치 모자이크를 하듯 해운대 주변의 상황과 그 안에 위치한 인간들의 모습을 배치한다. 그리고 상영시간 1시간 15분 무렵에서야, 멀리서 밀려오는 쓰나미의 정체를 비로소 화면에 공개한다. 그 쓰나미의 위용을 아직 해운대에 있는 사람들은 제대로 목격할 수 없다. 하지만 광안대교에, 혹은 배에 위치한 사람들은 그 파도를 감지할 수 있다. 따라서 '밀려오는 파도'(l')는 멀리서부터 그리고 작품 초반부터 미세하게 시작된 자연 재해의 위기가, 처음으로 가시화 된 영상이자 그 실체를 드러낸 첫 번째 순간인 셈이다.

　(l)은 해운대에 밀어닥친 첫 번째 쓰나미를 연희와 만식이 목격하고 도망가는 장면이다. 방파제 뒤편으로 집채만 한 파도가 밀려오고 있다. 그 파도는 곧 해운대를 덮칠 기세인데, 그 기세대로 하면 웬만한 것들은 살아남기 힘들 것으로 보인다.

　흥미로운 것은 아버지의 죽음을 기화로 갈등을 벌이던 연희와 만식이 이 쓰나미로 인해 서로에 대한 정을 회복한 것이다. 죽음이 닥쳐오는 순간, 그들은 피해자와 가해자라는 사실을 잊고 서로를 살리기 위해 필사적으로 도망친다(화면 속에서 그들은 서로의 손을 잡고 필사적으로 뛰고 있다). 하나의 위기가 다른 위기를 해소하는 역할을 하고 있는 셈이다. 다시 말해서 자연 재해로 인해 닥쳐오는 위기가, 내면의 위기(갈등)를 해소하는 것이다. 이러한 위기의 도래와 해소는 김휘·이유진 부부에서도 나타나고, 형식·희미 커플에서도 나타난다.

　그들은 쓰나미가 밀려오는 것처럼 '삶의 위기'를 겪게 되었지만, 막상 쓰나미가 해운대를 덮치는 순간 쓰나미는 삶의 위기를 일소하는 힘으로 작용한다. 외부적 위기가 내면의 위기를 휘발시키는 셈이다. 만식과 연희는 서로를 살리기 위해서 필사적이고, 김휘와 이유진은 자신들의 목숨을 희생해서라도 딸을 살리려고 한다. 형식 또한 희미와의 다툼을 잊어버리고 자신의 목숨을 다해 희미를 구하고, 다른 이를 구하기 위해서 자진해서 바다로 뛰어든다.

　(m)은 모든 위기가 해소되었다고 생각되는 순간, 더 큰 위기가 밀려오는 모습을 그리고 있다. 이른바 2차 쓰나미는 더욱 가공할 파괴력을 가지고 있어서, 건물과 건물 사이의 시설물이나 도로 혹은 인간에게만 피해를 입힌 1차 쓰나미와는 그 크기부터 달랐다. 1차 쓰나미가 집채만 했다면, 2차 쓰나미는 산더미만 위용을 보이고 있다. 2차

쓰나미는 피할 곳도, 피할 힘도 없는 이들에게 오히려 평온한 안식을 줄 정도로 압도적인 힘을 동반했다고 보아야 한다. 관객의 입장에서 보았을 때, 2차 쓰나미는 1차 쓰나미의 긴장과 전율이 사라질 즈음에 등장해서, 다시 한 번 긴장감을 북돋우고 못 다한 여운을 살리는 역할을 한다.

### 3.2.2.2. 물리적 위험의 계산된 배치

영화 〈해운대〉는 대중의 욕구를 정확히 이해하고 있는 작품이다. 왜냐하면 일정한 간격으로 쓰나미의 위험을 상기시키고, 위기감을 가중시키는 방법을 구사하기 때문이다. 이것은 할리우드 영화의 전형적인 문법을 교과서처럼 따른 결과이다. 이것은 위에서 정리한 시간대를 순서대로 정리하면 알 수 있다. 아래의 표를 보면, 위기(위험)가 일정한 간격을 유지하며 반복적으로 나타나고 있으며, 뒤로 갈수록 위기의 강도가 커지고 있음을 알 수 있다.

|  | 시간 | 위기의 내용 | 바다의 이미지 | 간격 |
|---|---|---|---|---|
| (h) | 21분 4초 | 대마도 근해에서 발생한 초기 지진 | 해저 풍경 | 시작부터 21분 |
| (i) | 40분 41초 | 해양연구소에서 감지한 라돈 가스 방출 | 섬과 파도 | (h)부터 약 20분 |
| (j) | 52분 22초 | 이상 징후를 감지한 바다 게들의 이동 | 방파제 주변 풍경 | (i)부터 약 12분 |
| (k) | 1시간 14분 | 새떼들의 황급한 이주 | 바다를 건너는 갈매기 | (j)부터 약 22분 |

| (l) | 1시간 24분 | 일차 쓰나미의 엄습 | 방파제와 바다 | (k)부터 약 10분 |
| (m) | 1시간 47분 | 이차 쓰나미의 가공할 엄습 | 빌딩 위로 덮치는 파도 | (l)부터 약 23분 |
| 종합 | 총 시간 147분 | 6번에 걸친 위기 제공 | 바다 이미지 활용 | 평균 18분 (108분 / 6번) |

약 10분에서 20분 사이의 간격을 두고 위기(감)는 끊임없이 밀어 닥치고 있다. 마치 바다에서 파도가 밀려오듯, 작품은 엄습하는 위기를 화면으로 내보내고 있다. 이때 주목해야 할 부분이 위기의 내용을 뒷받침하는 바다의 이미지이다. 주요 위기들은 바다를 배경으로 하거나 소재로 하여 창조되었다. 대마도 해저 지진은 바다를 상기시키고, 라돈 가스 보고를 받는 장소도 섬에 위치한 연구소이다.

바다 게나 바다 새를 통해 동물들의 이상 징후를 설명하는 설정도, 바다라는 공간을 배경으로 염두에 두지 않고는 창조될 수 없는 설정이다. 특히 '새'가 날아와 자동차 유리창에 박히거나 무리지어 단체로 이동하는 모습은, 히치콕의 영화 〈새〉의 그것과 상당히 유사하지만, 영화 〈해운대〉에서는 '해운대'라는 지역적 특성으로 인해 상당히 이질적으로 보이도록 만들었다.

이렇게 위기(전조)를 일정한 간격으로 늘어놓은 뒤, 1시간 24분 경 '1차 쓰나미'를 선보인다. 이것은 전체 영화의 3/4 지점(1시간 24분)이다. 전체 영화의 1/4 지점(21분)에서 위기의 단초가 나타나기 시작해서 약 1시간가량을 위기의 전조를 암시하고 위기의 가능성을 증폭하는 데에 사용한 셈이다.

1차 쓰나미가 나타난 이후 25분가량은 이 영화의 정점이라고 할 수 있다. 재난영화라는 장르영화의 특성답게, 이 25분가량(3/4~4/4 지점)의 시간동안 영화는 각종 피해 상황을 파노라마식으로 늘어놓는다. 그리고 모든 것이 종결된 것처럼 보이는 시점(1시간 47분)에서 다시 한 번 긴장감을 불러일으키기 위해서, 2차 쓰나미를 도입하고 있다.

### 3.2.2.3. 삶의 위기와 바다

다음은 자연으로부터의 위협과 대비되는 위기로 설정된 인간들 간의 대립 양상이다. 개발과 이권을 둘러싼 해운대 어민들과 개발업자 간의 대립과 갈등을 정리해 보겠다.

(n) 21분 12초 : 고층 빌딩의 숲 사이에 갇힌 바다

(o) 41분 42초 : 고층 빌딩 위에서 내려다 본 해운대

(p) 1시간 44초 : 미포에서 이야기를 나누는 연희와 억조

(q) 1시간 13분 : 해운대를 보며 시름에 잠긴 억조((h) 동일)

(r) 1시간 38분 : 떠내려가는 만식을 구  (s) 1시간 51분 : 죽기 전 재개발을 취
　해내는 억조　　　　　　　　　　　　　소한 억조의 후일담

(n)은 (h)과 연속되어 나타나고 있다. (h)가 '먼 바다로부터의 위협'이라면, (n)은 '가까운 바다에서 생성되는 위기'라고 할 수 있다. 특히 (n)는 고층건물에 막혀 호수처럼 가두어진 바다를 보여주고 있다. 호수처럼 잔잔한 바다이지만, 이 바다를 둘러싼 인간들의 위기가 도사리고 있음을 보여준다고 하겠다. 이 지역은 해운대에서도 최고층 건물과 최고가 아파트 가격을 형성하는 지역이다. 억조가 개발하려고 하는 '골든 비치'의 모델이 되는 지역이라고 할 수 있다.

이러한 지역을 상징적 배경으로 하여 억조와 정치가가 만나고 있다. 그들은 해운대에 있는 생업 지역을, 이와 같은 고층건물 지구로 변화시키려 협의 중이다. 이것은 해운대 어민들의 생계와 권리를 침해하는 행위로, 미포 주민들에게 닥친 인위적 · 환경적 위협이자 삶과 생존의 위기에 해당한다고 할 수 있다. 바꿔 말하면 자연의.자연에 의한 재해에 상응하는 인간의 · 인간에 의한 재해이고, 영화상에서 첫 번째 비중을 차지하는 쓰나미의 위기를 뒤따르는 두 번째 비중의 위기라 할 수 있다. 〈해운대〉는 자연적 재해를 '외적 위기'로 삼고, 인간들 사이의 갈등을 '내적 위기'로 삼아, 두 개의 위기가 동시에 진행되도록 구성된다.

(o)는 개발논리를 앞세운 억조와 상가번영회(어민조합)의 대표 만식이 만나, 해운대 개발을 둘러싸고 갈등을 벌이는 장면이다. 억조는 개인적으로는 만식의 작은 아버지이지만, 인도양 해역에서 원양어선이 침몰한 이후 두 사람은 견원지간으로 지내고 있다.

만식은 상가번영회 사람들이 과거의 유가족이라면서, 태풍에도 불구하고 억지로 출항을 결정했던 억조의 잘못을 추궁한다. (o)는 현재 상가번영회 측과 억조 측은 대립하고 있는 상황을 알려주는 기능을 하면서, 그 대립이 현재의 상권을 둘러싼 이권의 문제이기도 하지만 근원적으로는 과거 인도양 해역에서 일어난 침몰 사건 때문임을 넌지시 암시하는 역할도 한다.

(o)의 화면 구도를 보면, 해운대의 전경이 멀리 내려다보이는 사무실이다. 두 사람이 앉아 있는 장소로 해운대를 조망할 수 있는 고층 건물 위가 선택된다. 그래서 아파트와 고층 건물로 대표되는 도시적 경관이 보는 이의 눈에 빽빽하게 들어차게 된다. 여기서 해운대 어민들의 삶의 터전은 발견하기 힘들다. 현실에서 벌어지고 있는 개발논리의 절대 우위를 보여준다고 하겠다. 또한 해운대라고는 하지만 정작 바다가 아닌 건물로 가득한 광경을 통해, 바다(개발)를 둘러싼 위기가 실제로는 인간이 자초한 위기일 수 있음을 암시하는 기능도 하고 있다. 실제로도 해운대는 과거의 여유로웠던 풍경과는 달리, 개발의 논리 앞에 인구 과밀 지역으로 변하여 각종 문제가 발생하고 있다.

또한 화면 편집상의 위치로 보면, (o)은 (i)에 인접해 있다. 라돈가스의 방출량이 늘어나고 있다는 정보가 전해진 뒤, 연달아 (o)가 제시된다(물론 김휘가 미아보호소에서 딸을 찾는 모티프가 그 사이에 끼어있다). (i)와 (o)의 연결은 (h)과 (n)의 연결 방식과 동일하다. 즉 외적 위기가 내적 위기를 동반하여 닥쳐오고 있음을 서서히 알려주는 전조라고 할 수 있다.

(p)는 연희와 억조의 대화 장면이다. 억조는 친구의 딸인 연희를 돌봐주고, 연희가 혼자 살 수 있도록 물심양면으로 후원하는 인물이다. 억조는 해운대에 '골든 비치'를 세울 것이라고 말하며, 그때 연희를 위해 상가를 분양해 주겠다고 약속한다.

연희의 입장에서만 보면 이러한 제의는 위기가 아니라 기회가 될 수 있다. 문제는 연희가 만식과 결혼하려고 하고 있고, 만식과 억조가 대립 관계에 있다는 점이다. 만식이 어민들과 상가 번영회 주민들을 대표해서 억조의 정책을 반대하고 있기 때문에, 연희에게 다가온 기회는 곧 미포 지역 주민들의 의사에 반하는 이기적 선택이기도 하다. 연희에게 주어진 화려한 유혹은, 멀리 보이는 화려한 해운대의 불빛처럼 매혹적이지만 잡을 수 없는 것이다.

(q)는 (h)과 동일한 화면이다. 연희는 억조를 찾아가 억조가 자신에게 주겠다는 상가를 거절하고, 도리어 많은 이웃들이 원하는 대로 재개발 사업을 중단해달라고 부탁한다. 억조는 연희의 진심어린 충고를 듣고 깊은 시름에 잠긴다.

시름에 잠긴 억조의 모습(그리고 창 뒤로 펼쳐진 해운대 풍경)은 삶의 위기가 도래한 풍경으로도 볼 수 있고, 개발업자와 어민들 간의 심리적 대립의 측면에서 살펴 볼 수도 있다. 다시 말해서 이 쇼트는 두 집단으로 나누어 다투고 있는 지금까지의 설정을 상기하게 만든다. 허름한 미포 대 화려한 빌딩 숲, 과거 대 현재, 높음 대 낮음, 생존 터전으로서의 해운대 대 세련된 도시로서의 해운대, 만식 대 억조라는 이항 대립의 연장선상에서 살펴볼 수 있다.

반면 (r)은 억조와 만식의 화해를 다루고 있다. 억조의 고민도, 만식의 적대감도 밀려든 물의 힘 앞에서는 속수무책이다. 다른 것을 살필 겨를도 없었고, 체면과 기억을 따질 틈도 없었다. 그들은 살아남기 위해서 '물바다'를 탈출해야 했고, 때로는 적과 동지를 가리지 않고 협력해야 했다.

연희를 구하려다 물에 빠져 떠내려가던 만식을 잡아 준 이가 억조였다. 억조는 몰인정한 조카를 외면하지 않았고, 만식 역시 평소에는 혐오하는 삼촌이었지만 그가 내민 구원의 손길을 맞잡았다. 두 사람은 서로를 맞잡으면서 서로에 대한 적대감과 대립감을 청산해갔다. 이 영화에서는 '손을 맞잡는' 설정이 종종 나오는데, 이것은 영화 전체에서 협력과 화해 그리고 위기 극복의 논리를 대변하고 있다.

(s)는 2차 쓰나미가 물러간 후, 복구 작업을 하고 있던 상가 번영회 주민들이 억조에 대해 나누는 대화 장면이다. 그들은 억조가 죽기 전에 구청에 가서 재개발을 취소했음을 알고 미안한 마음을 착잡한 마음을 금하지 못하고 있다. 그들은 내심 억조의 너그러운 결단에 감탄하고 있는 것이다.

이 장면을 끝으로 상가 번영회 주민들과 개발업자 억조의 대립은 마무리된다. 두 그룹 간의 대립은 오래된 연원을 지니고 있는 것이지만, 쓰나미라는 무차별적인 위기 앞에서 어느덧 화해에 이르게 된다. 복구의 현장은 무너진 건물과 파괴된 도로의 복구 현장이기도 하지만, 단절되고 멀어진 인간관계의 복구 현장이기도 하다. 따라서 쓰나미는 물리적인 파괴의 주범이기는 했지만, 오래된 은원을 해결하는 기회 제공자이기도 했다. 이것이 이 영화 속의 바다가 주는 모순된 의미이자 아이러니한 이미지이다.

### 3.2.2.4. 4등분 영화 구조

〈해운대〉의 구조를 '자연적 위기'로 세분해 보면 크게 4등분 할 수 있다. 영화 시작 처음부터 20분경까지는 인도양에서 일어난 원양어선의 침몰과 관련 인물 소개(8년 후의 모습)에 해당한다. 이 시기는 일종의 오프닝 시퀀스로, 해운대에 닥쳐올 쓰나미의 위험을 미리 보여주기 위해 설정된 대목이라고 할 수 있다(시작~1/4 지점).

21분경부터 1시간 경까지는 점증되는 위기에 해당한다. 미약하게나마 쓰나미의 생성 가능성이 제기되고, 점차 그 가능성이 커지는 증거들을 화면으로 제시하고 있다. 이와 동시에 상가 번영회 회원(어민과 상업 종사자)과 억조의 대립 역시 가시화되기 시작한다. 자연적.물리적 위기와 인위적.삶의 위기가 동시에 진행된다(1/4~2/4 지점).

1시간 경부터 1시간 24분경까지는 희생자들의 면면이 더욱 자세하게 소개되고, 그들이 겪는 갈등이 심화된다. 누적된 갈등과 대립이 최고조에 달하는 지점이다. 이에 따라 억조의 내면 갈등은 최고조에 달한다. 비록 억조와 만식의 가시적인 충돌은 일어나지 않지만, 억조는 연희의 이야기를 듣는 순간부터 만식 등과의 대립에 대해 깊이 고려하기 시작했다(2/4~3/4 지점).

1시간 24분경부터 마지막까지는 쓰나미의 엄습(2회)과 희생 과정 그리고 화해의 결말을 그리고 있다. 특히 만식과 연희의 화해, 만식과 억조의 화해, 김휘와 이유진의 화해, 형식과 희미의 화해 등이 나타나고 있다. 이 가운데에는 개발업자 억조 측과 어민들의 화해도 담겨 있다. 따라서 쓰나미의 엄습은 자연적 재앙이었지만, 인간관계의 갈등이나 삶의 위기를 타개하는 계기가 될 수 있었다. 그래서 이 작품은

슬픈 이별과 죽음 등을 보여주면서도, 결말에서 화해와 해피엔딩을
겨냥할 수 있었다(3/4~4/4 지점)

### 3.2.3. 파괴된 환경으로서의 바다

첫 번째 쓰나미가 해운대를 엄습한 이후, 영화의 미장센은 파괴된
해운대의 모습을 보여주는 데에 맞추어져 있다. 다음은 첫 번째 쓰나
미가 남긴 피해이다.

1차 쓰나미는 건물을 웃도는 파도 높이와 배를 밀어내는 힘으로 부
산 해운대를 공포의 도가니로 만들었다. 유조선은 파도의 힘을 못 이
겨 좌초되어 광안대교에 걸렸고, 조그마한 보트쯤은 단번에 뒤집어졌
다. 차와 사람이 한 데 엉켜서 아수라장이 되기도 했다. 쓰나미의 힘
은 영화 곳곳에 침입한 물의 힘으로 가시화되었다.

다음은 2차 쓰나미가 지나고 난 이후, 제시된 해운대의 모습이다.

현재 해운대에 세워져 있는 건물들이 부서진 모습으로 포착된다.
오른쪽 화면은 해운대가 물에 잠긴 처참한 모습을 그려내고 있다. 이
러한 화면 구상은 현재의 해운대를 모델로 하고 있다. 할리우드 영화
에서 뉴욕이 자연 상태에서 세트장으로 기능하듯이, 부산의 해운대
도 일종의 영화 세트장으로 기능한 셈이다. 물론 쓰나미의 엄습으로
대거 파괴된 형태를 가상으로 재구성한 결과이다. 하지만 영화 〈해운
대〉는 현재의 해운대가 없었으면 존재할 수 없었던 영화라고 할 것이
다.

부산을 흔히 영화의 도시라고 부른다. 부산에서 촬영을 한 감독은
부산만큼 영화 촬영에 편리하고 협조적인 도시가 없다고 말하고 있
다. 그만큼 부산은 영화 촬영에 대한 이해심이 넓고 협조 의사가 풍부
한 도시이다.

하지만 부산이 영화 촬영에 각종 편의를 제공한다고 해서, 작품 속
의 공간을 부산으로 직접 사용하는 경우는 흔하지 않다. 왜냐하면 부
산이라는 지역성(로컬리티)이 영화 내부에 그대로 반영되었을 경우,
적지 않은 문제점이 생겨날 수 있기 때문이다. 그래서 많은 감독, 많
은 영화인들이 부산을 촬영의 도시로 이용하는 것과, 부산이라는 지

역성을 영화에 반영하는 것을 구별하고 있다.

그런 풍조에 비추어 볼 때, 영화 〈해운대〉는 '해운대'라는 부산의 지역성을 고스란히 담아낸 영화이다. 해운대 일대의 로컬리티와 지리적 특성을 무시하고는 제대로 만들어질 수도 없었고, 제대로 이해될 수도 없는 영화이다. 이 영화를 이해하기 위해서는, 해운대 지역이 서로 다른 지역 공간으로 분할되어 있음을 먼저 이해해야 한다. 그것은 단순히 공간의 분리로 끝나지 않는다. 어민들이 살아가는 '삶의 터전으로서의 해운대'를 이해하기 위해서는 어민들의 생활양식과 의식 구조를 이해할 필요가 있다.

또한 '휴양·관광지로서의 해운대'를 이해할 필요가 있다. 매년 여름이 되면 전국의 휴가 인파가 부산의 해운대로 몰려든다. 일본을 비롯한 국외 관광객의 수요도 엄청나다. 이른바 부산은 관광도시로 유명한데, 그중에서도 해운대는 고급스러운 숙박시설과 주변 편의 시설 그리고 해수욕장을 갖춘 세계적인 휴양지이다. 이러한 해운대의 특성을 이해하고, 이러한 특성을 기반으로 살아가는 라이프스타일에 대해서 이해할 필요가 있다.

마지막으로 해운대는 부산이라는 국내 제 2의 도시이자 세계적인 규모를 자랑하는 대도시의 심장이다. 부산의 최첨단 건물과 시설 그리고 주변 인프라는 해운대를 비롯한 센텀시티, 신시가지 등에 집중되어 있다. 부산의 정치·경제·문화·대회 협력·관광 사업의 중심지이고, 부산을 움직이는 동력인 셈이다. 이러한 부산을 이해하기 위해서는 해운대가 가진 위상을 살펴 볼 필요가 있다.

영화 〈해운대〉는 이러한 공간적 변별성과 이에 따른 지역적 특수성을 영화 내부에 다른 인물 군으로 분리해 배치하였다. 어민으로서

의 만식과 연희, 전문직 종사자로서의 도시인 김휘와 이유진, 관광객
으로서의 김희미와 이를 구하는 구조대원 형식 등이 그들이다. 여기
에 개발업자 억조도 포함시킬 수 있겠다. 이러한 다양한 인물군을 영
화 내에 설정하고 그들의 고민을 반영했기 때문에, 다양한 삶의 풍경
을 담아낼 수 있었다. 그래서 해운대를 둘러싼 각종 이권과 삶의 방식
이 혼종 된 인물군을 만들어낼 수도 있었다. 이것이 해운대의 특성이
고, 곧 부산의 특성이며, 인간 사회의 한 단면이 된 것이다.

## 4. 2000년대 영화에 반영된 부산 바다 이미지의 성패 와 그 원인

2000년대 중반에 들어서면서, 부산 바다는 이전 영화와는 다른 방
식으로 한국 영화의 소재나 배경으로 차용되기 시작했다. 본고에서
살펴 본 대로, 부산의 바다가 영화와 연관을 맺는 것은 크게 두 가지
유형이다(단순 촬영지로서의 부산 바다를 제외하면).

첫 번째 바다 유형은 마약과 범죄로 요약되는 어두운 도시의 상징
으로서의 바다이다. 이러한 영화에서 부산의 바다는 암흑의 이미지를
닮아 있다. 〈사생결단〉과 〈마린보이〉는 이러한 유형의 바다를 포착하
고 있다. 이 영화들은 공통적으로 마약을 둘러싼 암흑계와 형사들의
다툼을 그리고 있고, 그 과정에서 부산의 바다는 밀수 통로나 범죄의
온상으로 포착되었다.

두 영화는 비슷한 줄거리, 동일한 소재, 유사한 인물 설정으로 인해
흡사한 외형적 틀을 견지하고 있다. 그러나 한편으로는 상당히 상반

된 스타일을 고수하고 있기도 하다. 가장 큰 변별점은 〈사생결단〉이
마약 문제에 대해 고발자와 비판자의 시각으로 다가가고 있는 반면,
〈마린보이〉가 같은 문제에 대해 방관자와 유희자의 시각으로 접근하
고 있다는 점이다. 그 결과 〈사생결단〉은 진지한 고발 의식과 리얼리
즘 시각을 고수하려고 애썼지만, 억지스러운 설정을 만들어내는 한계
를 드러냈다. 반면 〈마린보이〉에서는 진지한 작가의식을 찾기는 어려
웠지만, 명징한 비유와 상징적인 화면 구성을 통해 보는 이에게 미학
적 대비 효과를 전하는 데에는 어느 정도 성공하고 있다. 이러한 차이
를 야기하는 원인은 부산의 바다를 조형하고 화면으로 포착하는 방
식에서 찾을 수 있다. 〈사생결단〉에 포착된 바다는 내해처럼 '갇힌 바
다'였다. 그곳은 좁은 물길이거나 하역장이 위치한 곳에 고여 있는 형
태였다. 주변에는 항만 시설이나 방파제가 널려 있고, 지저분하고 음
습한 시설이 둘러싸고 있다. 이러한 음지를 배경으로 바다가 위치해
있고, 바다 곁에는 범죄를 꿈꾸는 이들이 활동하고 있다. 반면 〈마린
보이〉는 '넓게 트인 바다'를 오프닝부터 설정하고 있다. 그곳은 자유
롭게 유영할 수 있는 공간이고, 희망이 살아 있는 공간이다. 주인공이
마약 밀수와 범죄 조직의 협박으로부터 자유롭지 못하다는 공통점은
있지만, 이러한 바다의 특성을 활용하여 자신의 일신을 지킬 수 있다
는 점에서 차이를 보인다. 여기서 관찰되는 또 하나의 특성은 바다의
빛깔이다. 〈마린보이〉에는 어둡고 탁한 바다도 등장하지만, 밝고 맑
고 투명한 바다도 등장한다. 한없이 투명에 가까운 블루 톤의 바다는
부산 바다의 이미지를 희망의 이미지로 전이시키고 있다. 이러한 차
이는 단순 배경의 차이가 아니라, 작품의 전체적인 정조와 주제의식
과도 관련된다는 점에서, 〈마린보이〉는 한층 다채로운 영화가 될 수

있었다. 두 번째 바다 유형은 해운대 일대와 부산 바다의 문화적·지리적 맥락을 차용하여 제작된 〈해운대〉의 바다이다. 일단 영화 〈해운대〉에는 중요한 등장인물이 세 그룹으로 나뉜다. 그리고 이 세 그룹의 인물 쌍에 따라 서로 다른 '바다'가 제시된다. 만식·연희 커플은 '어촌으로서의 바다'를 배경으로 살아가는 이들이다. 해운대의 서쪽 편 (바다를 바라보고 섰을 때)에 자리 잡은 '미포'와 그 주변 횟집이 그들의 주 활동무대이다. 관광지로서의 해운대 옆에 이러한 지역이 있을까 싶게 이 지역은 어촌으로서의 특성을 지니고 있는 지역이다. 따라서 이들을 포착할 때에는, 삶의 애환이 물씬 풍기는 바다와 그 주변 풍경이 자연스럽게 화면에 담기게 된다. 김휘·이유진 커플은 해운대의 동쪽 편 운촌 지역을 배경으로 활동한다. 그들이 활동하는 누리마루는 부산을 대표하는 건축물로 인공미와 도시적 세련미가 물씬 풍기는 공간이다. 그들은 교육 수준이 높고 전문적인 직업에 종사하는 이들이다. 도시인의 특성을 드러내는 두 인물은 이 공간에서 만나고 활동한다. 세 번째 커플은 관광지로서의 바다를 배경으로 탄생하는 연인들이다. 희미와 형식이 그들이다. 이들은 오륙도 근처 바다 위, 이기대 등을 배경으로 만나고, 서로에게 호감을 품다가, 결국 사랑하는 사이가 된다. 이들이 만나고 활동하는 공간은 주로 '관광지로서의 바다'와 관련된다. 이처럼 주요 등장인물 세 쌍은, 부산의 바다와 해운대 일대를 세 가지 속성을 지닌 공간으로 분할하는 역할을 한다. 어촌으로서의 바다, 도시 공간으로서의 바다, 그리고 관광지로서의 바다가 그것이다. 〈해운대〉는 이러한 바다의 속성과 부산 지역의 특성 그리고 해운대의 지역성을 파악하고 이를 영화 상의 주요 공간으로 활용한 대표적인 사례라고 할 수 있다. 이러한 바다의 속성들은 연관된 인물들의 공간을 생기 있게 뒷받침하고, 서사 전개에 활력을 불어넣으며, 작품의 정조와 사실성을 크게 부각시키는 효과를 일으킨다. 한편 〈해운대〉에서 부산의 바다는 공간적 배경이나 영화적 소재로만 기능하지 않는다. 〈해운대〉에서 바다는 작품 전개에 필요한 위기를 발생시키고 심화시키는 근원지로 설정된다. 〈해운대〉의 위험은 바다에서 시작되고, 바다를 통해 암시되며, 궁극적으로는 바다의 피해로 모아진다고 할 수 있다. 영화 〈해운대〉가 위기를 유발하는 방식은 특히 주목된다. 〈해운대〉는 전형적인 상업 영화이고, 그 영화의 문법은 할리우드의 그것을 전형으로 삼고 있다. 일정한 간격마다 위기감이 제시되고, 그 위기감은 인물 사이의 갈등을 초래하여 격화시켜야 한다. 그렇지 않을 경우, 일반 관객들은 지루하다는 인상을 받기 때문이다. 따라서 〈해운대〉는 일정한 간격으로 바다에서 일어나는 이상 징후를 보여주고 있다. 그 간격은 10~20분 사이이며, 본격적인 쓰나미가 포착되기 전까지 영화에서 위험을 알리는(고조시키는) 신호로 사용되고 있다. 이것은 외부에서 다가오는 물리적 위험에 속한다. 〈해운대〉에는 이러한 물리적·외적 위기와 함께, 인간적·내적 위기도 제시된다. 먼 바다에서 다가오는 소리 없는 위험 못지않게, 해운대를 배경으로 하여 살아가는 어촌 사람들의 대립도 자못 심각하게 일어난다. 개발업자인 억조 측과 상가 번영회 측 사람들은 오래된 원한부터 최근 개발에 이르기까지 사사건건 대립하고 있다. 이러한 대립은 쓰나미의 위험이 가중됨에 따라, 점점 격화되는 양상을 보인다. 바다의 위험과 인간들의 갈등이 동시에 그리고 점진적으로 고조되고 있는 상황이다. 이러한 변화는 '바다'를 갈등의 진원지로 이해하는 관점을 생성시키고, 영화 관람 전반에 걸쳐 바다의 위험성을 각인시키는 기능을 한다.

하지만 흥미로운 것은 바다의 본격적인 내습(쓰나미)이 시작되면, 인간 사이의 갈등과 대립이 해소된다는 점이다. 위기와 갈등의 강도가 함께 증가하던 전개부와는 달리, 결말부에서는 쓰나미의 위험이 가중되면 인간 사이의 갈등이 줄어드는 반비례 현상이 일어난다. 영화의 결말은 폐허가 된 해운대 일대를 포착하지만, 그 속에는 무르익은 화해와 희망이 함께 들어 있다. 물리적 위험으로 인해 자연 환경이 훼손되었고, 인간의 거처는 파괴되었지만, 이러한 위험은 인간 사이의 갈등과 대립이 사라지면서 얼마든지 극복 가능한 사안으로 인식되는 셈이다. 이것은 아이러니한 구성에 속한다. 〈해운대〉는 부산과 부산 바다 그리고 해운대의 속성을 기반으로 만들어진 영화이다. 따라서 이 영화에는 부산 지역의 로컬리티와 문화적 맥락이 담겨 있다. 이 영화의 상업적 성공도 이러한 내적 충실성에 기반하고 있다고 보아야 한다. 다만 부산과 부산 바다를 촬영지로 이용하면서, 그 안에 담겨 있는 문화적 맥락과 로컬리티를 살려낸 영화로는 거의 유일하다는 점이 안타까울 따름이다. 다만 지금으로서는, 미래의 한국 영화계에 부산 바다의 지역적 특성과 미학적 효과가 보다 충실하게 구현된 영화가 탄생하기 위한 발판으로 자리 매김 된다는 의의는 충분히 인정할 수 있겠다.

원/고/출/전

—, 「The Meaning of the Growth and Travel Finding a son—from Great Barrier Reef to Sydney」, 『The Current Status and Future Prospect of Language and Culture, and Education in East Asia in the 21st Century』(The International Conference of Korea and Australia), The University of Queensland/The Association of Korean Education/Institute for Humanities and Social Sciences(Pukyong National University)/Institute of Overseas Korean Culture(Kongju National University), Tues, 11 July 2017~Wed, 12 July 2017, The University of Queensland, Australia ; 「The Meaning of the Growth and Travel Finding a son—from Great Barrier Reef to Sydney」, 『인문사회과학연구』 (18권3호), 부경대학교 인문사회과학연구소, 2017.

—, 「신화의 모험과 영화의 귀환—지중해를 표랑했던 여행자들의 운명과 그 위에서 이어진 영화의 운명을 비교하며」, 『지중해지역연구』(17권 2호), 부산외국어대학교 지중해지역원, 2015, 127~138면.

—, 「희곡과 스크린의 미학적 융합-극적 공간의 활용과 영화적 공간으로의 변모 작용을 중심으로」, 『국어국문학』(170호), 국어국문학회, 2015, 179~205면(부분 발췌 수록)

—,「2000년대 한국영화에 나타난 '부산 바다'의 이미지 연구」,
   『인문과학연구』(27집), 강원대학교인문과학연구소, 2010,
   463~503면 ;「영화와 해양성」,『영화와 사회』, 연극과인간,
   2013년 3월 4일(원고 확대 재수록)

—,「추보식 배열과 이미지 조형」,『1960~70년대 문예영화 시나
   리오의 영상미학 연구』, 고려대 박사학위 논문, 2003, 32~44면
   (한 단락 발췌 수록)

# 참/고/문/헌

- 「이태준(李泰俊) 박기채(朴基采) 양 씨 대담(상) 문학과 영화의 교류」, 『동아일 보』, 1938년 12월 13일, 5면.
- 권영민, 『한국현대문학사』, 민음사, 1993, 161면.
- 김윤정, 「연극의 영화화에 따른 텍스트의 변용 연구 : 장진의 〈박수칠 때 떠나라〉를 중심으로」, 『한국언어문화』(38집), 한국언어문화학회, 2009, 101~127면.
- 김남석, 「〈웰컴 투 동막골〉의 장면 배열 양상 연구」, 『한국문학이론과비평』(11권 3호), 한국문학이란과비평학회, 2007.
- 김남석, 「1930년대 시나리오의 형식적 특성과 변모 과정 연구」, 『현대문학이론연 구』(44집), 현대문학이론학회, 2011, 125~126면
- 김남석, 「한국 영화에 나타난 부산·경남과 그 문화적 양상」, 『한국영화의 미학과 경계』, 집문당, 2009.
- 김남석, 『문예영화이야기』, 살림, 2004.
- 김만수, 「희곡과 시나리오의 차이에 대한 사례 연구」, 『한국극예술연구』(13집), 한 국극예술학회, 2001.
- 김민정, 〈해무〉, 『해무(김민정 희곡집 1)』, 연극과인간, 2011.
- 김병걸, 「오영수의 양의성」, 『현대문학』153, 1967년 9월.
- 김수남, 「갯마을 – 문예물의 성공작」, 『한국영화의 쟁점과 사유』, 문예마당, 1997, 16면.
- 김수용, 「영화적 시간 · 공간-〈갯마을〉의 공간구성과 〈안개〉의

시간구조 연구」,『예술원논문집』(32) 예술원, 1993.

- 김용수,『영화에서의 몽타주 이론』, 열화당, 1996, 161면.
- 김우종,『한국현대소설사』, 성문각, 1978, 368면.
- 김종원 · 정중헌,『우리 영화 100년』, 현암사, 2001, 259~359면.
- 김중철,「〈갯마을〉 - 바닷가 여인들의 삶과 애환」,『영화 속 문학 이야기』, 동인, 2002, 20면.
- 로버트 맥기, 고영범 · 이승민 옮김,『시나리오 어떻게 쓸 것인 가』, 황금가지, 2002, 495~503면.
- 민현기,「오영수의 〈갯마을〉 - 자연과 인간의 융화」,『한국 현대 소설 작품론』, 문장, 1981, 312면.
- 박명진,「희곡의 영화화에 나타난 의미 구조 변화」,『한국극 예술 연구』(13집), 한국극예술학회, 2001.
- 부산울산지방 중소기업청,『소상공인을 위한 부산의 상권 분서』 (2), 부산울산지방 중소기업청, 2002.
- 수잔 헤이워드, 이영기 옮김,『영화사전』, 한나래, 1997, 127면.
- 스테판 샤프, 이용관 옮김,『영화구조의 미학』, 영화언어, 1991.
- 신봉승,「〈갯마을〉의 각색일지」,『영상적 사고』, 조광출판사, 1972.
- 신봉승,『새로운 시나리오의 기법』, 문명사, 1970, 271면.
- 안종화,『한국영화측면비사』, 춘추각, 1962, 60~66면.
- 앙드로 바쟁, 박상규 옮김,『영화란 무엇인가』, 시각과언어, 1998, 235~237면.
- 오영수 원작, 신봉승 각색,〈갯마을〉,『한국시나리오선집』(3권), 영화진흥공사, 1990

- 이수경, 「영화언어 '미장센'으로 읽어보는 연극무대의 시각적 텍스트」, 『공연과이론』(34집), 공연과이론을위한모임, 2009년 6월, 139~140면.
- 이태동, 「희생된 자들의 애환과 인정의 세계」, 『소설문학대계』(36), 동아출판사, 1995, 548면.
- 이형식, 「무대 위의 할리우드 : 연극에 사용된 영화적 장치」, 『문학과영상』(8권 1호), 문학과영상학회, 294~295면.
- 정종화, 『자료로 본 한국영화사 2』, 열화당, 1997, 44~106면.
- 정호웅, 「'길'의 열림과 끊김 - 1945~1959년의 소설」, 『한국문학 50년』, 문학사상사, 1995, 158면.
- 조셉 보그스, 이용관 옮김, 『영화보기와 영화읽기』, 제 3문학사, 1991, 144~147면.
- 주경미, 「프랑스 영화에 나타난 회화적, 연극적 요소」, 『한국프랑스학논집』(4), 한국프랑스학회, 2003, 488~491면.
- 천이두, 「따뜻한 관조의 미학」, 『한국현대문학전집』(26), 삼성출판사, 1978, 447면.
- 카렐 라이쯔 · 가빈 밀러, 정용탁 옮김, 『영화편집의 기법』, 영화진흥공사, 1989, 19~20면.

# 찾/아/보/기

## 저자 | 김남석(金南奭)

고려대학교 국어국문학과와 동대학원 국어국문학과를 졸업하고, 2003년 「1960
~70년대 문예영화 시나리오의 영상 미학 연구」로 박사학위를 받았다. 2005년부터
부경대학교 국어국문학과 교수로 재직하고 있으며, 현재 부산에 살고 있다.
1999년 중앙일보 신춘문예서 『여자들이 스러지는 자리 – 윤대녕 론』으로 문학평론
에 당선되었고, 2007년 동아일보 신춘문예에서 『경박한 관객들 – 홍상수 영화를 대
하는 관객의 시선들』로 영화평론에 당선되었으며, 꾸준하게 연극평론을 쓰려고 노
력하고 있다.
저서로는 『조선의 여배우들』, 『조선의 대중극단들』, 『조선의 대중극단과 공연미
학』, 『조선의 영화제작사들』 등이 있고, 평론집으로 『비평의 교향악』, 『어려운 시
들』, 『빛의 유적』, 『빈집으로의 귀환』 등이 있다.

## 해양영화의 이해

**초판 인쇄** | 2017년 9월 05일
**초판 발행** | 2017년 9월 14일

**(공)저자** 김남석

**책임편집** 윤수경

**발 행 처** 도서출판 지식과교양
**등록번호** 제 2010 - 19호
**주      소** 서울시 도봉구 쌍문1동 423 - 43 백상 102호
**전      화** (02) 900 - 4520 (대표) / 편집부 (02) 996 - 0041
**팩      스** (02) 996 - 0043
**전자우편** kncbook@hanmail.net

ISBN 978 - 89 - 6764 - 090 - 3   93810                          정가 20,000원